शशिकांत मिश्र

वैलेंटाइन बाबा

फंडा
funda
राधाकृष्ण का उपक्रम

ISBN : 978-81-8361-838-0

मूल्य : ₹ 150

पहला संस्करण : मई, 2018

राधाकृष्ण का उपक्रम

प्रकाशक
राधाकृष्ण प्रकाशन प्राइवेट लिमिटेड
जी-17, जगतपुरी, दिल्ली-110 051

शाखाएँ : अशोक राजपथ, साइंस कॉलेज के सामने, पटना-800 006
पहली मंजिल, दरबारी बिल्डिंग, महात्मा गांधी मार्ग, इलाहाबाद-211 001
36 ए, शेक्सपियर सरणी, कोलकाता-700 017

वेबसाइट : www.radhakrishnaprakashan.com
ई-मेल : info@radhakrishnaprakashan.com

मुद्रक : बी.के. ऑफसेट
नवीन शाहदरा, दिल्ली-110 032

VALENTINE BABA
Novel by Shashikant Mishra

बागी बलिया की मिट्टी से
उपजी एक मीठी-सी प्रेम कहानी

वैलेंटाइन बाबा

पार्थ की याद में...

दो से 'कुछ' ज्यादा शब्द...

घर और दफ्तर—दोनों तरफ की दादागीरी की वजह से घड़ी देखकर जिन्दगी जीता हूँ, लेकिन मौका मिलते ही दोनों को गच्चा देकर अपनी उसी पुरानी जिन्दगी में वापस पहुँच जाता हूँ जो बलिया, कटिहार, सिलीगुड़ी और दिल्ली के मुखर्जीनगर में मेरे साथ जवान हुई है। बंजारों की तरह दिन के उजाले में खुली आँखों से ख्वाब देखता हूँ, चाँद-सितारों से सजी रातों में आवारागर्दी की धुन गुनगुनाता हूँ। मस्ती के इन्हीं पलों को यादों के गलियारे में सँजोने के लिए कभी-कभी कागज काला कर लेता हूँ। 'नॉन रेजिडेंट बिहारी : कहीं पास, कहीं फेल' के बाद 'बाबा, वैलेंटाइन बाबा' दूसरा उपन्यास है। जज्बात हैं कि फिलहाल दिल-दिमाग से लेकर लैपटॉप तक में उबल रहे हैं। उम्मीद है, जल्द ही रिहा होकर वे भी आपके दरवाजे पर दस्तक देंगे।

वैलेंटाइन बाबा की इस बस्ती को बसाने में जिन लोगों ने मेरी मदद की है, उनको नमस्कार है! नाम इसलिए नहीं लिख रहा हूँ, क्योंकि आशिकी के इस आशियाने में मेरे एक अजीज दोस्त की मर्मस्पर्शी दास्तां भी तैर रही है। ऐसे में किसी का नाम लेने से किसी का दामन रौशन तो किसी का दागदार भी हो सकता है। वैसे ये समस्या रजनीश और अपूर्व के साथ नहीं है, जिन्होंने नॉवेल की लाइन-लेंथ को 'टू द प्वाइंट' रखने में मदद की। वरिष्ठ सहयोगी शीला रावल का तहेदिल से शुक्रिया जो समय-समय पर 'चॉकलेट के साथ जुबानी चाँटा' से मुझे नवाजती रहती हैं। मकसद केवल ये कि आसमान में उड़ते वक्त भी मैं उस जमीं पर पैर टिकाए रहूँ, जिसकी बुनियाद पर आसमान टिका हुआ है। छटंकी अभय, तुम्हारी खतरनाक आलोचना और 'बूढ़े साधु' का आशीर्वाद काफी काम आया। आखिर में राजकमल प्रकाशन समूह की पूरी टीम के मुँह में गुड़-चीनी, जिन्होंने उपन्यास को उसके आखिरी मुकाम यानी आपके हाथ तक पहुँचाने में अपना योगदान दिया है।

तो चलिए, चलते हैं मोहब्बत की इस निराली बस्ती में। बतौर गाइड आपको इस बस्ती के बाशिंदों की कहानी सुनाते-सुनाते शायद मैं भी उस मोहब्बत

को समझ सकूँ, जिसके बारे में कहा जाता है कि मिल जाए तो जिन्दगी सँवर जाए, बिछड़ जाए तो आग लगा जाए और मिलकर भी ना मिले तो किश्तों में कत्ल का अहसास करा जाए...

उपन्यास कैसा लगा, पढ़ कर अपनी राय जरूर बताइएगा। आपके भरोसे...

नई दिल्ली, 2018

—शशिकांत मिश्र

''खो किरिया कि दिल्ली में जाइ के कुछ उल्टा-पुल्टा ना करबे।''

''अरे, कुछ उल्टा-पुल्टा नहीं करूँगा, माँ...''

''ना, पहिले किरिया खो।''

''माँ!''—मनीष झल्ला उठा। जल्दी से गाँव से बलिया पहुँचना चाहता था, लेकिन यहाँ माँ उसे ब्रह्म बाबा के डीह पर कसम खिलाने पर तुली हुई थी!

''दिल्ली में जवान लइका-लइकी के मति मरा जाला। हे बरहम बाबा, एकर बुद्धि सही रखिह...''

''माँ, ब्रह्म बाबा का कोर्स पूरा हो गया हो तो चलें? ट्रेन का टाइम हो रहा है!''

जान...जल्दी आना, मैं वेट कर रही हूँ—सुजाता का व्हाट्स अप मैसेज मोबाइल स्क्रीन पर चमका। मनीष और झल्ला उठा। वहाँ बलिया शहर में कटहल नाला पर उसकी जान बेजान हो रही है और यहाँ माँ है कि बस एक ही राग गाए जा रही है—''बरहम बाबा के नाम ले के किरिया खो...''

जस्ट कमिंग...लव यू डॉर्लिंग—टाइप करने के साथ किस का झमाझम इमोजी चिपका दिया मनीष ने और माँ की तरफ सरेंडर करने वाली नजरों से देखते हुए सुजाता को रिप्लाई कर दिया।

माँ ब्रह्म बाबा के डीह पर नतमस्तक थी। मनीष आज्ञाकारी बालक की तरह डीह के सामने घुटनों के बल बैठा था। कान माँ की बात पर, नजर सुजाता

के व्हाट्सअप मैसेज पर। दुनिया उसके लिए अजीब से भी अजीब हो रखी थी उस पल...

अभी क्या कर रहे हो—फिर से सवाल आ गिरा गोल हरे डिब्बे की सुजाता नाम वाली खिड़की से—धप्प! मनीष के पल-पल की खबर चाहिए होती है इस लड़की को। कभी कह देता कि थोड़ा स्पेस दे दिया करो तो तुरन्त भड़क जाती थी। उसने केवल इतना ज्ञान कहीं से अर्जित कर लिया था—बैल और ब्वॉयफ्रेंड को खूँटे में ही बाँधकर रखना चाहिए। रस्सी कमजोर पड़ी नहीं कि दोनों औरों के खेत में मुँह मारने लगते हैं! आफत यह थी कि इस ज्ञान का काट किसी लोहे से नहीं बन सका था। सर खुजाते हुए मनीष ने रिप्लाई लिखना शुरू किया—कसम खाकर माँ को भरोसा दिला रहा हूँ कि दिल्ली जाकर कुछ उल्टा-पुल्टा नहीं करूँगा...

ग्रेट...और यहाँ जो उल्टा-पुल्टा करते रहते हो!

"रे बउओ, किरिया काहें नइखे खात कि दिल्ली में कुछ उल्टा-पुल्टा ना करबे?"

"कितनी बार कहूँ, माँ! कहा तो कि कुछ उल्टा-पुल्टा नहीं करूँगा..." —गले से एक जवाब इधर फूटा तो उँगलियाँ दूसरी ओर का जवाब टप-टपा-टप टाइप कर रही थीं—कहाँ कर पाता हूँ? तुम कुछ उल्टा-पुल्टा करने ही नहीं देती हो! वैसे आज तो किस दोगी न?

मनीष और सुजाता बचपन से साथ-साथ थे। बचपन की मासूम दोस्ती स्कूल आते-आते क्रश में बदली और कॉलेज लाइफ में ब्वॉयफ्रेंड-गर्लफ्रेंड का ठप्पा लग गया, लेकिन सुजाता शादी से पहले 'पाँच हाथ की दूरी बनाकर रखो' वाले फॉर्मूले पर चलनेवाली बालिका थी। एक प्रॉपर किस के लिए भी तरसाकर रख देती थी...

सोचूँगी!!!

फ्रॉड! अगर आज धोखा दी तो फिर याद रखना, दिल्ली जा रहा हूँ मैं...दिल्ली की लड़कियाँ दिलदार होती हैं। तुम्हारी तरह जालिम नहीं!

ज्यादा उड़ो मत। तुम्हारे पीछे-पीछे मैं भी दिल्ली पहुँच रही हूँ।

घर में परमिशन मिल गया?

पापा तो मुझे भेजने के लिए तैयार ही हैं, लेकिन मम्मी भाँजी मार रही है।

क्या कह रही हैं?

वही...टिपिकल मम्मियों वाली बात...दिल्ली जाकर बहक जाएगी...ज्यादा पढ़-लिख ली तो फिर शादी में दिक्कत होगी...इससे ज्यादा पढ़ा-लिखा लड़का खोजना होगा...ब्ला-ब्ला-ब्ला...

''रे लईका, मोबाइल में फेर घुस गईले! ब्रह्म बाबा के नाम ले के किरिया काहे नइखे खात कि उँहा जाके कुछ उल्टा-पुल्टा ना करबे?''—माँ का धैर्य जवाब दे रहा था।

''खा तो लिया, माँ, वैलेंटाइन बाबा की कसम खाकर कहता हूँ कि 'दिल्ली की' लड़कियों के साथ उल्टा-पुल्टा नहीं करूँगा''—झल्लाया हुआ मनीष 'दिल्ली की' बोल कर खेल गया।

''वैलेंटाइन बाबा! इ कवन बाबा हउवन, रे?''

''इहो एगो बाबा नू हवन...जवान लइका-लइकी के चाभी आजकल इनकरे लगे बा...''

माँ को पुड़िया देते ही मनीष तेजी से घर की तरफ लौटने लगा। ट्रेन खुलने से दो घंटा पहले बलिया पहुँचना जरूरी था। सुजाता के साथ दो घंटे गुजारने की बात तय हुई थी, लेकिन यहाँ माँ के चक्कर में बहुत समय निकल गया! और माँ का हाल अभी भी यह था कि मनीष के पीछे-पीछे घर लौटती हुई बुदबुदा रही थी—''हे वैलेंटाइन बाबा! हमार बचवा के बुद्धि ठीक रखिह। देखिह, कौनो छोरी के उल्टा-पुल्टा चक्कर में ना पड़ जाए...''

''त शिवेश बाबू, हम भी एक बार दिल्ली गए थे...''

''कब गए थे, चच्चा?''

शिवेश दिल्ली के लिए बैग पैक कर चुका था। इसी के साथ भोजपुरी को भी घर के सन्दूक में बन्द कर चुका था। जैसा देश, वैसा भेष, वैसी भाषा—उसके दादा जी हमेशा यह किस्सा सुनाते कि एक बार गाँव का एक आदमी

कोलकाता में नौकरी के लिए गया। जो उसे साथ ले गया था, उसने समझाया कि मैनेजर के कमरे में जाने से पहले परमिशन लिया जाता है। उसने कमरे का दरवाजा खोलते हुए परमिशन माँगा—ढूँकीं? मैनेजर ने उसे कमरे की बात तो दूर, आगे से कम्पाउंड तक में नहीं घुसने दिया।

"अरे वही, जब अपने चन्द्रशेखर बाबू परधानमंत्री बने थे। तभी गाँव के दस-बारह लोग चल दिए दिल्ली...लेकिन ए शिवेश बाबू, क्या बतायँ आपको...सब ऐसे फँसे कि कुछ पूछिए मत! सोचे थे कि फ्री में दिल्ली-दर्शन हो जाएगा, लेकिन वहाँ फ्री में जान का जंजाल!" शिवेश के दरवाजे पर महफिल जमी थी। शिवेश के दिल्ली जाने की बात उठी तो दिल्ली से जुड़ा किस्सा महफिल में शुरू हो गया। कथावाचक की कुर्सी सँभाली दिलीप चाचा ने। पिछले महीने बेटा की शादी में तगड़ा हाथ मारकर उठे थे। लड़की वाले उनके बेटे को देखने आए तो दरवाजे पर बोलेरो खड़ी दिखी। दिलीप चाचा अपने दोस्त की गाड़ी लाकर दरवाजा पर खड़ा कर दिए थे। लड़की वालों को दिखाने के लिए। उनके भी पापा ने तो उनकी शादी के समय दूसरे का बैल बाँधा था अपने दरवाजे पर। दिलीप चाचा की पत्नी तभी तो आजतक ताना सुनाती हैं—"दोसर के बैल देखाइ के हमार बाप के ठग लिंहलन।" देखिए समय की लीला और मनुष्य का स्वभाव, बेटे की शादी में जब वही काम दिलीप चाचा ने किया तो चाची उनकी समझदारी की तारीफ कीं। जो भी हुआ, मोटा माल दिलीप चाचा वसूल चुके हैं और आजकल गद्गद रहते हैं।

"फ्री में कैसे, चाचा? टिकट, दिल्ली में रहने-खाने-पीने का खर्च सब?"

"बुरबके हो का! चन्द्रशेखर बाबा परधानमंत्री तो उनके आदमी को टिकट कटाने का का जरूरत! टिटिया के ट्रेन से ना धकेल देते हम? वइसे दू-चार गो झंडा पार्टी का रख लिये थे। कानपुर में टीटी आया तो कह दिए कि जेल भरो आन्दोलन में दिल्ली जा रहे हैं। आप चाहो तो कानपुर का जेल भर लो। अब इसके बाद टीटी बाबू का मजाल कि टिकट माँगता?"

शिवेश मंत्रमुग्ध होकर दिलीप चाचा का किस्सा सुन रहा था। उसके पापा के खास आदमी माने जाते थे ये। गजब के फितरती और धुर लक्कड़बाज!

"तो इस तरकीब से हम सब दिल्ली तो पहुँच गए शिवेश बाबू, लेकिन वहाँ की जमीन पर पहला कदम रखते ही चित्त हो गए।"

"ऐसा क्या हुआ, चाचा?"

''हम लोगों को जाना था चन्द्रशेखर बाबा के आश्रम—भोंडसी। गुड़गाँव में है। जनबे करते हो। वहाँ दिन-रात लिट्टी-चोखा की भव्य व्यवस्था! दमभर खाइए और बाबा का गुण गाइए। क्या कहना था!''

''दम तो था अपने बाबा में! ना कभी मंत्री बने, ना मुख्यमंत्री, सीधे प्रधानमंत्री बने प्रधानमंत्री! अरे बाबा, कुछ दिन और टिक जाते तो पूरा देश में भोंडसी आश्रम खोल देते, लेकिन जा रे जमाना...साते महीने में कुर्सी छोड़ के खटिया पकड़े तो पड़ ही गए...'' महफिल में बैठे सुभाष चाचा ने अपने राजनीतिक ज्ञान का परिचय दिया।

''बाबा के पॉलिटिक्स में कुछ डिफॉल्ट रह गया था। सही समय पर सही दाँव नहीं चल पाए थे उस वक्त।''

राजनीतिक ज्ञान में बलिया जिला का कोई मुकाबला नहीं कर सकता है। देव-दानव से लेकर अमेरिका-रूस तक के राजनेताओं के पॉलिटिकल गुरु बनने की काबिलियत अगर कहीं है तो वो बलिया जिला के हर बूढ़े-बुजुर्ग में है। मोदी-राहुल से लेकर ट्रंप-पुतिन तक के पॉलिटिक्स पर नजर रहती है बलिया जिले की। जैसे पत्ता में से पत्ता केला फेंकता है, वैसे बात में से बात निकालते लोग यहाँ कहीं भी मिल जाएँगे।

''दाँव त चला इ ट्रंपवा! सब करम किया, लेकिन कहीं नहीं फँसा! और अब देखिए कि कैसे अमेरिका का राष्ट्रपति बनकर चौधराहट झाड़ रहा है! ई आदमी है हो!''

''कुछो होखे, लेकिन एकरा से एगो मूरई ना उखड़ी। अइसहीं भोकाल टाइट कइले बा...''

''ना हो, ई बुढ़ारी में जवान लोग के कान काटत बा! मनई में दम बा। जिनपिंगवा के हरदी-गुरदी बोला दी, देखिह।''

बलिया के बड़े-बुजुर्ग तो राजनीति के हर पहलू पर बारीक नजर रखते हैं, लेकिन नया जेनरेशन पॉलिटिक्स से भाग रहा है। खासकर शिवेश और मनीष जैसे नए लड़के! हवा बदल रही है कि बिगड़ रही है, हवा जाने! फिलहाल तो किस्सा लगभग-लगभग बहक गया था राह से...

''चाचा, छोड़िए पॉलिटिक्स का किस्सा। ये बताइए कि आपके साथ हुआ क्या था?''

''हाँ, तो हुआ ये था कि हम सबको जाना था बाबा के भोंडसी आश्रम, लेकिन किसी को रास्ता पता था नहीं। रास्ता पूछने के लिए लल्लन पहुँच गया

एक पुलिसवाले के पास और तड़बड़-तड़बड़ पूछ दिया कि—ई भोंडसीवाला कहाँ है?''

''भोंडसीवाला!''

''हाँ-हाँ, भोंडसीवाला।'' अब क्या बताएँ हम, शिवेश बाबू? उस जाट पुलिसवाले को लगा कि लल्लन 'भोंसड़ीवाला' गाली दे रहा है...बस क्या था, दन-दनादन चार डंडा ठोक दिया जवान ललनवा के चबूतरा पर...''

महफिल में ठहाके का बम फट पड़ा। शिवेश का हँसते-हँसते बुरा हाल! भोंडसी-भोसड़ी-भोसड़ी-भोंडसी—उफ्फ्! आदमी जात का कान जो न कांड कराए, कम है।

''स्टेशन पर मचा फिर बड़का बवाल! बलिया जिले के बाबा देश के मालिक और पुलिसवाला उनके जिला के आदमी को पीट दिया! हम सब भिड़ ही तो गए। चन्द्रशेखर बाबा का नाम सुनते ही बूझो कि इंस्पेक्टर का पैंट ढीला हो गया। तुरन्त अपने सिपाही को हड़काया, लेकिन उसमें भी बड़का लोचा!''

शिवेश मजे लेकर किस्सा सुन रहा था। उसे तो कोई तेजी थी नहीं। दिल्ली वाली ट्रेन खुलने में अभी समय बहुत था और मनीष की तरह बलिया में उसकी कोई जान उसका इन्तजार भी नहीं कर रही थी।

''वो पुलिसवाला कहने लगा कि 'सर, इस बहन के @#$%$ ने गाली दी थी। भोंसड़ीवाला कहा था मुझे।' अब साला गाली त उ देत रहे। 'बहन के @#$%$' कहत रहे, लेकिन इल्जाम हमनीं पर!''

शिवेश का हँसते-हँसते बुरा हाल!

''बहिन का गाली सुनते ही हम फिर चमकाए ससुर को—ऐ, खबरदार! बहन का गाली देता है! अब देखो, उ पुलिसवाला इंस्पेक्टर से क्या कहता है—सर, देख रहे हैं...मैंने इस बहन के #$%^ को कब गाली दी? वो सरेआम ससुरा इंस्पेक्टर के सामने 'बहन के #$%^' कह रहा था और तुर्रा यह कि उसने गाली कब दी?''

शिवेश माजरा समझ चुका था। उसे पता था कि दिल्ली में माँ-बहन के @#$% का इस्तेमाल उसी तरह होता है जैसे पूर्वांचल में साला-ससुरा का किया जाता है। लोगबाग आम बोलचाल में इसका इस्तेमाल वैसे ही धड़ल्ले से करते हैं जैसे दिल्ली में हर सब्जी में टमाटर का इस्तेमाल होता है। अगर उस वक्त चेहरा गुस्से से तमतमा नहीं रहा हो तो सामनेवाला ऐसे

सम्बोधन को लेकर ज्यादा माइंड भी नहीं करता। इस तरह की गाली और गुटखे की पीक पर लोग अगर ध्यान देने लगे तो दस-बीस कदम भी चलना दूभर हो जाए!

मनीष का तो ये भी दावा है कि हरभजन सिंह और साइमंड्स के बीच जो मंकी गेट कांड हुआ था, उसके पीछे भी भाषा की ऐसी ही समझ का फेर था। उसके मुताबिक हरभजन ने साइमंड्स को 'माँ की...' कहा होगा और साइमंड्स ने उसे मंकी समझ लिया होगा। वैसे भी 'माँ की...' और मंकी बोलने में फेर ही कितना है! अब चूँकि ऑस्ट्रेलिया में मंकी शब्द का इस्तेमाल नस्लीय कमेंट की कैटेगरी में आता है, लिहाजा हरभजन भाई लपेट में आ गए सो आ गए!

''तो शिवेश बाबू, जानिए कि गनीमत यही रहा कि वो इंस्पेक्टर जाट नहीं था। उसे भोंडसी आश्रम के बारे में भी पता था और माँ-बहन के @#$$ के बारे में भी। बड़ी मुश्किल से, लेकिन ढंग से दोनों साइड को समझाया कि गाली किसी ने नहीं दी है। लब्बोलुआब शिवेश बबुआ यह कि आप भी दिल्ली में मामा लोग से जरा सँभलकर रहिएगा...''

मामा बलिया जिले में पुलिसकर्मियों के लिए खास सम्बोधन था। आम बोलचाल की भाषा में लोगबाग पुलिसवालों को मामा ही बोलते थे, लेकिन उनके सामने नहीं। पुलिसकर्मी इस सम्बोधन से खासे चिढ़ते थे क्योंकि मामला सीधे उनकी बहन से जुड़ जाता था। घुमा कर गरियाने की कला वही जाने जो भोजपुरी ढंग से जाने।

मामा के फेर में इधर बुरा फँस चुका था मनीष! ट्रेन खुलने से एक घंटा पहले पहुँच पाया था बलिया। सुजाता के साथ पुलिस लाइन के फिल्ड में बैठकर हाले दिल बयान कर रहा था लेकिन जवान लड़का-लड़की को एक साथ बैठे देखकर पहुँच गया एंटी रोमियो स्कवॉयड का एक सिपाही। कुछ कमाई की जुगाड़ में दोनों को अपनी तरफ से रोमियो-जुलिएट का खिताब दे दिया और फिर फंदे में पड़ गया मनीष। सफाई देते-देते पुलिसवालों के पीठ पीछे वाला सम्बोधन—मामा—गलती से जुबान पर सिपाही के सामने ही आ गया—''मामा, ऐसे ही बैठे थे। कुछ कर नहीं रहे हैं...''

''मामा! ससुर मामा कहत बाड़े''—पुलिसवाले को तो आग लग गई जैसे! गुस्से में दो डंडे तड़ातड़ जड़ दिए मनीष को...

''अरे मामा, मार क्यों रहे हो? कहा तो कि कुछ नहीं कर रहा हूँ''—मनीष अचकचाहट में समझ ही नहीं पाया कि गड़बड़ी क्या हो रही है!

''ससुर, कहबे मामा! कहबे?'' पुलिसवाला हत्थे से और ज्यादा उखड़ गया। सटासट-सटासट सोंटने लगा और इधर मनीष की जुबान और लड़खड़ा गई—''अरे मामा, गलती हो गई, गलती हो गई...अब मामा नहीं कहेंगे...''

यह सिपाही मामा कहे जाने से कुछ ज्यादा ही चिढ़ने वाला था! दरअसल उसके पड़ोसी ने उसे चिढ़ाने के लिए उसके मासूम बेटे को मोहरा बना दिया था। बच्चे को स्कूल में गाय पर लेख सुनाना था। सिपाही जी की गैर हाजिरी में पड़ोसी ने मदद की। होमवर्क याद कराने बैठ गया। बच्चे ने—गाय हमारी माता है—से लेख की शुरुआत की थी। उस पड़ोसी ने उसी वाक्य को आधार बनाकर उसे ठीक से समझा दिया कि जब गाय तुम्हारी माता है तो बाप तो बैल ही होगा। बच्चा उसके लॉजिक से कन्विंस हो गया और घर जाकर उसने—बाप हमारा बैल है—का नारा बुलन्द कर दिया। ड्यूटी से थके-हारे लौटे सिपाही जी की ओर से बच्चे को दो झापड़ इनाम में मिला! बच्चा बैल कहना तो तुरन्त भूल गया, लेकिन अगले दिन से वह अपने पिता को मामा कहने लगा—''ना, बैल ना, तू मामा हउव।''

यह नई कलाकारी भी उसी पड़ोसी की थी। एक टॉफी की शर्त पर बाप को मामा कहलवा दिया! पूरे गाँव में बात फैल गई और उसके बाद तो हालत ये हो गई कि वह एक टॉफी के एवज में पूरे गाँव के छोटे छोटे बच्चों का मामा बन गया। अब वो उन सभी छोटे बच्चों को भला कैसे मार सकता था! मुस्कुरा कर आगे बढ़ जाता। सब दिन का जमा गुस्सा आज यहाँ फूट पड़ा था! और मनीष को बेभाव का पड़ गया मामा कहना!

''फेन मामा कहले! फेनू''—सिपाही जी ने दो-तीन डंडे और बरसा दिये...

''अरे ना हो मामा, ना, अब ना कहब मामा''—शिवेश की तरह मनीष भी भोजपुरी को घर के सन्दूक में बन्द करके दिल्ली के लिए निकला था, लेकिन सचाई यही है कि ऑक्सफोर्ड रिटर्न लड़की भी मुसीबत के समय मातृभाषा में ही रोना-गाना करती है! छिपकली देखकर उई माँ कहने वाले को छोड़िए, यहाँ तो डंडा सीधे मनीष के पीठ पर पड़ रहा था...

''अरे, गलती हो गइल मामा...गलती हो गइल...कहनी से कहनी, अब ना कहब—मामा...''

''अरे ससुरा, बेर-बेर मामा कहत बाड़े आ इहो कहत बाड़े कि मामा ना कहब!''

सिपाही जी का डंडा फिर हवा में उठा! जोगी जी का राज था और छेड़छाड़ से रोक के नाम पर जैसे प्यार पर पहरे का फरमान निकल गया था। आए दिन कोई-न-कोई जोड़ा एंटी रोमियो दस्ते के हत्थे चढ़ रहा था! अधेड़ उम्र के पुलिसवाले खुद प्यार ना कर पाने का फ्रस्टेशन नए जोड़ों पर निकाल रहे थे और यहाँ तो मामा सम्बोधन ने आग में पेट्रोल डाल दिया था। सिपाही जी के इस बार उठे डंडे और मनीष के बीच आ गई सुजाता—''अच्छा, मामा ना, पाहुन, पाहुन, जीजा जी!''

नए सम्बोधन के साथ सटाक-सटाक दो थप्पड़ जड़ दिये सुजाता ने सिपाही को। गुस्से से उसका चेहरा लाल था। आखिर उसके सामने पिटाई हुई थी मनीष की। खुद को बागी बलिया की शेरनी समझने वाली सुजाता और मनीष के मामले में तो वाकई शेरनी ही थी! उसे केवल जान कहती ही नहीं थी, जान की तरह उसका ख्याल भी रखती थी।

सिपाही जी को साँप सूँघ गया एकदम से! लड़की का मामला था और उसके तेवर देखकर समझ गए कि टोटली दबंग गर्ल है। कुछ भी करने का मतलब था पूरे जिले में बवाल। बागी बलिया में लड़की पर हाथ उठाने से पहले हर किसी की रूह काँपती हैं। वहाँ पर अघोषित नियम ही है जैसे कि जिस बाइक पर या कार में कोई लड़की या महिला है, उसे पुलिसवाले कागज देखने के लिए भी नहीं रोकते हैं। बागी बलिया का चरित्र ही कुछ ऐसा है महराज! अंग्रेजों के खिलाफ भड़के बगावत में भी बागी बलिया ने किसी फिरंगन महिला के मान-सम्मान पर हाथ नहीं डाला था!

सारे जोड़-घटाव के बाद पुलिसवाले ने पतली गली से निकलने में ही भलाई समझी। वैसे भी वह अकेले था और अच्छी बात ये थी कि किसी ने उसे लड़की के हाथों पिटते नहीं देखा था। सुजाता को उसके घर के रास्ते में छोड़कर मनीष स्टेशन पहुँचा तो शिवेश बाहर ही मिल गया।

''अबे, ये चेहरा नवाज शरीफ की तरह लटकाए काहे घूम रहा है बे? क्या हो गया?''

मनीष खामोशी से कुल्हड़ की लस्सी को गटकता रहा। बेचारा लस्सी नहीं, जैसे दोहरे दर्द को पीने की कोशिश कर रहा हो। एक तो पिटाई और वो भी गर्लफ्रेंड के सामने! बहुत कुरेदने पर ट्रेन में शिवेश को बताया सब कुछ...

''ओ...तो मामा ने तुम्हरा तशरीफ लाल कर दिया है! अब समझ में आया

कि इवांका ट्रंप की तरह चमकनेवाला मेरा यार गर्लफ्रेंड से मिल कर भी मीना कुमारी की तरह ट्रेजेडी क्वीन क्यों बना हुआ है?"

"तुम स्साले..."

"अबे, अब मामा का गुस्सा मुझपर क्यों निकाल रहा है? चल, डंडा दिल पर मत ले। प्यार-मोहब्बत में इतनी ठुकाई तो होती ही है।"

"हाँ बेटे, जैसे पिछले महीने तेरी हुई थी...और तू तो नालायक लड़की के हाथों पिटा था! भूल गया?"

शिवेश झेंप गया। रात के अँधेरे और ड्रेस की अदलाबदली के डबल धोखे में उसने अपनी गर्लफ्रेंड की बड़ी बहन को अपनी जान समझ लिया था। सरप्राइज किस देने चला तो पड़ गया डबल चाँटा! पहला चाँटा गर्लफ्रेंड की बड़ी बहन के हाथ से, दूसरा चाँटा अगले दिन गर्लफ्रेंड के हाथों! सरप्राइज की ऐसी भी क्या प्राइस चुकाए कोई! मगर होता है, दिल लबालब भरा हो और मन उफान मारे तो होता है, होता है!

शिवेश और मनीष दोनों पांडेपुर गाँव के रहनेवाले थे। बचपन से एक-दूसरे के जिगरी दोस्त थे, लेकिन दोनों के स्वभाव में जमीन-आसमान का अंतर! मनीष के बारे में मशहूर था कि वो हाथ में किताब लेकर पैदा हुआ था और शिवेश खुद कहता था कि पैदा होते समय मेरे हाथ में पूनम पांडे का पोस्टर था। यही वाला पोस्टर—अपने कमरे की दीवार पर टँगी पूनम पांडे की एक 'खास' तस्वीर कमरे में आने वाले दोस्तों को बहुत अदा से दिखाता। कहता तो यह भी था कि मैंने ऊपरवाले से एक सुन्दर, सभ्य, सुशील, शिक्षित और संस्कारी लड़की की डिमांड की थी, उन्होंने मुझे पूनम पांडे को थमा दिया! कैरेक्टर था शिवेश, दिलचस्प कैरेक्टर का मालिक! लड़कियों के मामले में तो और दिलचस्प! हर पाँचवें-छठे महीने उसे किसी लड़की से प्यार होता था। उसके शब्दों में सच्चा प्यार, लैला-मजनूँ, हीरा-राँझा, शीरी-फरहाद टाइप का प्यार; लेकिन ऐसा भी महान प्यार उसके पास ज्यादा दिन टिकता नहीं था। किसी को शिवेश छोड़ देता था, कोई शिवेश को छोड़ देती थी। जब पिछली बार दिल्ली गया था तो वहाँ एक लड़की को दिल दे बैठा था। अभी तक फोन और ईमेल के जरिए उसका प्यार परवान चढ़ रहा था, लेकिन जब

उसे खबर लगी कि उसका जिगरी यार मनीष दिल्ली पढ़ने के लिए जा रहा है तो उसने भी वहीं एडमिशन कराने का फैसला कर लिया।

''नेहा! ये कौन है?''

''नई चिड़िया है, पार्टनर। इसी से तो रिसेंट प्यार हुआ है!''

मनीष ने ग्रेटर नोएडा के एक इंजीनियरिंग कॉलेज में एडमिशन ले लिया था। शिवेश एक हाईफाई कॉलेज से एमबीए कर रहा था, लेकिन पढ़ाई से ज्यादा जोर अपने सो-कॉल्ड सच्चे प्यार पर लगाए हुए था। दिल्ली आया भी तो था वो मौज-मस्ती के लिए ही! उसके पिता बलिया के एक्स एमएलए थे आखिर, कमी कोई थी नहीं ऊपर वाले के दिए! नेता जी तो चाहते थे कि शिवेश उनकी राजनीतिक विरासत को सँभाले। शिवेश को भी नेतागीरी में मजा आता ही था, लेकिन अभी वो पॉलिटिक्स के पचड़े में पड़ने के लिए पूरी तरह से तैयार नहीं था। अभी तो प्यार-मोहब्बत के नाम पर मौज-मस्ती करने के सपने थे उसके! ये ही तो कुछ दिन थे बेफिक्री के। एक बार नेतागिरी में उतर गए तो फिर कहाँ मौज, फिर कहाँ बेफिक्री...

''रिसेंट प्यार, मतलब?''

''रिसेंट मतलब रिसेंट, पार्टनर; लेकिन इस बार सच्चा प्यार! सच्चा...ट्रू लव...पहले जैसा नहीं। बिलीव मी...''

''और पिछले वाले प्यार का क्या हुआ? पूजा कहाँ गई?'' मनीष को शिवेश के हर तथाकथित सच्चे प्यार के बारे में पता था। उसे पता था कि शिवेश के दिल्ली आने की बड़ी वजह पूजा ही थी।

''पार्टनर, वहाँ पर मामला जमा नहीं अपना''—शिवेश के स्वर में उदासी और बेफिक्री अजीब तरह से एक साथ थी!

''क्यों, क्या हुआ? तुम तो बड़ी तारीफ कर रहे थे तब पूजा की!''

''यार, तारीफ क्या...मैं तो पूजा की पूजा ही करता था एक तरह से...। लेकिन उसने मेरा दिल तोड़ दिया! उससे ऐसी हरकत की उम्मीद नहीं थी?'' शिवेश के चेहरे पर मायूसी झलकने लगी।

"हुआ क्या?" मनीष पूरी बात जानने के लिए बेताब हो उठा।

"छोड़ो पार्टनर, क्या बताऊँ? अपनी पढ़ाई में मन लगाओ, लेकिन ये जान लो कि नेहा वैसी नहीं है। बिलकुल नहीं है।"

"ये नेहा है कौन?"

"इसी से तो प्यार हुआ है, सच्चा प्यार, परसों ही उसका उसके ब्वॉयफ्रेंड से ब्रेकअप हुआ है। कमीना, नेहा की रूम पार्टनर को बन्द कमरे में आईसक्रीम चटा रहा था, पिघला-पिघलाकर। नेहा ने देख लिया और आँखों में आँसू भरे हुए मेरे पास चली आई। बस..."

"और तुमने आँसू पोंछ दिए!"

"हाँ पार्टनर, आँसू तो पोंछ दिए हैं, लेकिन अब उसके चेहरे पर मुस्कराहट देखना चाहता हूँ। उसका उदास चेहरा देखकर दिल रो रहा है, दोस्त। क्या बताऊँ, कैसी हो वो? मुस्कुराती है तो गुलाब की कली चटकने लगती है! हँसती है तो हरसिंगार के फूल झरने लगते हैं! जुल्फें झटकती है तो आसमाँ में अँधेरा छाने लगता है! रात में निकलती है तो अमावस की अँधेरी रात रौशन होने लगती है! चलती है तो..."

"बस, बस, बस...साले, बस कर, बस! अब और मत पका मुझे। मुझे पढ़ने दे।"

"बेटे, दोस्त की इज्जत करना सीख। मेरा चेहरा देखने के लिए तरसकर रह जाएगा। वैसे भी नेक्सट वीक मैं दूसरी जगह शिफ्ट हो रहा हूँ। पढ़ाई तो कर ही, उसके लिए तो फुल सपोर्ट है।"

"साले, फिर कहता हूँ, यहीं रह। तुझे भी पता है, सुजाता के साथ मेरी कोई वैसी बात नहीं हैं। वैसे भी वो पीजी में रहेगी।"

"कोई जरूरत नहीं है, बेटे। कबाब में हड्डी बनना अपनी फितरत में नहीं है। मुझे यहाँ देखकर तुम दोनों मन-ही-मन गाली दोगे..."

सुजाता ने अपने घरवालों को दिल्ली भेजने के लिए तैयार कर लिया था। फैशन डिजाइनिंग का कोर्स करने के लिए। बलिया में उसका मन लग नहीं रहा था। दरअसल सुजाता, मनीष और शिवेश की तिकड़ी पूरे कॉलेज में

फेमस थी। मनीष और शिवेश साए की तरह साथ रहते थे तो सुजाता मोबाइल के जरिए दोनों से चिपकी रहती थी। मनीष के साथ ब्वॉयफ्रेंड का रिश्ता तो शिवेश के साथ सच्चे दोस्त और मुँहबोले भाई-बहन का रिश्ता। मुँहबोले भाई-बहन के रिश्ते को लेकर कई बार मनीष शिवेश की टाँगखिंचाई भी कर देता था। यह मुँहबोले का रिश्ता भी हमारे यहाँ बड़ी प्यारी खोज है। कमजोर और डरपोक दिलों के लिए संपर्क और नजदीकी का बाईपास!

"क्या पता शिवेश, सुजाता भी दिल्ली आकर अपने भाई के राह पर चली जाए तो! हर दूसरे महीने किसी से सच्चा प्यार..."

"साले, मुँह तोड़ दूँगा। वो मेरी जैसी नहीं हैं। पिछले जन्म में बहुत गंगा नहाए होगे, जो तुझे वह मिली है..."

"तो तुम साले, उसके मुँहबोले भाई, तुम क्यों यहाँ-वहाँ मुँह मारते रहते हो..."

"मनीष, एक बात पता है?"

"नहीं पता है। बताओगी तभी तो पता चलेगा..."

"मनीष!" लेगपुलिंग शुरू होते देख सुजाता भड़कने ही वाली थी कि उसने खुद पर कंट्रोल कर लिया। मोहिनी का सो-कॉल्ड मोहब्बत का मुद्दा इस वक्त उसके दिमाग में अटका हुआ था और वो उसी महत्वपूर्ण विषय पर मनीष के साथ शिखर वार्ता के मूड में थी—"इस मोहिनी का लफड़ा मुझे समझ में नहीं आ रहा है।"

"क्यों? क्या हुआ?"

सुजाता को पीजी में शिफ्ट किए तीन महीने से ज्यादा समय हो चुका था। रूममेट थी मोहिनी। मोहिनी से पहली मुलाकात कॉलेज में हुई थी और बाद में दोनों पीजी में एक साथ ही शिफ्ट हो गईं। बंगाल की रहनेवाली मोहिनी व्यवहार कुशल थी और जल्दी ही वो सुजाता के घुलमिल गई, लेकिन सुजाता उसके बोल्ड और बिन्दास अवतार को देखकर खासी परेशान रहती थी। आज मनीष के साथ वो यही परेशानी बाँटने बैठी थी।

"अरे, ये कुछ ज्यादा ही एडवांस है...कल उसका ब्वॉयफ्रेंड आया तो मुझे

अट्टा मार्केट भेज दी और अपने ब्वॉयफ्रेंड के साथ रूम में ही...''

''तो उससे तुम्हें क्या प्रॉब्लम है? तुम्हारा भी मन कर रहा है तो बोलो...''

मनीष की चुहल का सुजाता ने जवाब दिया तकिये से; दो तकिया गमगमा कर फिर लौट आई मोहिनी के मुद्दे पर—''पता है मनीष, जब मैं लौटकर आई तो मेरे गले लगकर बोल रही थी—आई लव हिम, आई लव हिम, बिलीव मी! अरे, तुम प्यार करती हो तो तुम बिलीव करो। मुझे क्यों विश्वास दिला रही हो?''

संजीव नाम था मोहिनी के ब्वॉयफ्रेंड का। अमीर बाप का एकलौता बेटा। मोहिनी के साथ एक साल से रिलेशन में था। कहने के लिए ब्वॉयफ्रेंड, लेकिन हकीकत में ब्वॉयफ्रेंड से चार कदम आगे, हब्बी से बस दो कदम पीछे। सिन्दूरदान की रस्म बाकी थी। सालियों का जूता चुराना बाकी था। सहेलियों का सुहाग सेज सजाना बाकी था। वैसे सुहाग सेज के बिना भी सबकुछ हो चुका था। सबकुछ माने, अरे वही कुछ! सबसुख! खुद मोहनी ही सुजाता को बताती थी। रस ले-लेकर!

'वॉऊ! ग्रेट इंज्वॉयमेंट! ग्रेट फन! संजीव इज सो क्यूट...एंड सो फनी ...आई लव हिम! रियली... आई लव हिम! बिलीव मी!'

ऐसे मौकों पर कसकर गले लगा लेती थी वो सुजाता को। दोनों गालों पर दो-चार पप्पी-झप्पी भी जड़ देती थी। ग्रेट इंज्वॉयमेंट का 'ऑफ्टर इफेक्ट' होता था वह सब! तब सुजाता झल्लाते हुए उसे अपने से अलग करती थी, लेकिन मोहिनी ठहाका लगाकर हँस पड़ती थी—''यू...पूअर गर्ल! किनारे बैठकर लहरों को छूने में क्या मजा! मजा लेना है तो समंदर में गोते लगाकर देखो!''

नोएडा में किसी ऑटो के पीछे लिखा हुआ था यह ज्ञान रूपी शेर। मोहिनी को बहुत पसन्द आया था। जब कभी संजीव के साथ मस्ती मारकर आती थी तो बहुत अदा से सुजाता को यह जरूर सुनाती थी। शेर सस्ता था, लेकिन मोहिनी का अन्दाज दिलचस्प होता था शेर सुनाने का। वैसे मोहिनी भी कम दिलचस्प नहीं थी। शक्ल-सूरत से सामान्य, लेकिन खुद को शानदार तरीके से रखना कोई उससे सीखे। चावल से खीर बनाती थी, खिचड़ी नहीं। हालाँकि सुजाता ये समझ नहीं पाती थी कि संजीव से मोहब्बत की बात करते समय मोहिनी ये क्यों कहती है—''आई लव हिम, बिलीव मी।'' क्या इसे अपने प्यार पर विश्वास नहीं है? क्या संजीव के प्यार पर विश्वास नहीं है? आज अपनी यही उलझन लेकर वह मनीष से चर्चा करने बैठी थी, लेकिन मनीष ने तो उसका मूड ही खराब कर दिया...

"प्यार के पाठशाला की गुरु जी, इतना गम्भीर विषय आप खुद सँभालिए। मुझे बख्श दीजिए। पढ़ने दीजिए। नौकरी नहीं मिली तो भूखे मरने की नौबत आ जाएगी और तब आप भी किसी संजीव के साथ निकल लेंगी।"

"तुमसे तो...कुछ बात करना ही बेकार है! गुर्रर्र...पढ़ो बैठकर, पढ़ते रहो!" सुजाता झल्लाई हुई रूम से बाहर चली गई। उसके जाते ही मनीष किताब लेकर बैठ गया।

सुजाता के कॉलेज के पास ही था मनीष का कमरा। कॉलेज से आते ही मनीष के कमरे में अड्डा जमा लेती थी। यहाँ दोनों को जाननेवाला तो कोई था नहीं। बस, शिवेश था और शिवेश दोनों के रिश्ते के हर पहलू से वाकिफ था। इसलिए उस मोर्चे पर कोई खतरा नहीं था। लिहाजा सुजाता और मनीष का प्यार अपने परवान पर बिना किसी रोकटोक के चढ़ रहा था। दूसरी तरफ शिवेश की आवारागर्दी बेरोकटोक जारी थी।

"यार मनीष, सोच रहा हूँ...ये नौकरी-वौकरी का चक्कर छोड़कर खेती का काम शुरू कर दूँ। गुलाब की खेती का। एक गुलाब दो सौ रुपये में बिक रहा है, यार!"

"क्या बात कर रहा है? दो सौ रुपये में एक गुलाब!"

"हाँ देख, टिटहरी भर का फूल और लग गया 200 रुपया!"

गुलाब का रेट सुनकर मनीष दंग रह गया। शिवेश के चेहरे पर झल्लाहट का भाव था।

"लेकिन तुमने इतना महँगा फूल लिया क्यों?"

"नेहा को 'रोज डे' पर विश करना है यार। तुझे पता नहीं, आज रोज-डे है! वैलेंटाइन वीक का पहला दिन!"

"वैलेंटाइन वीक"—चौंका मनीष! अबतक उसने वैलेंटाइन डे के बारे में ही सुना था। 14 फरवरी का दिन। यह तो उससे बड़ी चीज थी कोई...

"यार, तू भी न...रह गया वही अपने दियारा का! अरे, ये वैलेंटाइन डे दशमी की तरह होता है। दशहरा पूजा के सबसे आखिरी दिन का उत्सव, महा

उत्सव! हफ्ते भर के इस उत्सव की शुरुआत तो 7 फरवरी से ही हो जाती है मेरे दोस्त।''

''7 फरवरी से ही?''

''हाँ, 7 फरवरी को रोज-डे होता है अर्थात गुलाब दिवस वत्स, गुलाब दिवस! रोज-डे की वजह से ही तो गुलाब का भाव आसमान में उछाल मार रहा है। वैसे पार्टनर, दो सौ के गुलाब से एक बालिका पट जाए तो फ़िर सौदा घाटे का नहीं है। क्या कहता है?''

''गुलाब से लड़की पटाने का फॉर्मूला बाद में बताना। पहले वैलेंटाइन वीक के बारे में बता। पहली बार सुन रहा हूँ।''

''बेटे, लघु उत्तरीय स्टाइल में अपने प्रश्न का उत्तर पकड़। वैलेंटाइन वीक की शुरुआत होती है 7 फरवरी से। इसी दिन गुलाब ले-देकर मामला बढ़ाया जाता है आगे, परिचय-पहचान से कुछ और आगे, आगे...उसके बाद होता है 8 फरवरी का दिन—प्रपोज-डे उर्फ प्रस्ताव दिवस! इसी रोज बालक और बालिका, बालिका और बालक—करते हैं एक दूसरे को प्रपोज!''

''आई लव यू—बोलकर?''

''आई लव यू—बोलकर! अबे गँवार, दुनिया 'आई लव यू' से निकलकर 'वांट यू-फक यू' पर पहुँच चुकी है और तू 'आई लव यू' के मस्तूल पर लाल लंगोट लटकाए बैठा है! बेट्टे, प्रपोज-डे के दिन इनोवेटिव आइडिया के साथ बालिका के सामने इजहारे इश्क किया जाता है, इजहारे इश्क।''

''इनोवेटिव आइडिया!''

''हाँ, कोई धाँसू आइडिया। ना भूतो, ना भविष्यत। ना देखे में, ना सुने में। प्रपोज करने का कोई ऐसा आइडिया जिससे लड़की तुरन्त इम्प्रैस हो जाए...''

''जैसे तूने मैट्रिक में उस लड़की को प्रपोज किया था?''

''मैट्रिक में?''

''भूल गया बेटे, वो राइफल के साथ...''

मैट्रिक का वो माजरा याद करके झेंप गया शिवेश। टेंथ क्लास में था तब...एक लड़की को दिल दे बैठा था। वह लड़की शिवेश के घर के सामने से होकर स्कूल आती-जाती थी। अब ये जनाब उसे इम्प्रैस करने के चक्कर में उसके स्कूल आने-जाने का समय होते अपने दादा जी का रायफल लेकर छत पर घूमना शुरू कर देते। मन में था कि लड़की उनको रायफल लिए देखकर

उनकी मर्दानगी पर फिदा हो जाएगी। आखिरकार एक दिन संयोग से लड़की की नजर छत पर गई तो वहाँ वो शिवेश के हाथ में रायफल देखकर दंग रह गई। उसे और इम्प्रैस करने के चक्कर में शिवेश झूठमूठ का रायफल से उसपर निशाना साधने लगा। लड़की इम्प्रैस होने की जगह डरकर चीखने-चिल्लाने लगी और जब पूरे माजरा का पता शिवेश के घरवालों को लगा तो जनाब की दमभर धुनाई हो गई।

''वैसे पार्टनर, उस समय बचपना में गच्चा जरूर खा गए, लेकिन दिमाग मैंने लगाया सही था! सोच, रायफल दिखाकर लड़की को इम्प्रैस करने का मेरा आइडिया कितना धाँसू था?''

''अब ऐसा कर कि अपना कलेजा निकाल, प्लेट में सजा और लड़की को प्रपोज कर दे...कैसा आइडिया है, न भूतो-न भविष्यत...''

''ना पार्टनर, कभी किसी लड़की के लिए खुद की जिन्दगी दाँव पर लगाने की गलती मत करना। तू इन लड़कियों की फितरत नहीं समझता है। कलेजा निकाल कर देगा तो कहेंगी, फ्राई तो नहीं किया! कलेजा फ्राई करके देगा तो बोलेंगी कि ऑयली हो गया! मेरा फिगर खराब हो जाएगा!!''

''तो फिर और इनोवेटिव आइडिया क्या हो सकता है?''

''एफएम रेडियो के जरिए प्रपोज कर...पेपर में विज्ञापन के तौर पर अपना प्रेम-प्रस्ताव छपवा, बालिका को मूवी दिखाने ले जा और वहाँ मूवी से पहले स्क्रीन पर अपना प्रपोजल दिखा...इसी तरह के कुछ और इनोवेटिव आइडिया सोच, सोच...''

''लेकिन इसमें तो बहुत खर्च आएगा, यार...''

''तो साले, शोले के वीरू की तरह पानी की टंकी पर चढ़कर प्रपोज कर। फ्री में काम हो जाएगा, गब्बर गोद में उठाकर बसन्ती को तेरे पास पहुँचा देगा। न पैसा ना कौड़ी, मोहब्बत के मार्केट में दौड़ा-दौड़ी! वाह जी वाह!''

''कमीने...खैर, चल...प्रपोज-डे से आगे बढ़। उसके बाद क्या आता है?''

''उसके बाद बेटे 9 फरवरी को आता है—चॉकलेट-डे।''

''चॉकलेट-डे''—चौंका मनीष!

''हाँ, चॉकलेट-डे। अच्छा हुआ कि बलिया छोड़कर दिल्ली चले आए, नहीं तो जिन्दगी भर लेमनचूस ही चूसते रहते। यहाँ पर वैलेंटाइन बाबा की कृपा से दिलदार चॉकलेट चाटने-चूसने के लिए मिला।''

"दिलदार चॉकलेट!" मनीष फिर चौंका।

"अबे घोंचू, दिलदार चॉकलेट मतलब दिल के साइज का चॉकलेट। 9 तारीख को चॉकलेट-डे के दिन ऐसा-वैसा चॉकलेट गिफ्ट में नहीं दिया जाता है। दिल के शेप वाला चॉकलेट दिया जाता है।" एकदम ऐसा...शिवेश ने अपने हाथ से दिल का आकार बनाकर दिखाया—"और इस चॉकलेट के बीच में आजकल एक तीर टाइप का निशान बना दिया जाता है।"

"तीर!"

"हाँ, हाँ, बाबा कामदेव का बाण उर्फ तीर। अबे, वही अपने पुराण-शास्त्रों वाले कामदेव बाबा! पुराने समय में जिस किसी पर कृपा बरसा देते थे उसकी छुट्टी हो जाती थी। बहुत बड़ा ठरकी बन जाता था वो। वैलेंटाइन बाबा के बड़े भाई लगते होंगे, सोच कर देख..."

"ठरकी!"

"अबे यार, ठरकी भी नहीं समझता है। देश दुनिया को भुलाकर जो बस...हाँ, सही समझ रहा है तू! संस्कृत साहित्य में उसे काम-पीड़ा कहा गया है। अंग्रेजी में सेक्स डिजाइयर। हिन्दी में...लेकिन छोड़ बेट्टे, हिन्दी में बोलूँगा तो अश्लीलता का ठप्पा लग जाएगा। अंग्रेजी में 'फक यू' लिखा हुआ टी-शर्ट पहनकर आजकल सरेबाजार दिल्ली में लड़कियाँ घूमती हैं, लेकिन हिन्दी में उसका शुद्ध, शाब्दिक, सात्विक अर्थ बता दो तो बवाल मच जाएगा। खैर, छोड़-छोड़ भी इन बातों को...हाँ, मैं असल मसले पर कहाँ पर था?"

"दिलदार चॉकलेट में कामदेव बाबा के बाण पर था तू!"

"हाँ, देख भाई लोगों ने क्या दिमाग लगाया है! सैंट वैलेंटाइन को वैलेंटाइन बाबा बनाने की तैयारी है। ये सब ग्रेट इंडियन ब्रेन की उपज है। वैलेंटाइन डे का देसी वर्जन। अपने कल्चर की यही तो सबसे बड़ी खासियत है दोस्त। हर किसी को प्यार से गले लगा लेती है। फिराक साहेब को सुने हो न—

सरजमीने हिन्द पर अकवामे आलम के फिराक
कारवाँ आते गए, हिन्दोस्ताँ बनता गया।"

"इंडियन कल्चर की ग्रेटनेस पर ज्ञान बाद में देना, पहले अकवामे आलम समझा दो। फिर वैलेंटाइन वीक के बारे में पूरी-पूरी बात बता दो।"

"अकवामे आलम—दुनिया की जो कौमें हैं न, शायद उनको कहा गया है। हम तो सुने-सुनाए ज्ञानी हैं दोस्त, जो दिमाग में अटक गया सो रह गया।

तुम्हारी तरह पढ़ाकू-रट्टू अव्वल विद्यार्थी नहीं। ये सब छोड़, और गौर से सुन। कभी इंटरव्यू बोर्ड में कोई आइटम हुई तो वैलेंटाइन वीक के बारे में पूछ भी सकती है। सीरियसली...तो चॉकलेट-डे के दिन अपना दिल चॉकलेट की शक्ल में लड़की के सामने पेश करो। दिल के शेप-साइज का चॉकलेट! चॉकलेटी दिल को चाटती लड़की को 10 फरवरी को टेडी-डे के दिन टेडी मिलता है!''

''टेडी-डे, अजीब-डे!'' मनीष हैरान था।

''हाँ, टेडी-डे यार, तू बीच में टोका मत कर, बहुत मुश्किल से सारे दिन को एक-एक कर याद किया है। पिछली बार एक लड़की को गलती से रोज-डे के दिन प्रपोज कर दिया था। देहाती, भुच्च, गँवार--कहते हुए एक दूसरे लड़के को गुलाब थमा दिया था उसने सामने के सामने।''

''साले, जैसे तुम हो, वैसी ही तुम्हें गर्लफ्रेंड भी मिलती है।''

मनीष ने गाली दी शिवेश को, लेकिन शिवेश पर कोई फर्क नहीं पड़ा। वह पूरी गम्भीरता के साथ वैलेंटाइन वीक के बारे में बताए जा रहा था।

''तो 10 फरवरी टेडी-डे होता है। हिन्दी में कहें तो भालू दिवस! ब्वॉयफ्रेंड गर्लफ्रेंड को गिफ्ट में भालू देता है। क्यूट-क्यूट भालू। इस मैसेज के साथ कि मैं भी इस टेडी जैसा भोला-भाला हूँ। तुम जैसे रखोगी वैसे रहूँगा। गाल से चिपकाकर सुलाओगी तो गाल से चिपककर सोऊँगा। सीने से चिपकाओगी तो...''

''आगे बढ़, आगे!'' मनीष ने शिवेश को हड़काया।

''11 फरवरी प्रॉमिस-डे होता है—वादा दिवस! 'वादा न तोड़...' याद है न गाना ये, नाच का सुपर हिट आइटम था हमलोगों के बचपन टाइम में...हाहाहा... इस दिन लौंडे वादों के बाग में बालिकाओं को झूला झुलाते हैं। तुम्हारी सहेली को कभी गिफ्ट नहीं दूँगा, तुम्हारी रूममेट को कभी मूवी दिखाने नहीं ले जाऊँगा, तुम्हारी बहन पर कभी बुरी नजर नहीं डालूँगा, टाइप के वैलेंटाइन वादे। अबतक मामला काफी आगे बढ़ चुका होता है। तब आता है 12 फरवरी का दिन—हग-डे यानी भरत मिलाप दिवस; लेकिन नहीं यार, ये दिन भाई को गले लगाने का दिन नहीं होता है। गर्लफ्रेंड-बॉयफ्रेंड के गले मिलने का दिन होता है।''

''गले लगने का दिन!''

''हाँ, हाँ, अरे जिस तरह हर शुभ काम के लिए पोथी-पत्रा लेकर दिन देखा

जाता है, मुहूर्त निकाला जाता है, उसी तरह वैलेंटाइन बाबा के शिष्यों ने हर पवित्र काम के लिए दिन डिसाइड किया हुआ है। हग-डे के दिन ब्वॉयफ्रेंड गर्लफ्रेंड एक दूसरे को गले लगाते हैं।''

''गले लगाते हैं!''

''हाँ-हाँ, गले लगाते हैं। लेकिन थोड़ा कंट्रोल रखना पड़ता है। बेंगलुरु में मेरा एक दोस्त है। एकदम से बलियाटिक बैल है! गाँव में तो जब तक बबुआ-बच्चा था तब तक माँ और दादी ही गले लगाती रहीं। उसके बाद अपने यहाँ कौन गले लगाने आता है देहात में? वहाँ बेंगलुरु में हग-डे के दिन पहली बार किसी जवान लड़की को गले लगाने का मौका मिला। इस मौका मिलने में ही कंट्रोल खो बैठा!''

''क्या हुआ था?'' मनीष के चेहरे पर हैरत के भाव थे।

''कमीने ने लड़की की रीढ़ की हड्डी ही तोड़ दी। बेचारी बालिका के साथ डबल ट्रेजडी!''

''डबल ट्रेजडी! मतलब!''

''हाँ यार, पिछले वैलेंटाइन में उसके ब्वॉयफ्रेंड ने उसे इसलिए ठुकरा दिया था कि वो मोटी थी। लिहाजा लड़की ने भूखे पेट रहकर 'जीरो फिगर' बनाया था। जाहिर है, काफी कमजोर हो गई थी बेचारी, लेकिन ये सांढ़! गाय और बाछी में फर्क ही नहीं कर पाया। बेचारी बालिका मरते-मरते बची। पुलिस केस हो गया था भायजी। तीन महीने तक अन्दर रहना पड़ा था उसे। समझ रहे हो?''

मनीष ने सिर पकड़ लिया। उधर शिवेश अपने अन्दाज में वैलेंटाइन वीक के बारे में बताए जा रहा था।

''तो हग-डे के दिन थोड़ी जोर आजमाइश हो जाती है। लेकिन ज्यादा जोर आजमाइश की इजाजत नहीं है इस दिन। मधुर गाना सुनो मेरे दोस्त—'लग जा गले कि फिर हसीं रात हो न हो...' —सुने हो न ये गाना? बस, ऐसे ही एक-दूसरे के दिल की धड़कन को सुनो-महसूस करो और उस सुलगते अहसास को साथ लिए तड़पते हुए अलग हो जाओ। अगला स्टेप किस-डे के दिन उठेगा, वत्स! 13 फरवरी के दिन चुम्बन दिवस। इसी दिन नेहा...''

''किस-डे के दिन नेहा! ये क्या बात कर रहे हो तुम दोनों? ये नेहा कौन है?'' ऐन क्लाइमेक्स से पहले सुजाता पहुँच गई थी गुरु-शिष्य बैठकी के बीच।

"तुम्हारी नईवाली भाभी है नेहा, और कौन है!" मनीष ने मजा लिया। शिवेश झेंप गया। सुजाता हँस पड़ी। शिवेश के बारे में सबकुछ पता था उसे। उसके हर लफड़े के बारे में जानती थी। मनीष बताते रहता था। उसके पापा और शिवेश के पापा में गहरी दोस्ती थी। दोनों नेता थे। लिहाजा बचपन से सुजाता को शिवेश जानता था। बाद में जब सुजाता मनीष की गर्लफ्रेंड बनी तो ये दोस्ती और गहरी हो गई।

शिवेश और सुजाता दोनों नेता परिवार से आते थे। उनके ऊपर कैरियर का कोई दबाव नहीं था। दोनों काफी हद तक दिल्ली में टाइमपास करते थे, जबकि मिडिल क्लास फैमिली से आनेवाला मनीष टोटली कैरियर ओरिएंटेड लड़का था। वो कुछ बनने की ख्वाहिश लिए दिल्ली आया था। एक उसका जिगरी यार था तो दूसरी उसकी जिन्दगी थी। उसकी बचपन की प्यार। सूरत से प्यारी, लेकिन परले दर्जे की शरारती। जितनी बड़ी खिलंदड़, उतनी ही ज्यादा अक्खड़। कब किसको कहाँ धो देगी, ये उसे खुद पता नहीं होता था। वैलेंटाइन डे की पार्टी में मोहिनी का ब्वॉयफ्रेंड संजीव ही उसके हत्थे चढ़ गया था!

"लुकिंग ग्रेट!"

"मक्खनबाजी!"—सुजाता की कातिल मुस्कान चमकी।

पार्टी में कहर ढा रही थी सुजाता। नूरानी चेहरा! मक्खन में एक चुटकी हल्दी वाली कलर! बड़ी-बड़ी नशीली आँखें! लम्बी हाइट, परफेक्ट फिगर, उसपर से स्टाइलिस्ट ड्रेस! माहौल में मस्ती का राग-रंग अलग छाया हुआ था। सब नाच रहे थे, गा रहे थे, झूम रहे थे, एक दूसरे को झुमा रहे थे। समाँ में संगीत की सुनहरी धुन थी। राधा-कान्हा के रिश्ते को नए जमाने की भाषा में प्रजेंट करता एक मदमस्त गीत। राधा अपने सेक्सी अवतार में और कान्हा आह-आह करते उसके पीछे-पीछे! राधा कान्हा को धमकाए जा रही थी, चेतावनी दे रही थी—'एक समय में तीन-चार गर्लफ्रेंड्स की पॉलिसी गलत है, कान्हा! सुधर जाओ, वरना इन 'कट्स' और 'फिगर' के परवाने और भी हैं!' लेकिन मॉडर्न कान्हा की सोच साफ। प्यार और व्यापार का विस्तार जितना ज्यादा हो, उतना ही अच्छा! एक धोखा दे तो दूसरा सँभाल ले।

इस वक्त संजीव उसी पॉलिसी के तहत सुजाता पर ट्राई कर रहा था। पार्टी भी उसी के फॉर्म हाउस पर हो रही थी। मोहिनी और संजीव के विशेष आग्रह पर वह वहाँ आई थी, अनमने ही।

''नो बटरिंग, रियली लुकिंग स्मार्ट...एकदम सेक्सी लग रही हो, हॉट!'' संजीव एक कदम और आगे बढ़ा। उसकी नजर सुजाता के गले के नीचे अटक चुकी थी। सुजाता उसके आँखों के कमीनेपन को खूब समझ रही थी।

''मोहिनी कहाँ है? अबतक वो आई नहीं?'' सुजाता ने बात बदलने की कोशिश की। मोहिनी के मम्मी-पापा दिल्ली आए हुए थे। मोहिनी उन्हीं से मिलने के लिए अपनी मौसी के घर चितरंजन पार्क गई थी। उसने वहीं से पार्टी में आने की बात कही थी।

''उसके मम्मी-पापा ने अचानक मथुरा-वृन्दावन घूमने का प्लान बना दिया। वह उन्हें लेकर वहीं गई है।'' संजीव ने अजीब-सा मुँह बनाया—''बाई द वे, आज का तुम्हारा क्या प्लान है?''

''प्लान, कोई प्लान नहीं है?''

''तो फिर चलो, लॉन्ग ड्राइव पर चलते हैं।''

''लॉन्ग ड्राइव पर!'' सुजाता थोड़ी चौंकी।

''हाँ, एक्सप्रेस-वे पर चलते हैं। वहीं किसी ढाबे पर खाया-पीया जाएगा। थोड़ी मौज-मस्ती की जाएगी। ग्रेट फन!'' संजीव का हाथ कुछ खास हरकतों के साथ सुजाता की पीठ पर रेंग रहा था। सुजाता के मन में उसकी नीयत को लेकर अब कोई डाउट नहीं रहा। वैसे भी कई बार सुन चुकी थी उसके लॉन्ग ड्राइव के किस्से मोहिनी की जुबाँ से। एक्सप्रेस-वे पर ही संजीव का फार्म हाउस था। लॉन्ग ड्राइव के बाद मोहिनी को फॉर्म हाउस ले जाता था...ग्रेट फन, ग्रेट इंज्वॉयमेंट के लिए!

''कम ऑन, स्वीट हॉर्ट! चलो, आज इंज्वॉय किया जाए। फूल टू मस्ती!'' मीठी च्यूँटी काटने के साथ संजीव खुलकर सुजाता के सामने आ गया। अब बारी सुजाता की थी।

''चलो...लेकिन...जरा रुको; पहले ये बताओ...कि साइज क्या है तुम्हारा?'' अचानक सेक्सी स्माइल तैर उठी सुजाता के होंठों पर!

''साइज!'' संजीव को लगा कि तेज म्यूजिक में उसने कुछ गलत सुन लिया है। मुँह खुला का खुला रह गया। तेजी से उसने आसपास देखा, लेकिन किसी

का ध्यान उनकी ओर नहीं था। सब डांस में चांस मार रहे थे! चौतरफा चांस! 'P-2-P' पॉलिसी के तहत! कॉलेज में बताया गया था इस पॉलिसी के बारे में। बाहर की दुनिया ऐसी नहीं है जैसी कॉलेज की। बाहर टफ कम्प्टीशन है! लिहाजा हर जगह ट्राई करो। पीयून के लिए भी ट्राई करो, पीएम के लिए भी—'P-2-P'...लड़कों ने गुरु-ज्ञान गाँठ में बाँध रखा था, लेकिन डांस फ्लोर पर कमर बहुत लचकाना पड़ रहा था। लिहाजा ज्ञान की वह गाँठ खुल चुकी थी। अब सब हर लड़की पर ट्राई कर रहे थे! क्या पता, कहाँ वैकेंसी हो! रिप्लेसमेंट की गुंजाइश हो या फिर ब्वॉयफ्रेंड-इन-वेटिंग की जरूरत हो! मॉर्डन राधाएँ भी इन कलियुगी कान्हाओं के कदम में कदम मिला रही थीं। सन्तुलित, सधा और सटीक कदम। संगीत की लय के साथ ऊपर-नीचे, आगे-पीछे होते मजबूत कदम। इन नाजुक पाँवों के गन्दे होने का सवाल ही नहीं था। सबके पैरों में कसे कसाए स्लीपर थे। बूट की मजबूत ठोकर चमचमाते डांस फ्लोर पर पड़ रही थी, आह लड़कों के दिल से निकल रही थी। वो इन कदमों तले अपना दम निकलते देख रहे थे। लिहाजा मामला कदम से आगे बढ़ाने की पुरजोर कोशिश कर रहे थे, लेकिन लड़कियाँ समझदार थीं। लड़कों को कदम से आगे कुछ और मिलाने की इजाजत नहीं दे रही थीं।

"बता क्यों नहीं रहे हो? मैंने कुछ पूछा न तुमसे?"

संजीव ने सुजाता की आँखों में गौर से देखा, लेकिन किसी तरह का गुस्सा या नाराजगी नहीं दिखी उन दिलकश आँखों में। चेहरे के साथ-साथ उसकी आँखें भी मुस्करा रही थीं। संजीव की जान में जान आई। मतलब बिन्दास है सुजाता!

"साइज क्या होगा? वही नॉर्मल साइज!" थोड़ा कॉन्फिडेंट दिखने की कोशिश की संजीव ने।

"नॉर्मल साइज, माने क्या?" सुजाता ने दाहिने हाथ की उँगली से कुछ दिखा कर पूछा।

संजीव दंग रह गया। इतनी बिन्दास! इसे तो लॉन्ग ड्राइव पर ले जाकर माहौल बनाने की भी जरूरत नहीं। मामला सीधा है...

"नहीं, नहीं! इससे बड़ा..." संजीव ने पूरा पंजा फैला दिया।

"बस, इतना-सा!" सुजाता ने चेहरे पर मायूसी झलकाते हुए कहा, "फिर क्या मस्ती होगी?"

संजीव हैरान-परेशान हो उठा। कैसी लड़की है यह? मोहिनी तो इसकी शराफत और मासूमियत के किस्से सुनाती रहती है...यहाँ तो ये और इसकी बातें...

''नहीं-नहीं, मौके पर इतना ही थोड़े रहता है! बड़ा होता है। चलो आज तुम ट्राई करके तो देखो!''

''कमीने, बेगैरत आदमी, तेरी आँखों में पानी नाम की चीज नहीं है क्या रे एकदम? डूब मर आशिक के नाम पर कलंक! अपना लम्बा साइज खुद आगे से घुमाकर अपने पीछे डाल ले बे, @#$^^@, #%^$^&%&, भो XX के!''

''तो उस रोज तुझे कहाँ तक बताया था?''

''किस-डे के बारे में बताया था।''

मनीष वैलेंटाइन वीक के बारे में ज्ञान लेने के लिए मरा जा रहा था। उस दिन सुजाता के आने की वजह से मसला किस-डे पर ही अटक गया था। अब पहला मौका मिलते ही आगे का ज्ञान लेने पहुँच गया था शिवेश के कमरे पर।

''हाँ, ठीक उसी समय तो सुजाता आ गई थी। अच्छा हुआ, उसने मेरी बातें नहीं सुनीं!''

''पता है उसे तेरे बारे में, बेटे। तेरी रग-रग से वाकिफ है वो। तेरी ही कैटेगरी की है वो भी।''

''ऐ, उसके बारे में ऐसी बात मत बोल! वो बहुत अच्छी है।''

''अच्छा-अच्छा। बन्द कर उसकी तारीफ। चल, किस-डे के बारे में बता।''

''तो बेटे, 13 अंक तो बड़ा गड़बड़ बताया जाता है अपने यहाँ, लेकिन जो 13 फरवरी में आता है न, उसका गड़बड़ सुपर गड़बड़ है! जिन्दगी को जरा इधर-उधर कर देने वाला! इसीलिए इसे कहते हैं—किस-डे। सुसंस्कृत भाषा में चुम्बन दिवस और ठेठ देसी जबान में चुम्मे का दिन! इस दिन ब्वॉयफ्रेंड-गर्लफ्रेंड एक-दूसरे को किस करते हैं। पप्पी नहीं, किस, किस करते हैं। पहले ब्वॉयफ्रेंड करता है, फिर गर्लफ्रेंड करती है। एक-दो बार हौले से चूमते

हैं। बॉडी वॉर्म अप करते हैं! उसी तरह जैसे अपने यहाँ पहलवान अखाड़े में उतरने से पहले दंड-बैठक करते हैं।''

मनीष की आँखें कान बन गई थीं और वह ऐसे दिख रहा था जैसे हिप्नोटाइज कर दिया गया हो! इधर शिवेश अपने फॉर्म में था—''जब बॉडी वॉर्म अप हो जाता है तो फिर चुम्मा-चुम्मा के अखाड़े में उतरते हैं। दोनों साइड से जबरदस्त दाँवपेंच। आजकल ज्यादा जोर स्मूचिंग स्टाइल पर है! समझे दोस्त?''

''स्मूचिंग?''

''हाँ बेटे, स्मूचिंग। तुम पिछड़े बीमारू राज्य के पिछड़े नौजवान, सुनो! पुच्ची-पुच्ची और चुम्मी से आगे बढ़ो। दुनिया चाँद जैसे मुखड़े को देखते-सराहते असल के गड्ढे वाले चाँद पर पहुँच गई और तुम नाजुक-गुलाबी लबों की रंगत ही निहारते रहते गए! दुर्रर!! आजकल लेटेस्ट ट्रैंड है, लेटेस्ट—स्मूचिंग का! मुँह में मुँह डालकर किया जाता है। अपनी मकान मालिकन की बेटी को बुला, प्रैक्टिकल सामने-सामने करके बताता हूँ।''

''कमीने, भो XX के, कोई जरूरत नहीं है प्रैक्टिकल की। ऐसे ही बता।''

''वही तो बता रहा हूँ। हाँ...तो बेटे, स्मूचिंग नए स्टाइल का किस है। ये मुँह में मुँह डालकर, दाँत से दाँत भिड़ाकर, जीभ से जीभ लड़ाकर किया जाता है! क्या समझे? और ये भी जानो कि स्मूचिंग करते-करते गर्लफ्रेंड के मुँह से लार निकाल दिए तो फिर बेस्ट किस का अवार्ड भी मिल जाएगा तुझे! पता है तुझे, 'रामलीला' में दीपिका-रणबीर ने ऐसा ही किस किया था। एकदम, डिट्टो! बेस्ट किस का अवार्ड मिला है दोनों को! तुझे भी ऐसा ही अवॉर्ड मिल जाएगा।''

''बेटे, वो अवॉर्ड तू ही ले लेना। या तेरी बहन ले लेगी। मैं ऐसे ही ठीक हूँ।''

''पार्टनर, पहले तो सुन ले कि बहन को ऐसे मामलों में न घसीटा कर। दूसरे, मेरा दर्द समझ कि काश संजय लीला भंसाली ने ये मौका रणबीर सिंह के बजाय मुझे दिया होता! फिर दुनिया को मैं दिखाता कि बागी बलिया का ये कड़क लौंडा दीपिका के साथ स्मूचिंग कैसे करता है!''

''बेटे, दीपिका सुन लेगी तो तुझे खिचड़ी खाने को अन्दर करा देगी।''

''अरे बावले, वो तो खुशी से मुझे गले लगा लेगी। रणबीर सिंह ने तो उसे बॉलीवुड में बेस्ट किस का अवॉर्ड दिलाया न, मैं उसे ब्रह्मांड के बेस्ट किस का अवॉर्ड दिला दूँगा! गिनीज बुक ऑफ वर्ल्ड रिकॉर्ड में उसका

नाम दर्ज करा सकता हूँ! तू समझता क्या है मुझे! अपने जैसा? हुँह...किताब कूट, किताब...''

''अच्छा बेटा, चल, अपना ये प्रस्ताव भेज दे उसे। फिर इन्तजार कर। देखें, क्या जवाब आता है। तब तक तो वैलेंटाइन वीक वाला किस्सा पूरा कर।''

''किस्सा? ज्ञान है मूर्ख, ज्ञान! मुफ्त का काउंसेलर मिल गया हूँ तो कद्र नहीं समझ में आ रहा! तुम बलिया के एकदम गँवार रह गए इतने दिनों बाद भी! दिल्ली आना बेकार है तुम जैसे लाडकं का। पता है तुझे कुछ, इस स्मूचिंग के ट्रेंड ने खूबसूरती के पुराने कॉन्सेप्ट को बदलकर रख दिया है!''

''वो कैसे?''

''मैया की बात सुनता था न—'कनिया के पातर-पातर होंठ बा, दुल्हनिया खूबसूरत बिया'। याद है? मतलब पहले पतले होंठों को खूबसूरती का पैमाना माना जाता था, लेकिन आजकल भरे-पूरे पाउटी लिप्स का क्रेज है। क्रिस गेल और एंजलिना जोली टाइप के होंठ! यूरोप और अमेरिका में लोग ऐसे होंठों के लिए सर्जरी तक कराते हैं। अपने यहाँ भी जिसके पास माल है, करा ही रहा है। अमीरी में सब कुछ सब जगह चलता है यार! इस दुनिया में असल कौम दो ही हैं—अमीरी और गरीबी। बाकी सब बकवास!''

''सर्जरी क्यों? पाउटी मतलब-मतलब चौड़े-उभरे होंठ होने से क्या हो जाता है...माने-माने कि क्या फर्क पड़ता है?''

''अबे घोंचू, अधरामृत-पान के लिए। चौड़े-उभरे अधर से अमृत का प्रवाह ज्यादा होता है न! रस से ठसाठस भरे सन्तरे का फाँक देखा है न, बस, वही चार्म, वही लुत्फ...दुनिया उसी के लिए पागल होने को है मेरे दोस्त...''

''अधरामृत!''

''और नहीं तो क्या बेटे! अधरामृत मतलब अधर का अमृत, बोले तो होंठों से टपकने-टपकने को दिखने वाला अमृत। अधरामृत! तुम क्या सोचते हो, अपने पुरखे-पूर्वज तुम्हारी तरह छोटी सोच के थे? छककर पीते थे अधरामृत। जानते हो, गोपियों के बारे में क्या कहा गया है—'पीवै सदा अधरामृत श्याम को'। एक गोपी कन्हैया की बाँसुरी को गाली देती है—'कमीनी, जब देखो कान्हा के अधरों से चिपकी रहती है। हम लोगों के हिस्से पर डाका डालती रहती है।' एक ग्रन्थ में तो लिखा गया है कि स्वर्ग में अमृत की धारा भले बहती है लेकिन देवताओं को अप्सराओं का अधरामृत ज्यादा सूट करता है।''

''कंट्रोल कर, शिवेश, कंट्रोल! अधरामृत से आगे बढ़। अभी और भी मौके हैं ज्ञानी दिखने के।''

''वही तो बता रहा था। वैसे एक बात बताते चलूँ तुमको। मौका है, दस्तूर भी है। समझ ही रहे हो। ज्ञान दो तो पूरा दो नहीं तो अधकचरा ज्ञान मत फैलाओ। अब नेहा के होंठ थोड़े पतले हैं। इससे क्या दिक्कत है भला? कोई नहीं। 'लिपलॉक' में मजा आएगा। अनुभव का भी कुछ मतलब होता है, होता है कि नहीं बच्चे?''

''लिपलॉक! अब ये क्या बला है?''

''बेटे, हाहाहा...यही सब तो तुम्हें सीखना बाकी है दोस्त! ये भी नए स्टाइल का चुम्मा है। इसमें पहले एक दूसरे के लिप को लॉक कर दिया जाता है! उसके बाद मौका मिल जाए तो लव बाइट्स!''

''लव बाइट्स?''

''हाँ घोंचू, ये भी लेटेस्ट ट्रेंड है। आजकल वैलेंटाइन डे में प्रेमिका को गिफ्ट में लव बाइट्स देने का टटका ट्रेंड शुरू हुआ है।''

''मतलब?''

''मतलब ये कि तू कभी-कभार नैन्सी फ्राइडे को भी पढ़ लिया कर। कॉस्मोपॉलिटन महीने-महीने तो पढ़ने से रहा तू। अंग्रेजी भी सुधर जाएगी, ज्ञान भी लबालब भर जाएगा। सुन मतलब की बात अब। जो लौंडे कड़के होते हैं, वो इस बात से परेशान हो जाते हैं कि गर्लफ्रेंड को महँगे गिफ्ट कहाँ से दें? 200 में गुलाब तो फिर दूसरे गिफ्ट्स की कीमत का अन्दाजा तू लगा ही सकता है। ऐसे में कड़के लौंडों ने गिफ्ट में लव बाइट्स देने का नया ट्रेंड शुरू किया है। फ्री में काम बन जाता है उनका, मजा मिलता है सो अलग। हर्रे लगे, ना फिटकरी, रंग आ जाता है चोखा!''

''लेकिन ये लव बाइट्स है क्या बला?''

''घोंचू, दाँत का निशान और नाख़ून का निशान है—लव मार्क, लव बाइट, प्यार का निशान!''

''लेकिन ये लव बाइट्स दिए कैसे जाते हैं?''

''प्रॉपर तरीके से दिया जाता है, और कैसे दिया जाता है! एकदम साइंटिफिक और इमोशनल तरीके से। पहले प्रेमी चूमा-चाटी करके प्रेमिका की रगों में उबाल लाता है। शरीर में सर्द-गर्म, थोड़ा मीठा-थोड़ा नमकीन टाइप की

गरमी का संचार करता है। उस गर्मी से प्रेमिका का शरीर उसी तरह तपने लगता है, जिस तरह से घनश्याम चाचा का लोहा तपता है।''

''घनश्याम चाचा का लोहा! कहीं का ईंट कहीं का रोड़ा?'' मनीष शिवेश के इस अन्दाज से खासा परेशान रहता था। शृंगार रस के बीच अचानक वीर रस और शान्त रस के बीच वीभत्स रस कब लेकर आ जाएगा, यह खुद उसे ही पता नहीं रहता था।

''हाँ बेटे, देखे नहीं हो कैसे घनश्याम चाचा कुल्हाड़ी, कुदाल या हँसुआ बनाते समय लोहे को भट्टी में गरम करते हैं और उसके बाद उसे मनचाहा आकार दे देते हैं।''

''देखा हूँ बेटे, ले-कि-न उ-स-का ते-रे ल-व बा-इ-ट्स से क्या रिश्ता है?''

''रि-श्ता है बे-टे, घ-न-घो-र रिश्ता है। जिस तरह से लोहा गर्म होने के बाद पिघलने के लिए तैयार हो जाता है, उसी तरह लड़की भी नाखून और दाँत की खरोंच...''

''समझ गया, समझ गया। आगे बढ़...''

''तो बेटे, ये हुआ लव बाइट का फर्स्ट स्टेप। इस स्टेप के बाद शुरू होता है इमोशनल स्टेप। इसमें बालक लखनवी नफासत के साथ बालिका से कहता है—मल्लिका-ए-हुस्न! गुलाम की गुस्ताखी मुआफ हो। नाचीज आपके नूरानी हुस्न को मोहब्बत के मखमली ताज से तख्तनशीं करना चाहता है।''

''शिवेश, तुकबन्दी के चक्कर में उर्दू की टाँग मत तोड़। कुछ तो उर्दू पर रहम खा।''

''साले, तुम लोगों के साथ सबसे बड़ी समस्या यही है कि हर चीज को कायदे-कानून के बन्धन में जकड़ देते हो। पहले संस्कृत को व्याकरण के ऐसे-ऐसे नियमों में इतना जकड़े कि बेचारी संस्कृत अन्तिम साँस लेने लगी। अब वही काम उर्दू के साथ कर रहे हो। इसी तरह मोहब्बत को तमाम तरह के बन्धनों से जकड़ने की कोशिश कर रहे हो। ये जो जोगी जी हैं न, मुझे अपना सलाहकार बनाते तो उन्हें समझाता कि वो प्रेम-अनुकूल राज्य बना कर देखें। न कोई लफंगई बची रह जाएगी, न कोई अलबल अमानुषिक दुर्घटना...प्रेमी जोड़ों पर डंडा चलवाकर उलटे जो वो बद्दुआ ले रहे हैं, उससे भी मुक्ति मिलेगी। रोमियो को प्यार करने का माहौल दो। रोमियो के नाम को कलंकित करने के बजाय असल लफंगों को सीधे-सीधे कूट दो। सच

कहता हूँ दोस्त, वाल्मिकी बाबा वाला टैलेंट मुझमें होता न तो प्रेमी जोड़े को पिटता देख अब तक मैं भी कोई रामायण जैसा महाकाव्य लिख चुका होता। घोर टैलेंट-विहीन युग है, घोर!''

''अब ये वाल्मिकी बाबा कहाँ से आ गए?''

''जा रे जिला, तुझे अक्ल कब आएगी? तू ये देख कि पहले के बाबा लोग प्यार-मोहब्बत की इतनी कद्र करते थे कि पक्षी-पखेरू के भी प्रेम में कोई बाधा डाल दे तो उनके कंठ से महाकाव्य फूट पड़ता था! और यहाँ योगी बाबा के राज में प्रेमी जोड़ों पर कैसे-कैसे डंडा चला, देखे न तुम! अरे, उन्हें तो पूरे प्रदेश में प्रेम पार्क खुलवा देना चाहिए। पहले प्यार, फिर व्यापार! और क्या...

''बेटे, जाकर अपना ये सब ज्ञान किसी दिन बाबा को दे आ। बाबा यूपी में एक मोहब्बत मंत्रालय खोल देंगे और तुझे उसका मंत्री बना देंगे। साला, कहाँ की बात कहाँ पहुँचा देता है! सुना रहा था लव बाइट्स का फंडा और पहुँच गया प्यार के पार्क में। पहले अधूरी बात पूरी कर, नहीं तो अभी श्राप दे दूँगा...''

''अरे-अरे, वही तो बता रहा था। कहाँ पर था मैं?''

''लव बाइट्स के लिए लखनवी अन्दाज में परमिशन माँगने की बात बता रहा था...''

''हाँ तो देख, मोहब्बत के मामले में कभी भी भाषा पर मत उलझ। भाव पर जा, भाव पर। जबान का नहीं, जज्बात का ख्याल करो। जज्बात की कद्र खत्म होने से ही इतना बवाल मचा हुआ है समाज में। सब नेता और बाबा-मुल्ला और अंडबंड लोग, सब जबान भाँजते रहते हैं, मासूम लोगों की लाशें गिरती रहती हैं। खैर, मुद्दे की बात यह कि लखनवी अन्दाज में बोलने से लड़कियाँ खुश हो जाती हैं। थोड़ा ना-नुकुर करने के बाद ब्वॉयफ्रेंड को वो लव बाइट की इजाजत दे ही देती हैं। लव बाइट का लास्ट स्टेप रॉकेट साइंस से कम कम्लिकेटेड नहीं हैं। इसमें काफी अलर्ट रहना पड़ता है। ये नहीं कि बलियाटिक गँवार की तरह सीधे हबक लो।''

''जैसे तुमने पूजा को हबक लिया था!''

''तुम साले मेरी दुखती रग पर हाथ रखते रहते हो। जा, मैं अब तुझे कुछ नहीं बताता। एक तो इतने-इतने प्रयोग कर-करके, असफल होने का जोखिम उठा-उठा के मैंने सब दुर्लभ ज्ञान हासिल किया, फोकट में वह बरसों की

तपस्या से हासिल ज्ञान दे भी रहा हूँ, तो भी मेरा ही मजाक उड़ा रहा है... सौ कमीने मरे तो तू धरती पर आया। आज मुझे यह भी ज्ञान हुआ। वैसे तुम्हारी जानकारी के लिए बता दूँ कि सारी गलती मेरी ही नहीं थी। उस दिन पूजा जबरदस्ती हिंदुस्तानी किस को नीचा दिखाने पर तुली थी। कहने लगी कि अमेरिकन किस ज्यादा मॉडर्न है, जापानी किस ज्यादा डेलिकेटेड है, फ्रेंच किस तो इतना कम्पलिकेटेड है कि इसके लिए स्पेशल कोर्स करना चाहिए। मैंने कहा कि दुनिया के सारे किस बलियाटिक किस के आगे पानी भरेंगे!''

''और इसके बाद उसे हबक लिए! नहीं? बेचारी को एक महीने तक मुँह पर पट्टी बाँधकर घूमना पड़ा था...मुझे हँसी आ रही है दोस्त, माफ करना...''

''अरे, उसमें भी उसकी ही गलती थी। शुरू में ही मना कर देती। लेकिन उस समय तो कह रही थी कि बहुत मजा आ रहा है। थोड़ा और दम दिखाओ। बाद में चेहरे पर काला निशान पड़ गया तो देने लगी मुझे गाली। देती रहे...वैसे पार्टनर, तुम जान लो, जब गोरा चेहरा गुलाबी होकर काला पड़ता है तो उसकी ब्यूटी और बढ़ जाती है।''

''साले, तू मुद्दे की बात पर आ।''

''क्यों? बहुत मजा आ रहा है मेरी बात सुनकर न? इसीलिए कहता हूँ, कंठी माला तोड़। कुछ कर ले। नेचुरल रिसोर्सेज को बरबाद कर रहा है तू। मरेगा तो यमराज बहुत पीटेंगे। कहेंगे कि तुझे इतना नेचुरल रिर्सोस दिए कि तू हजार-पाँच सौ को खुश कर सकता था, लेकिन तू तो इतना कंजूस निकला कि कुदरत के करिश्माई तोहफे को एक पर ही बरबाद कर दिया!''

''यमराज का मामला मैं देख लूँगा बेटे। बस, आगे बता।''

''हाँ, तो मैं तुझे लव बाइट का साइंटिफिक मेथड समझा रहा था। देख, इसमें ऊपर के दोनों नुकीले दाँतों और नीचे के होंठ के बीच बालिका के नाजुक होंठ को हौले-हौले, आहिस्ते-आहिस्ते दबाया जाता है। अबे, ये तू अपने होंठों पर जीभ क्यों फेर रहा है? बालिका के होंठ नहीं मिले तो अपने होंठों पर ही शुरू हो गया!''

''तुम स्साले...'' रंगे हाथ पकड़ाने पर मनीष थोड़ा झेंपा।

''बहुत मजा आ रहा है न सुनकर! यही है संसार का असली ज्ञान। धर्म, अर्थ, काम, मोक्ष—जीवन के चारों पुरुषार्थों में सबसे बड़ा पुरुषार्थ काम ही है। काम ना हो तो सृष्टि का चक्र...''

"बाबा शिवेश, ये ज्ञान-गंगा बाद में बहाना। अभी जो बता रहा है न, वही बता।"

"वही तो बता रहा हूँ बेटे, कहाँ था मैं?"

"तू दाँतों के बीच होंठ पर था!"

"क्या बात कही है दोस्त! वाह! बालक के नुकीले दाँतों के बीच लड़की के नमकीन होंठ। कल्पना करके ही मीठी-मीठी कँपकँपी आ रही है!"

"तुम ठरकी, ड्रामेबाज, नवके वात्स्यायन बनने चले हो का बे? थोड़ा बरदाश्त कर। आगे बता जो बता रहा था।"

"हाँ तो देख, लव बाइट्स के लिए ऊपर के दाँत और नीचे के होंठ के बीच बालिका के लब को लेकर दबाव डाला जाता है। दोनों साइड से दाँत लगा देगा तो फिर डबल लव बाइट पड़ जाएगा जो सौंदर्य शास्त्र के लिहाज से अक्षम्य अपराध है। लिहाजा ऊपर के दाँत और नीचे के होंठ का ही इस्तेमाल करना चाहिए और ये डबल साइड का दबाव तबतक जारी रहता है जबतक कि बालिका के होंठों पर हल्का निशान नहीं पड़ जाए।"

सौन्दर्य शास्त्र, अल शास्त्र, बल शास्त्र की बात तो शिवेश ऐसे करता जैसे उसके ही घर में सब लिखे गए हों और वह शुक-सारिका की तरह सुन-सुन कर रट गया हो! खैर, इस दफे उसने ज्यादा नहीं पकाया। एक ही साँस में लव बाइट का पूरा मैथड बता दिया।

"और नाखून के निशान के लिए पहले गर्लफ्रेंड के शरीर के उस हिस्से को सेलेक्ट करना पड़ता है जो मांसल हो, गूदेदार हो, गुदाज हो। समझ रहा है न?"

"समझ रहा हूँ, समझ रहा हूँ इतना! मेरी भी गर्लफ्रेंड है यार! ठीक है कि अभी जरा कोटा-परमिट राज है। तू आगे बढ़।"

"वैसे पार्टनर, ये लव बाइट, लव मार्क जैसी चीज कोई नई चीज नहीं हैं। सब अपने ग्रेट आर्य संस्कृति का इंग्लिश वर्जन हैं। अपने बाबा लोग इस फील्ड में भी बहुत आगे थे। संस्कृत साहित्य पढ़ना। वहाँ विस्तार से जिक्र मिलता है—नख-दंत चिह्न मतलब नाखून और दाँत के निशान का। एक बालिका दूसरी बालिका से पूछती है—हे सखी, कहो, कैसी रात गुजरी? जवाब में सखी अपने लव बाइट्स दिखाती है। और सखी निशान देखकर समझ गई कि रात कैसी गहमागहमी वाली गुजरी है। हर जगह नाखून और दाँत के गहरे निशान! जितने गहरे निशान, उतनी तगड़ी गुत्थमगुत्थी! ये साले

आजकल के लखनवी नफासत वाले लव बाइट्स नहीं! ना तो आजकल के लौंडों में वो दम रहा, ना बालिकाओं में वो बल। जमाना है कोई ये!''

''शिवेश, कंट्रोल कर कंट्रोल, अभी वैलेंटाइन वीक के बारे में ही बता। इधर-उधर मत भटक।''

''गुदगुदी हो रही है न? सोच, जब सुनकर इतना मजा आ रहा है तो फिर ये सब करने में कितना मजा आता होगा! छोड़ ये कैंपस का इंटरव्यू-ओंटरव्यू, इस बार वैलेंटाइन वीक में MKMDC माने कि, माने कि मोहब्बत की मल्टीडाइमेंशनल कम्पनी में किस्मत आजमाकर देख।''

''मैं ऐसे ही ठीक हूँ, बेटे। तू ही अपना सालाना इंटरव्यू दे। मुझे केवल इस सबके बारे में बता दे। जानकारी तो रहनी ही चाहिए।''

''बता तो रहा हूँ, लेकिन तुम्हारा सामान्य ज्ञान इतना कम है कि क्या बताऊँ! वैलेंटाइन बाबा के बारे में बेसिक नॉलेज भी नहीं है तुझे। मैं हैरान हूँ! तू यह भी समझ कि अपने इलाके और अपनी जेनरेशन से भी बहुत पीछे छूट चुका है तू, दिल्ली के जमाने की बात छोड़ दे। खैर, बात हो रही थी किस-डे के बारे में तो बेटे, इस दिन भी काफी अलर्ट रहना पड़ता है। पिछले साल इसी दिन मेरे एक दोस्त का ब्रेक अप हो गया था। उसकी गर्लफ्रेंड को अस्पताल ले जाना पड़ गया था।''

''ऐसा क्या हुआ था?'' मनीष की उत्सुकता चरम पर थी।

''यार, लड़की को बहुत तेज उल्टी हो गई थी। दोस्त ने जैसे उसे किस किया, वो उल्टी करने लगी। लौंडे के मुँह से बदबू आ रही थी। ठीक से ब्रश नहीं करता होगा!''

मनीष को बेतहाशा हँसी छूट पड़ी।

''लड़की ने गाली देते हुए अस्पताल के बिस्तर से ही उसे माऊथफ्रेशनर भिजवा दिया और दूसरे लड़के के साथ किस-डे को सेलिब्रेट किया! इसे कहते हैं करार जवाब, समझे मनीष लाल!''

''तुम साले लोग, वैलेंटाइन बाबा के कलियुगी शिष्य हो! उन्होंने क्या ऐसे ही प्रेम के लिए अपनी जान दी होगी? मूल कहानी तो यही है न उत्सव मनाए जाने के पीछे की? दर्शन को गोल करके भोग के प्रकार को बचा लिया है तुम्हारे जैसे लोगों ने!''

''अरे, अब चढ़ा तुझ पर तुम्हारा वाला बाबा! पहले सुन ले सातवें गेट का

रहस्य, नहीं तो किसी दिन अभिमन्यु बन जाएगा। हफ्ते का अन्तिम दिन माने वैलेंटाइन डे—14 फरवरी का दिन! मोहब्बत का महा उत्सव! इस दिन के बारे में भी विस्तार से बताऊँ या समझता है इसे? अख़बार में दिन की कहानी तो पढ़ ही चुका है। तभी तो दर्शन-वर्शन झाड़ना शुरू किया था अभी!'' शिवेश ने मजे लिए।

''नहीं, कोई जरूरत नहीं! पचासों बार सुन चुका हूँ तेरे मुँह से 14 फरवरी की कहानी। इन सब बैटन के लिए तेरे रहते अखबार की क्या जरूरत है? आज इतने पर ही बख्श दे।'' मनीष ने हाथ जोड़ लिया।

''वैसे दोस्त, गौर से देख न तो इसमें नया कुछ भी नहीं। राजनीति के चाणक्य नीति को ही मोहब्बत के मार्केट में मॉडिफाई करके बेचा जा रहा है।''

''मतलब!'' मनीष दंग रह गया। ये शिवेश अब चाणक्य को भी अपने लफड़े में घसीट लाया! हद है!

''देख, चाणक्य नीति में क्या कहा गया है? कभी भी सीधे बीच थाली की खीर मत खाओ क्योंकि वो सबसे गर्म होती है। सीधे वहीं से खाओगे तो मुँह जल जाएगा। लिहाजा पहले किनारे की खीर खाओ और आखिर में बीच थाली की खीर। मॉरल ऑफ द थ्योरी ये है वत्स कि कभी भी केन्द्रीय सत्ता यानी राजधानी पर सीधे अटैक मत करो। पहले किनारे के राज्यों को जीतो। आखिर में राजधानी पर हमला!''

मनीष गौर से शिवेश के चेहरे की तरफ देख रहा था।

''अब चाणक्य की इस थ्योरी को वैलेंटाइन वीक पर अप्लाई करो। सबसे पहले रोज-डे, उसके बाद प्रपोज-डे, चॉकलेट-डे, किस-डे...मतलब-मतलब पहले थाली के किनारे की खीर और आखिर में वैलेंटाइन-डे के दिन...''

''शिवेश, हो गया, हो गया!! अब रहने दे! आज जा रहा हूँ।''

शिवेश के कमरे से निकल कर मनीष अपने रूम पर नहीं गया। एक पार्क में बैठ गया। सुजाता वहीं आनेवाली थी। जबतक सुजाता नहीं आई, वह मोहब्बत के इस नए रंग-ढंग के बारे में सोचता रहा। वैलेंटाइन डे के नाम पर जो मौज-मस्ती का कारोबार शुरू हुआ था, उसके पीछे आजादी की

खाल में पूँजी का कैसा विकराल दैत्य छुपा हुआ था—उसकी कल्पना कर मनीष सिहर उठा। भावना अपने शुद्ध रूप में कहाँ है—बाजार के पास या कुदरत के पास? इस पर क्या कोई सोचता है आज भी? मनीष थकान महसूस करने लगा कुछ समय बाद। वैसे भी, इन सब मसलों में ज्यादा दिमाग नहीं लगाता वह। 'और भी गम हैं जमाने में मोहब्बत के सिवा'—उसका तकियाकलाम बन गया था। करियर उसकी पहली और आखिरी प्राथमिकता थी, लेकिन सुजाता का केस उससे एकदम उलट। करियर की कोई परवाह नहीं, मौका मिले तो मौज-मस्ती और किसी के मोहब्बत का मसला सामने आ जाए तो उसको सॉल्व करने में जी-जान से जुट जाए! ऐसी ही है वो। आजकल संजीव और मोहिनी के रिश्ते की गुत्थियों में उलझी हुई थी।

''क्या हुआ? इस तरह खामोश क्यों खड़े हो? यहीं पर डाल लिए क्या?''

संजीव को गाली देने के बाद सुजाता डांस फ्लोर पर पहले की तरह मचलने लगी थी, लेकिन संजीव बीच डांस फ्लोर पर खड़ा था। स्तब्ध, किंकर्तव्यविमूढ़, काटो तो खून नहीं! राधा-कान्हा के बाद अब पार्टी में सूफी संगीत बजने लगा था। मौला...मौला...! मौला-मौला की धुन पर सुजाता के पाँव हल्के-हल्के थिरक रहे थे। डांस फ्लोर का एक पूरा चक्कर लगाने के बाद सुजाता फिर पहुँच गई संजीव के पास।

''डांस क्यों नहीं कर रहे हो? पाँव उठ नहीं रहे हैं क्या? एक बार में ही पाँव भारी हो गए क्या जी?''

संजीव का चेहरा पीला पड़ गया था। जिन्दगी में पहली बार वह किसी लड़की को पहचानने में चूक गया था। सुजाता को देखकर उसे यही लगता रहा था कि ये चिड़िया आराम से चारा चुग लेगी, लेकिन यहाँ तो चिड़िया ने ही उसे चुकन्दर बनाकर रख दिया था।

''ये सब तेरे बड़े साइज का दोष है बेटे''—नफरत से भरा हुआ स्वर था सुजाता का, ''रात में सोते समय और सुबह उठते ही रोज दीवाल पर रगड़ा कर। साइज और दिमाग दोनों कंट्रोल में रहेंगे...''

संजीव एक भी शब्द बोले बिना बाहर चला गया। सुजाता पहले की तरह ही

डांस फ्लोर पर मचलने लगी। मौला...मौला...मस्तमौला...सूफी संगीत सुजाता बहुत पसन्द करती थी। सूफी-सन्तों की पूजा करती थी वह तो! वैलेंटाइन बाबा से बड़े बाबा वही थे उसके लिए। मोहब्बत के दूत! सूफी कौन हैं, उनका दर्शन क्या है, बहुत ज्यादा गहराई में जानती नहीं थी। जितना कुछ जानती थी, उसी का असर उस पर बहुत था। कहीं पर बू अली कलन्दर का लिखा दोहा पढ़ी थी—

''सजन सकारे जायँगे, नैन मरेंगे रोय
बिधना ऐसी रैन कर, भोर कधूँ न होय''

पढ़ते ही भागी-भागी पहुँची थी मनीष के पास, ''मनीष, देखो तो जरा, क्या बात कही है बू अली की गर्लफ्रेंड ने! क्या खूब कही है!''

''बू अली की गर्लफ्रेंड!'' मनीष बुरी तरह चौंका था।

''हाँ-हाँ, बू अली की गर्लफ्रेंड। गौर से सुनो, सुनाती हूँ; क्या कहा है उसने—सजन मतलब बू अली, सकारे मतलब सुबह जाएँगे, नैन मरेंगे रोय। समझे? अगली लाइन सुनो—बिधना ऐसी रैन मतलब रात कर कि भोर कधूँ मतलब कभी न हो!''

''वाह, बात तो बहुत गहरी है। लेकिन क्या ये बात बू अली की गर्लफ्रेंड ने कहा है! प्यार हो तो ऐसा। ब्वॉयफ्रेंड को अपने पास रखने के लिए खुदा से कुदरत की डेली रूटीन ही चेंज करने के लिए कह रही है। सुबह हो ही नहीं! वाह! किस अन्दाज में दुआ माँगी है बू अली की गर्लफ्रेंड ने, वाह!''

''बू अली की गर्लफ्रेंड अपने ब्वॉयफ्रेंड के नहीं जाने की दुआ माँग रही है!'' मनीष को तगड़ा झटका दिया था आज सुजाता ने। वह हैरान-परेशान सुजाता का चेहरा देख रहा था, लेकिन सुजाता पर कोई फर्क नहीं पड़ा। वह पहले की ही तरह उत्साह से भरी हुई शेर की तरह-तरह से व्याख्या किए जा रही थी।

''देखो मनीष, कितना प्यार करती है वो बू अली से। बू अली के जाने की बात सोचकर रो रही है। ब्वॉयफ्रेंड सुबह उसके पास से जानेवाला है। इसीलिए वो ऊपरवाले से दुआ माँग रही है कि ऐसी रात कर कि सुबह हो ही नहीं, ताकि उसका ब्वॉयफ्रेंड उसके पास से जा ही नहीं सके। क्या मस्त दिमाग लगाया है बन्दी ने!''

मनीष ने दोनों हाथों से सिर पकड़ लिया। अच्छा हुआ बेचारे बू अली अपनी

मौत मरे। खुदा उन्हें जन्नत में जगह दे। अभी जिन्दा होते तो सुजाता से अपने शेर की ये व्याख्या सुनकर बेचारे बेमौत ही दम तोड़ देते।

''लेकिन मनीष, ये नैन मरेंगे रोय का मतलब समझ में नहीं आया...''

सुजाता की बात सुनकर हँस पड़ा था मनीष। सुजाता को बुरा लगा। वह नाराज हो गई।

''इसमें हँसने की क्या बात है? इतना इमोशनल शेर है और तुम हँस रहे हो? एक लड़की की फीलिंग्स का मजाक उड़ा रहे हो तुम?''

''अरे मेरी बुद्धू बादश्शा, इसमें ब्वॉयफ्रेंड-गर्लफ्रेंड का वो लफड़ा नहीं है जो तुम समझ रही हो!''

''हाँ-हाँ, वो तो मैं समझ गई। इसमें ब्वॉयफ्रेंड-गर्लफ्रेंड के लफड़े की बात नहीं कही गई है। लपेटा में लेनेवाला लफड़ा, जिसकी ताक में तुम हमेशा रहते हो, उसकी बात नहीं है। प्यार-मोहब्बत, सच्चे प्यार-मोहब्बत की बात कही गई है। ठीक उसी तरह, जिस तरह वैलेंटाइन बाबा कहते हैं''—जैसे एक ही साँस में बोली हो सुजाता...

मनीष देर तक हँसता रहा। बाद में उसने सुजाता को समझाया सूफी-सन्तों की विचारधारा के बारे में। लेकिन सुजाता के पल्ले ज्यादा कुछ नहीं पड़ा। 'इश्कमिजाजी' और 'इश्कहकीकी' जैसी बड़ी-बड़ी बातें उसके सिर के ऊपर से गुजर गईं। लेकिन थोड़ी देर सोच में डूबे रहने के बाद वो जल्दी ही पुराने फॉर्म में लौट आई।

''ओके, ओके; मैं समझ गई तुम्हारी बात। लेकिन बात तो मोहब्बत की ही है न। हो तो वैसी हो, न तो न हो! बात खतम। ऊपरवाले से मोहब्बत करो, अपने ब्वॉयफ्रेंड से मोहब्बत करो चाहे गर्लफ्रेंड से मोहब्बत करो, सच्ची मोहब्बत तो करो। टूटकर करो। अपने आपको मिटाकर करो। 'गिव एंड टेक' के कॉन्सेप्ट पर मत करो। वैलेंटाइन बाबा के आजकल के भठियारे चेले-चेलियों की तरह मत करो।''

''आज समझ ही गया होगा कमीना, मुझे साइज बता रहा था! लड़की जात की कद्र ही नहीं समझते ऐसे सब! इनको लगता है, सब लड़कियाँ जैसे बस

उनकी मौज के लिए ही धरती पर चल-फिर-जी रही हैं!''

पहले तो हँसते हुए सुजाता ने सारी बात बतानी शुरू की, लेकिन याद की कड़वाहट ताजा होने से उसके चेहरे पर बाद में तमतमाहट आ गई थी। मनीष को उसकी बात से जरा भी हैरत नहीं हुई। सुजाता है ही ऐसी—बोल्ड, बेबाक, बिन्दास, मुँहफट, लड़कों से पंगा लेने के लिए हरदम तैयार! जो समझिए, वह खुदमुख्तार थी। बलिया में एससी कॉलेज के दिनों में एक लफंगे ने उसे सेब खरीदते देख छेड़ा था—''ए बबुनी, सेब छोड़, केला खा, केला। बहुते टेस्टी लागी!''

सुजाता ने पलटकर पूछा था, ''तहरा कइसे पता बा? टेस्ट ले लेले बाड़ का?''

ठेलेवाला लड़का बुरी तरह गड़बड़ा गया। उसके साथ के दोस्त ठहाका लगाकर हँस पड़े। किसी को पलटवार की दूर-दूर तक आशा नहीं थी!

''बोलत काहे नइख ए बबुआ? के आपन केला खिलइले रहे तहरा के? दुबर-पातर मालभोग रहे कि मोटका बागलर?''

लड़का जब तक सँभलता तबतक सुजाता का एक जोरदार चाँटा उसके गाल पर पड़ चुका था। बाद में मनीष और शिवेश ने भी जमकर धुनाई की थी उसकी। मनीष की बचपन की दोस्त थी सुजाता। अब गर्लफ्रेंड है और कुछ समय बाद शादी करने का इरादा है दोनों का, लेकिन क्या मजाल जो मनीष कभी कुछ कर पाया हो! ऐसा नहीं कि ट्राई ही नहीं मारा हो! एक-दो बार किया था ट्राई, लेकिन हर बार सुजाता भारी पड़ी थी। वह अपनी मर्जी की मालिक थी। सॉलिड!

''ये संजीव कितना बड़ा वाला कमीना है, सोचो मनीष! मोहिनी के साथ पिछले एक साल से डेट कर रहा है। मौका मिलते ही उसे लॉन्ग ड्राइव पर ले जाता है, ग्रेट फन के लिए; लेकिन आज मुझ पर ही ट्राई मारने लगा मौका बना कर। कमीना, @#&^$''—फिर से मोटी गाली दी सुजाता ने संजीव को।

''अब छोड़ो भी...कितना गाली दोगी उसे? जबान और कान तो अपनी ही खराब हो रही है न?''

''बहुत दर्द हो रहा है उस कमीने के लिए? अरे, मेरा वश चलता तो उसे काले कुत्ते से नुचवाती। तोप पर बिठा देती और गोला दाग देती, सूली पर चढ़ा देती। मोहिनी सही कहती है, सारे लड़के एक जैसे होते हैं।''

"तो किसने कहा है सारे लड़कों को ट्राई करने के लिए? एक से ही काम चला लेती। बोलो, आज ट्राई करोगी?"

सुजाता से बात करते-करते मनीष अपने रूम पर पहुँच गया था। वहाँ उसकी चुहल का सुजाता ने अपने अन्दाज में जवाब दिया। पीछे खड़ी हुई और मनीष को फुटबॉल समझकर एक किक जड़ दी। मनीष ने पहलवानी का एक दाँव लगाकर उसे बिस्तर पर गिरा तो दिया, लेकिन उसके आगे उसकी दाल नहीं गली। अधरामृत के पान की बात तो दूर, अधर का स्पर्श तक नहीं करने दिया सुजाता ने। वह ऐसी ही थी!

"क्या बात कर रही हो, सुजाता! संजीव ने तुम्हारे साथ ऐसा किया?"

"हाँ मोहिनी, मैं तुम्हारा दिल नहीं तोड़ना चाहती थी...लेकिन फिर सोचा कि तुम्हें पता तो होना चाहिए कि जिस लड़के से तुम शादी करने की सोच रही हो वो किस कैरेक्टर का है!"

तीसरे दिन सुजाता ने मोहिनी को पूरी बात बताई। पूरा वाकया सुनने के बाद मोहिनी सोच में पड़ गई।

"शादी के बारे में तो अभी सोचा नहीं था, लेकिन क्या वाकई उसने ऐसा किया? आर यू श्योर?"

"हाँ, मोहिनी। बिलीव मी...मुझे तुमसे झूठ बोलने की क्या जरूरत?"

"नहीं, नहीं। मैं ये कतई नहीं कह रही हूँ कि तुम झूठ बोल रही हो। मैं अपने से ज्यादा विश्वास तुम पर करती हूँ, लेकिन दिल मानने के लिए तैयार नहीं हो रहा है कि संजीव ने ऐसी गिरी हरकत की होगी।"

सुजाता खामोश हो गई। कहे तो क्या कहे? बहुत देर तक दोनों खामोश रहे। मोहिनी के चेहरे पर एक रंग आ रहा था, एक जा रहा था। सुजाता खामोशी से उसे देख रही थी।

"चलो, अच्छा ही हुआ। झूठमूठ की एक उम्मीद पाल बैठी थी। अच्छा हुआ, ज्यादा दिन तक भ्रम में नहीं रहना पड़ा।"

मोहिनी पूरी तरह अपसेट हो चुकी थी। सुजाता पहले की तरह खामोश रही...

''वैसे भी मैं ही कौन-सा उससे लैला-मजनूँ वाला प्यार कर रही थी? चांस ले रही थी, टेस्ट कर रही थी। सोच रही थी कि अगर ये थोड़ा ठीक ठाक हुआ तो आगे की सोचेंगे।''

''मतलब?'' सुजाता के कानों में बम फट पड़ा!

''तू नहीं समझेगी, सुजाता। तुझे कभी इन हालात से गुजरना नहीं पड़ा है। तू तो वनमैन वूमैन है! मनीष से शुरू, मनीष पर खत्म,'' हँस पड़ी मोहिनी, लेकिन उसके होंठों के कोर के बीच दर्द लरज रहा था जैसे...

''क्या कह रही हो, मोहिनी? मैं तुम्हारी बात समझ नहीं पा रही हूँ?'' सुजाता की नजरें मोहिनी के चेहरे पर टिकी हुई थीं।

''यार, इसमें समझने जैसी कोई खास बात नहीं है। ये तो आजकल चलता ही है। तू मुझसे ज्यादा खूबसूरत है, सेक्सी है, वैसे भी वो मेरा टेस्ट ले चुका है। सोचा होगा कि आज डिश चेंज करके देखते हैं।'' कराहने जैसी हँसी हँस पड़ी मोहिनी।

''क्या कह रही हो, मोहिनी!'' सुजाता एकदम हैरान थी उसकी बातें सुनकर।

''अरे यार, इसमें हैरान होने जैसी कोई बात नहीं है। आजकल तो ये सब आम बात है। और मैं ही कौन-सी वो सती-सावित्री हूँ? बुलशिट...माय फुट...''

मोहिनी का आज एक अलग रूप देख रही थी सुजाता...

''ट्वैल्थ क्लास में थी तो पहली बार ये सबकुछ हुआ था। क्लास का ही एक लड़का था। स्मार्ट, बिन्दास! वैलेंटाइन डे के दिन उसने मुझे प्रपोज कर दिया। अच्छा लगा। पहली बार किसी लड़के ने 'आई लव यू' बोला था! रात भर सो नहीं पाई। मीठे-मीठे ख्वाब देखती रही। मैंने तीन वीक बाद उसे 'आई लव यू टू' बोला। उसके तीसरे ही वीक साले ने मुझे समझा दिया कि 'आई लव यू' का मतलब हकीकत में क्या होता है...''

''क्या होता है...''

''घोंचू, साले ने मोबाइल में फिल्म डाउनलोड कर रखी थी। पहली बार देखा था वो सबकुछ। मैं आंखें फाड़े फिल्म देखती रही और इधर वो साला...''

सुजाता मुँह फाड़े, हैरान होकर मोहिनी की बातें सुन रही थी!

''घर मेरा खाली ही रहता था। मम्मी-पापा दोनों जॉब करते हैं। दिन में घर में बस मैं और मेरी छोटी बहन। छोटी बहन को पता था कि वो मेरा ब्वॉय फ्रेंड है। जब भी छोटी बहन घर पर नहीं होती थी, उसके साथ वो सब फिल्में

देखती थी। एक दिन मैं घर से बाहर थी और लौटी तो देखती हूँ कि वो साला मेरी छोटी बहन को वही फिल्म दिखा रहा है, ठीक उसी तरह...जिस तरह ये साला संजीव तुम्हें लॉन्ग ड्राइव पर ले जाने की कोशिश कर रहा था। साले सब के सब हरामी, कुत्ते, कमीने...होते हैं...

नफरत से भरा हुआ था मोहिनी का स्वर! आँखों में कुछ असहनीय तैर रहा था—गुस्सा या दर्द या सब कुछ...अन्दर कहीं कुछ बुरी तरह टूटा था और वो बार-बार उसके चेहरे पर दिख रहा था। सुजाता पहले की तरह खामोशी से उसकी बात सुन रही थी। चाह रही थी कि ये अपने दिल का बोझ हल्का कर ले।

''स्कूल से कॉलेज़ पहुँची तो सोचा कि इन लफड़ों से दूर रहूँगी। बहुत दिनों तक रही भी। सबकुछ भूल-भुलाकर करियर पर फोकस किया। जिन्दगी ठीक चल रही थी। बुक्स की दुनिया में खोई रहती थी, लेकिन एक रोज फिर गच्चा खा गई, यार! और इस बार गच्चा दिया मेरी खास सहेली के भाई ने! साला, वैसे तो बड़ा सीरियस और जेनुइन बन्दा दिखता था। बात भी हरदम पढ़ाई-लिखाई और करियर की करता था। मैं उससे कब इम्प्रैस हो गई, पता ही नहीं चला? उसके बंर्थ डे पर पॉकेट मनी का पूरा पैसा खर्च करके गिफ्ट लेकर गई थी। तब बड़े अन्दाज से उसने मेरा हाथ अपने हाथ में लेकर कहा था मेरे लिए तुम सबसे बड़ी गिफ्ट हो! कुदरत का सबसे बड़ा तोहफा...और इसी तरह की दो-चार मीठी बातें कह-कहकर उसने एकदिन मुझे निपटा दिया। उसके बाद कई बार वो सबकुछ हुआ, लेकिन एक बार जॉब करने बाहर क्या गया, घूमकर पूछा भी नहीं मुझे कभी...''

''लेकिन गलती तो तुम्हारी भी है, मोहिनी। तुम्हें अपने ऊपर कंट्रोल रखना चाहिए था।'' बहुत देर बाद सुजाता बोली।

''हाँ, बात तो तुम ठीक कह रही हो। कंट्रोल किया होता तो आज ये दिन नहीं देखना पड़ता, लेकिन करूँ क्या? स्कूल वाले दिन में कुछ पता ही नहीं था। सही-गलत का कुछ पता नहीं था, यार! बतानेवाला भी कौन था? मम्मी-पापा अपनी दुनिया में बिजी। मैं अपनी दुनिया में बिजी। दादा-दादी के साथ मम्मी की पटती नहीं सो वो अलग रहते हैं। अंकल-आंटी से बस हाय, हैलो का रिश्ता! सही-गलत बताता कौन? और सब साथ रहें भी तो अपने यहाँ बताने वाले कितने लोग हैं? सब तो डराने वाले ही हैं। डर से दिल का मामला नहीं सँभलता। तू समझती है न, मैं क्या कह रही हूँ...''

सुजाता खामोशी से उसकी बात सुन रही थी। प्यार के ऐसे पहलू के बारे में

उसने सोचा नहीं था कभी...

''जानती हो सुजाता, मुझे तो अब पक्का से लगता है कि ये सारे लड़के होते ही ऐसे हैं। जबतक लड़की हासिल नहीं होती है, उसके आगे-पीछे घूमते हैं; लेकिन जैसे ही एकबार लपेटा में ले लेते हैं, उनकी उस लड़की में क्यूरोसिटी खत्म हो जाती है। फिर नए की तलाश। जबतक नया कुछ नहीं मिलता, पुराने से काम चलाते हैं। नया मिल गया तो पुराने को बॉय-बॉय! कई साले तो नए-पुराने दोनों का टेस्ट करते रहते हैं...बदल-बदलकर!''

''मेरा मनीष ऐसा नहीं है''—सुजाता मोहिनी की इस समझ से सहमत नहीं हो पाई।

''तू अभी तक वर्जिन है न, इसीलिए। एकबार अपने-आपको मनीष को सौंपकर देख, फिर मुझसे बात करना।'' मोहिनी की आवाज में चैलेंज था।

''नहीं मोहिनी, मेरा मनीष ऐसा नहीं है''—सुजाता की आवाज आत्मविश्वास से भरी हुई थी, ''ऊपरवाला भी आकर कहेगा तो मैं नहीं मानूँगी। बचपन से जानती हूँ उसे मैं!''

''दिमाग तो तेरी बात मानने के लिए नहीं कहता है। फिर भी तू कह रही है तो मान लेती हूँ। भगवान करे तेरा ये विश्वास कायम रहे। वैसे सच पूछ तो मैंने इन सब चीजों के बारे में सीरियसली सोचना कब का छोड़ दिया है। अब तो यही लगता है कि जिसका जितना बड़ा गिफ्ट, वो साला उतना बड़ा आशिक! इस साले संजीव की तो गाड़ी बड़ी थी, फॉर्म हाउस भी बड़ा था। वैलेंटाइन डे पर 25 हजार का सेलफोन मुझे गिफ्ट किया था।''

''तो क्या तू अब भी संजीव के साथ...''

''अरे, नहीं यार, देखी हुई मक्खी कहीं निगली जाती है? अब तो वैसे भी जॉब की तलाश करनी है। इन वाहियात बातों के लिए फुर्सत कहाँ? करियर सेट हो, पास में मोटा माल हो तो ऐसे पचास संजीव आगे-पीछे घूमेंगे...''

मोहिनी पूरी तरह अपसेट हो चुकी थी। सुजाता उसे नॉर्मल करने की कोशिश काफी देर तक करती रही, लेकिन कोई फायदा नहीं हुआ। उदास मन से वह वहाँ से उठकर मनीष के कमरे पर चली गई।

''मनीष, पता है, संजीव ने फिर मोहिनी को फोन किया था!''

''मोहिनी को! क्यों?''

मनीष चौंका। सुजाता ने बताया था कि उस पार्टी की बात सुनने के बाद मोहिनी ने संजीव से रिश्ता खत्म कर लिया था। फिर फोन क्यों?

''ब्रेकअप पार्टी देने के लिए!''

''ब्रेकअप पार्टी! ये क्या बला है यार?''

''ये पार्टी तब होती है जब ब्वॉयफ्रेंड-गर्लफ्रेंड के बीच रिश्ता खत्म होता है। ब्रेकअप होने की वजह से ही इसका नाम ब्रेकअप पार्टी पड़ा है। इसमें दोनों पार्टी करते हैं, खाते-पीते हैं, फिर एक-दूसरे से रिश्ता खत्म कर लेते हैं। क्या मस्त फंडा है न, मनीष, इस इश्क वाले लव के जमाने का! पहले खाने छप्पन भोग थे, अब शायद लव के छप्पन प्रकार हैं''—सुजाता हँस रही थी, लेकिन मनीष अचानक गुस्से में आ गया। उसे जॉब मिल नहीं रही थी, यहाँ सुजाता जॉब के लिए ठीक से ट्राई भी नहीं कर रही थी।

''सुजाता, तुम इन बकवास बातों से कब बाहर निकलोगी? कब निकलोगी, अय्यं? कितना कहता हूँ कि थोड़ी पढ़ाई करो। कोई ढंग का कोर्स कर लो। करियर सेट कर लो। मेट्रो लाइफ कितनी टफ है, लेकिन तुमको तो इन बातों की परवाह ही नहीं है। जरा भी नहीं सोचती हो कि शादी के बाद हम दोनों की जिन्दगी कैसे गुजरेगी? जब देखो मूवी, मस्ती, पार्टी। बुक्स देखते बुखार चढ़ जाता है। नहीं?''

सुजाता खामोश हो गई। मनीष की ऐसी डाँट कोई नई बात नहीं थी। अक्सर पढ़ाई और करियर को लेकर वो सुजाता को डाँट पिलाते रहता था, लेकिन सुजाता करे तो क्या करे? उसे पढ़ना एकदम अच्छा नहीं लगता था। किताब हाथ में आते ही वो बोर होने लगती थी। लंबी जम्हाई आती और अक्सर किताब को हाथ में लिए-लिए सो जाती थी।

''लोगों को नींद की गोली की जरूरत पड़ती ही क्यों है? वो किताब हाथ में क्यों नहीं ले लेते हैं?''—किताबों को लेकर सुजाता हमेशा यही बात कहती! पढ़ाई उसे बचपन से ही अच्छी नहीं लगती थी। कई बार क्लास में फेल कर चुकी थी। कई बार पापा से मार भी खा चुकी थी, लेकिन कोई फर्क नहीं पड़ता था। पढ़ाई-लिखाई को दुनिया में अपना सबसे बड़ा दुश्मन मानती थी। वैसे जब किसी चीज में दिमाग लगाती तो खूब लगाती थी सुजाता। बचपन से ही, उसी के शब्दों में, वह शॉर्प माइंड की है। छोटी थी तो एक बार

सुन ली कि इस बार मनीष ने सारी बुक्स को घोटकर पी लिया है। सुजाता को मनीष के टॉप करने का सीक्रेट हाथ में आ गया था जैसे! रात में उसने अपने 'सो कॉल्ड शॉर्प माइंड' का इस्तेमाल कर डाला। जब घर के सारे लोग सो गए तो उसने अपने मैथ और साइंस की बुक्स को अच्छी तरह पानी में भिगोया। यही दो सब्जेक्ट उसके सिर के ऊपर से गुजर जाते थे। जब सारी बुक्स पूरी तरह गीली हो गईं तो उसने सबको मिक्सी में डालकर बढ़िया से जूस बना लिया। पीने में टेस्ट खराब लगा तो पूरे जूस को टेस्टी बनाया। आधे हिस्से में दही, चीनी मिलाया। आधे में जलजीरा और पुदीना का पाउडर। एक घूँट मीठा पीती थी, एक घूँट नमकीन और चटपटा। उसके बाद वो उस रात चौड़ी होकर सो गई थी। यह सोचकर कि इस बार मनीष की जगह पर क्लास में वही टॉप करेगी, लेकिन नतीजा ये निकला कि उसे सुबह अस्पताल में भर्ती कराना पड़ा। उस घटना की अच्छी बात यह रही कि उसके बाद पापा ने उसे पढ़ने के लिए पीटना छोड़ दिया। सुजाता ने भी राहत की साँस ली। एग्जाम में पास करने के लिए मनीष के नोट्स काफी होते थे। एग्जाम हॉल में थोड़ा दाएँ-बाएँ भी कर लेती थी। बोर्ड एग्जाम में एक बार एग्जामनर की नजर उसकी पर्ची पर पड़ गई थी। वह उसके पास पहुँचती, उससे पहले ही सुजाता ने पर्ची को गटक लिया। एग्जामनर सिर धुनती रह गई। लेकिन उसे क्या पता था कि सुजाता तो पूरी की पूरी किताब को निगल चुकी थी! कहते तो सब ऐसा ही है, भले ही उसे चिढ़ाने को कहते हों!

"और थोड़ा लड़कियों की तरह बिहेव करना सीखो। किसी लड़के को ऐसे गाली दी जाती है क्या?"

"तब तुम्हीं बताओ, उस कमीने के साथ कैसे बात करती? उसके पैर पकड़ लेती और कहती कि संजीव भैया, प्लीज, अपनी इस बहना को बख्श दो। तुम्हें बहन-भाई के पवित्र रिश्ते की कसम। प्लीज, मुझे लॉन्ग ड्राइव पर मत ले जाओ।"

अब अचानक सुजाता भड़क उठी और मनीष खामोश हो गया। उसे मालूम था कि वही करेगी जो इसका मन करेगा।

वैसे मनीष की डाँट का सुजाता पर इतना असर तो हुआ कि वो जॉब के लिए ठीक से ट्राई करने लगी और इस मामले में उसका नसीब अच्छा निकला। दो हफ्ते बाद ही उसे जॉब मिल गई। कम्पनी छोटी थी, लेकिन सैलरी ठीकठाक। सुजाता अपनी पूरी सैलरी एक तरह से मनीष पर ही खर्च कर देती थी। मनीष की माली हालत शुरू से नाजुक थी और उसका ज्यादातर खर्च सुजाता ही उठाती थी, लेकिन ये चीज दोनों के बीच अब तक कभी इश्यू नहीं बना था।

''ये क्या है, शिवेश! इतने सारे फूल!''

''ब्रेकअप बुके बना रहा हूँ, यार! बैठो।'' शिवेश ने एक कुर्सी मनीष की तरफ बढ़ाई।

शिवेश का मामला बन गया था, नेहा के साथ। आजकल उसी के साथ बिजी था। कई दिनों से मनीष के कमरे पर नहीं आया था। शाम को मनीष उसके कमरे पर पहुँच गया। सुजाता के साथ मूवी जाने के लिए टिकट लिया था, लेकिन वो जरूरी काम की वजह से नहीं आ पाई थी। मनीष शिवेश को लेने के लिए उसके कमरे पर पहुँचा, लेकिन वहाँ तो एक अलग ही मूवी चल रही थी—ब्रेकअप मूवी!

''ब्रेकअप बुके! ये क्या चीज है, दोस्त?''

''कुछ नहीं यार, जब ब्वॉयफ्रेंड-गर्लफ्रेंड के बीच रिश्ता खत्म होता है तो समझो कि उस समय यह बतौर शुभकामना दिया जाता है।''

मनीष दंग था। शिवेश चालू, ''पहले मुझे भी नहीं पता था। नेहा ने बताया।''

''नेहा ने!''

''हाँ-हाँ, नेहा ने। जैसे ही उसे मैंने बताया कि तुमसे पहले पूजा मेरी गर्लफ्रेंड थी तो उसने मुझसे पूछा कि तुमने उसे ब्रेकअप बुके भेजा? जब मैंने कहा—नहीं—तो वह नाराज हो गई। कहने लगी कि तुम्हें इतना भी मैनर नहीं है?''

''मैनर!'' मनीष भौंचक्का था। रोज एक नई दुनिया खुल रही थी!

''हाँ, मैनर! कहने लगी कि हर रिश्ते का अन्त खूबसूरत अन्दाज में होना चाहिए।''

''रिश्ते का अन्त खूबसूरत अन्दाज में!''

''हाँ यार, यही बात है और सही भी है। ये कोई अच्छी बात तो नहीं कि रिश्ता खत्म हो तो मन में कड़वाहट आ जाए। जिन्दगी में गिला-शिकवा से किसी को कभी कुछ मिला है क्या? ब्रेकअप बुके के बाद लड़के-लड़की अलग-अलग रास्तों पर बढ़ जाते हैं। बुरी यादों को भुलाने की कोशिश करते हुए, अच्छी यादों के साथ। ये तो अच्छा है न? दोनों खुश रहें, इंज्वॉय करें!''

शिवेश की आवाज में दार्शनिकों वाली गम्भीरता आ गई थी। मनीष उसकी बात ध्यान से सुन रहा था। आज उसका दोस्त कुछ अलग ही था!

''वैसे भी दोस्त, रोने-धोने का भी क्या फायदा? चार दिन की जिन्दगी है। हँस-खेलकर गुजार लो। जरा सोचकर देखो, रिश्ता खत्म करने का कितना खूबसूरत अन्दाज है ये! दाद देनी होगी उसे, जिसने भी इस ब्रेकअप बुके का ईजाद किया। हँसते-मुस्कराते फूलों के साथ अन्तिम मुलाकात! अन्तिम सन्देश, अन्तिम विदाई—जब कभी याद आएगी तो फूल सबसे पहले याद आएँगे। मन की सारी कड़वाहट, सारे क्लेश क्या फूलों के आगे फीके नहीं पड़ जाएँगे?''

मनीष शिवेश की ज्ञान-गंगा में डुबकी लगा रहा था। कुम्भ के नागाओं की तरह दिमाग से नंग-धड़ंग! ब्रेकअप पार्टी और ब्रेकअप बुके के इस नए कॉन्सेप्ट ने उसकी सोच को, उसके विचारों को, उसके अस्तित्व को हिला कर रख दिया था...बुरी तरह से...वो प्यार के इस रूप को देखकर समझ नहीं पा रहा था कि वह खड़ा कहाँ है? किस जमाने में किस गारंटी के ख्वाब देखता है? यहाँ तो साफ बात इतनी-सी है कि 'फैशन के इस दौर में गारंटी की उम्मीद न करें।' बलिया में गुप्ता वस्त्रालय के बड़े-से आईने पर यही लिखा हुआ स्टीकर तो चिपका हुआ रहता था हमेशा! वैसे यह भी बड़ा नाजुक-सा, सुन्दर-सा विचार है—बिछुड़ने में भी उत्सव मनाने का! नो रोना-धोना, नो हाय-हाय!! आँसुओं के अस्तित्व पर खतरा! मैनेजमेंट का जमाना सर चढ़ कर बोल रहा है, आज मनीष ठीक ढंग से समझ गया। अब जज्बात भी मैनेज किए जा रहे हैं और स्वाभाविक को अस्वाभाविक ढंग से हैंडल करने का मैनेजमेंट कोर्स तैयार हो चुका है। उस कोर्स का पहला विद्यार्थी आज मनीष के सामने बैठा है—उसका दोस्त शिवेश!

''लेकिन तुम ये काला रंग लेकर क्यों बैठे हो मेरे दोस्त?'' फूलों के बगल में काले रंग की बोतल देखकर मनीष ने पूछा।

''यार, वो फूलों को कलर कर रहा हूँ। काला रंग लगा रहा हूँ।''

''वो क्यों?''

''यार, ये दुख का मामला है न! तो दुख के मौके पर कोई लाल, पीला, नीला या हरे रंग का फूल थोड़े देता है! या तो उजला या फिर काला। देखे नहीं हो, गमी में शामिल होनेवाले लोग कैसे कपड़े पहनते हैं। काला या सफेद। चाहे तो कोई डिटर्जेंट पाउडर वाला उनपर अपना एड बना ले।''

शिवेश की बात सुनकर मनीष खामोश हो गया। एक ख्याल आ रहा था तो एक जा रहा था। अजीब स्थिति थी।

''लेकिन यार, मेरी समझ में नहीं आ रहा है कि सारे गुलाब रंगीन क्यों होते हैं? काले क्यों नहीं होते? पूरे मार्केट में काला गुलाब खोज मारा, लेकिन एक भी नहीं मिला। उल्टे दुकानदार हँसने लगा—साहब कहीं गुलाब भी काला होता है? उसे मैंने कहा कि पटना विज्ञान केन्द्र में तो देखे थे एक बार मौसा जी के साथ घूमने गए थे तो! वह मूर्ख फूल वाला था, देहाती-भुच्च! उसे एकदम मालूम नहीं था। उसे कह आया, तुम सिर्फ बेहया के फूल बेचने लायक हो!''

मनीष खामोशी से उसकी बात सुन रहा था।

''लेकिन यार, पूजा को गुलाब देना बहुत जरूरी है। सबसे ज्यादा वो गुलाब को ही पसन्द करती है। गुलाब के कलर पर उसने पूरा रिसर्च करके रखा हुआ है। बताती थी कि पहली मुलाकात पर गिफ्ट में पीला गुलाब दिया जाता है। दोस्ती हो जाए तो गुलाबी। प्यार हो जाए तो लाल। लेकिन जब पहली नजर में प्यार हो जाए तो फिर लैवेंडर रोज।''

''लैवेंडर रोज!''

''हाँ-हाँ, वही। मुझे तो कुछ पता नहीं था इस बारे में। पूजा ने ही बताया था। और केवल कलर ही नहीं, गुलाब के साइज और उसकी संख्या में भी वैलेंटाइन बाबा का सन्देश छुपा हुआ है!''

''मतलब?''

''मतलब ये कि अगर ब्वॉयफ्रेंड एक खिले गुलाब के साथ एक गुलाब की कली गर्लफ्रेंड को देता है तो इसका मतलब है...ब्वॉयफ्रेंड अपनी गर्लफ्रेंड के लिए विश कर रहा है कि वो हरदम इस कली की तरह अधखिली ही रहे।''

''और बड़े गुलाब से क्या सन्देश देता है?''

''उसका मतलब है कि मैं तुम्हारे प्यार में पूरी तरह खिल चुका हूँ। इस बड़े गुलाब की तरह। सँभालों नहीं तो बिखरनेवाला हूँ।''

''तुम साले गदहे हो और तुम्हारी ये सब थ्योरी जाने क्या है! मैं तो चला। मुझे ये सब थ्योरी नहीं समझनी, ये सब तुम्हें मुबारक!''—झल्ला उठा था मनीष; लेकिन शिवेश पहले की तरह गम्भीर था। पूजा की याद में खोया हुआ...

"वो बहुत सेंसेटिव लड़की है, यार। रिश्ता टूट गया तो क्या? तारीफ तो करनी ही पड़ेगी। पूरे छह महीने तक खुश रखा मुझे। वो तो उसका पिछला ब्वॉयफ्रेंड यूके से वापस आ गया था। फिर उसकी उदासी उससे देखी नहीं गई। पिघल गई बेचारी। बताया तो...बहुत सेंसेटिव है।"

"बन्द कर अपनी बकवास यार! ये बता कि मूवी चलना है तुझे या फिर गुलाब को ही काला करना है?"

"चल यार, पहले मूवी देखने ही चलते हैं। गुलाब तो कभी भी काले हो जाएँगे। कल तक थोड़े मुरझा जाएँगे। तब ब्रेकअप बुके और जँचेगा, फीलिंग्स देगा। ओल्ड गर्लफ्रेंड को लगेगा कि दुख में ब्वॉयफ्रेंड ही नहीं, गुलाब भी मुरझा गया है! एक्सीलेंट थॉट! क्या कहता है?"

मनीष ने कुछ नहीं कहा। शिवेश के ये अजीबोगरीब लफड़े और उसके बेसिरपैर के लॉजिक, मनीष को कम ही समझ में आते हैं। उसे सीधी-सादी जिन्दगी पसन्द है। खाने को जलेबी ठीक है, लेकिन लाइफ को जलेबी बनाना—एकदम नापसन्द। शुरू से गाली देता था वो शिवेश को। आज भी दे रहा है। लेकिन पहले की तरह शिवेश पर कोई फर्क नहीं पड़ रहा था। ऐसा नहीं था कि शिवेश शुरू से ऐसा था। टेंथ क्लास तक वो मनीष की तरह ही था, लेकिन बाद में उसका पारिवारिक माहौल उसके व्यक्तित्व पर हावी हो गया।

दरअसल, शिवेश का पूरा खानदान नेता था। उसके दादा जी थे बहुत बड़े वाले स्वतंत्रता सेनानी! 1942 में जब दूसरे बलिया वाले 'अंग्रेजों भारत छोड़ो' का नारा लगा रहे थे, तब वो बलिया में ही बैंक लूट रहे थे! कैश के साथ-साथ सोना-चाँदी पर भी डटकर हाथ साफ किया था उन्होंने। पुलिस चौकी से जो तीन बन्दूक लूटी थीं, वो बहुत साल तक उनके चेलों के काम आती रही डकैती में; लेकिन स्वतंत्रता मिलने के बाद उनके सम्मान में और चार चाँद लग गया। स्वतंत्रता सेनानी कहलाए! जब तक जिए, पेंशन लेते रहे। सागरपाली स्टेशन से जो कुर्सी उन्होंने लूटी थी, वो अब भी उनके घर के बरामदे में रखी हुई है। उस कुर्सी को दिखाकर शिवेश के पापा अपने चेलों को कोसते थे।

"अंग्रेज बहुत मजबूत सामान बनाते थे। देखो ये 70 साल पुरानी स्टेशन मास्टर की कुर्सी और एक ये कुर्सी है जो तुम लोग तोड़फोड़ के समय डीएम दफ्तर से उठाकर लाए हो—कोई पहलवान बैठ जाए तो एकबार में टूट जाए!"

खुद शिवेश के पापा राजनेता की ड्रेस में ठेठ सामन्त के मिसाल थे। प्रेस्टिज, पॉवर, पैसा से उनका दरबार सजता था। कई चालू-पुर्जा औरतों से उनके रिश्ते थे। शिवेश की माँ ने शुरू में दूसरी औरतों से रिश्तों को लेकर पति का विरोध किया था, लेकिन पति की मारपीट के आगे उनकी एक न चली। शिवेश ने एक बार इस मुद्दे पर पिता के खिलाफ खुली बगावत कर दी थी, लेकिन उसे भी पारिवारिक अनुशासन के नाम पर खामोश करा दिया गया। लाचार शिवेश खामोशी से उन औरतों को हिकारत की नजर से देखने लगा जो अपने फायदे के लिए उसके पिता के करीब आती थीं। यहीं से उसकी जिन्दगी में तमाम तरह की नेगेटिविटी आई और वो गलत रास्ते पर चल पड़ा। नशा, जुआ, रंगबाजी, मारपीट और लड़कियाँ। मनीष ने बड़ी मुश्किल से उसकी इन बुरी आदतों को छुड़वाया, लेकिन लड़कियों के मामले में वो शिवेश की सोच नहीं बदल पाया। वह दिलफेंक का दिलफेंक ही रह गया, मौज-मस्ती-फन के पीछे भागने वाला!

"हॉय सुजाता, मीट माई गर्लफ्रेंड!"

सुजाता के ऑफिस का एक वीर बालक था, चिपकू। पहले दिन से ही सुजाता से चिपकने की कोशिश कर रहा था। सुजाता करे तो क्या करे, समझ नहीं पा रही थी! आज संयोग से मॉल में टकरा गया। साथ में थी उसकी गर्लफ्रेंड। मिलवाना ही पड़ा बच्चू को! उसकी गर्लफ्रेंड से मिलकर सुजाता ने राहत की साँस ली। चलो, एक दिलफेंक से तो पिंड छूटा! लेकिन राहत का कोई कुआँ या समन्दर नहीं हुआ करता, उसकी तो बूँदें ही होती हैं! तपते जीवन पर जितनी पड़ जाएँ, उतना ही नेमत समझिए।

"हॉय", सुजाता की तरफ लड़की ने अपना हाथ बढ़ा दिया। थोड़ी देर बाद दोनों कॉफी हाउस में थीं। चिपकू को बड़ी मुश्किल से उसकी गर्लफ्रेंड ने टरकाया था।

"तुम्हारी तो बहुत तारीफ करता है ये।"

"बस...ऐसे ही..."

"नहीं-नहीं, सुजाता...रियली, तुम बहुत अच्छी हो। तुम्हारे चेहरे से ऑनेस्टी झलक रही है।"

"ऐसा कुछ नहीं है।"

"बाई द वे सुजाता, मुझे...तुमसे एक हेल्प चाहिए..."

"मुझसे? हेल्प! बोलो।"

"सुजाता, मुझे न...इसके कैरेक्टर पर डाउट है।"

"मतलब!"

"वो क्या है न सुजाता...कि...ये मुझसे दो साल से रिलेशन में है, लेकिन दो-तीन लड़कियों से बहुत पर्सनल बातें करता है..."

"तुम्हें कैसे पता चला?"

"मैंने इसके ई-मेल अकाउंट को हैक कर लिया है। उसी से पता चला..."

सुजाता दंग रह गई। दिमाग तो सही लगाया है बन्दी ने, लेकिन रिश्ते में इतना झोल! इतना अविश्वास! सुजाता का मन खट्टा हो गया। वह समझ गई, ये राहत नहीं, नई आफत है!

"सुजाता, प्लीज तुम बस इतना हेल्प कर दो कि इसे ऐसे ही एक दफे प्रपोज करो...उससे मैं कन्फर्म हो जाऊँगी कि..."

"क्या बात कर रही हो!"

"सुजाता, तुम्हें शायद पता नहीं होगा...इसने तुम्हारी भी तस्वीर अपने मोबाइल में रखी हुई है। एक दिन अकेले में देख रहा था। मेरी नजर पड़ गई तो सफाई देने लगा। अब अगर ये तुम्हारे प्रपोजल पर हामी भर देता है तो कन्फर्म हो जाएगा कि ये मुझको लेकर लॉयल नहीं है। बात बस इतनी-सी है..."

सुजाता ने साफ मना कर दिया। वो ड्रामा में ही सही, मनीष को छोड़कर किसी और को 'आई लव यू' बोलने के बारे में सोच तक नहीं सकती! वह अजीब लड़की उठी और उसे घूरती हुई, गुस्से में पैर पटकती हुई चली गई। एक ही थी वह भी! लॉयल्टी टेस्ट का भूत सवार था जैसे उस पर...अपनी किसी और सहेली को वीर बालक के पास भेजकर उसका लॉयल्टी टेस्ट करा कर ही मानी। टेस्ट में चिपकू फेल हो गया था! लड़की को जैसे डिग्री

मिल गई थी! उसका शक सही निकला था। उसने फोन करके सुजाता को इस बात की पूरी जानकारी दी। साथ में मुफ्त की यह सलाह भी कि बालक से बचकर रहना...

इधर बालक एक अलग कलाकार! वह तो जैसे नहा-धोकर सुजाता के पीछे पड़ा हुआ था। मजबूर होकर सुजाता ने उसे मनीष के बारे में बताया। उसे लगा, मनीष के साथ उसके प्यार की बात सुनकर वह उसका पीछा छोड़ देगा, लेकिन चिपकू तो चिपकू था! फौरन बोला, ''ओके, तो फिर दोस्ती ही सही।''

सुजाता अजीब मुसीबत में फँस गई! किसी तरह उससे कन्नी काटने में लगी रही। मनीष को कुछ नहीं बताया। उसके नाराज होने का डर था। वह अपनी नौकरी और तैयारी को लेकर प्रेशर में दिख रहा था आजकल...जैसा कि दुनिया में होता आया है। हर पिछलग्गू के दिन पूरे होते ही होते हैं। ऐसा ही एक रोज चिपकू के साथ भी हुआ।

''आज शाम क्या कर रही हो?''

''बिजी हूँ। एक रिश्तेदार के घर जाना है।'' सुजाता यह वाला बहाना वैसे तो कई बार बना चुकी थी, एक बार और बना दिया। दरअसल, उससे झूठ की खेती होती नहीं थी। सीधी बातचीत वाली लड़की थी। लेकिन यहाँ मामला दफ्तर का था, हंगामा करना ठीक नहीं था। सो घिसा-पिटा झूठ ही दुहरा दी। हकीकत बात तो यह थी कि दिल्ली से ग्रेटर नोएडा तक उसका कोई रिश्तेदार था ही नहीं! बस मनीष और शिवेश की जोड़ी थी। बहरहाल, चिपकू एक नए प्रस्ताव के साथ सामने आया, ''चलो अपनी कार में छोड़ देता हूँ तुम्हें।''

''नो थैंक्स, मैं ऑटो लेकर चली जाऊँगी।''

सुजाता अपना पर्स उठाकर तेजी से बाहर निकल आई लेकिन उसे पता नहीं था कि आज ऑटोवालों की स्ट्राइक है। ऑटो स्टैंड पर पता चला तो उसने सिर पकड़ लिया, लेकिन तभी जनाब कार के साथ हाजिर हो गए। सिचुएशन टाईट था...

''सुजाता, इतनी भी क्या बेरुखी...आ भी जाओ।'' जनाब ने कार का दरवाजा खोल दिया। पूरे जमाने का अनमनापन और खीझ पसर आया उसके चेहरे पर। लाचार मन से कार में सवार हुई। उसके कार में बैठते ही वीर बालक शुरू हो गए, ''तुम्हारी जैसी अच्छी लड़की मैंने आजतक नहीं देखी। सोच

नए जमाने की, लेकिन संस्कार पुराने..."

सुजाता बहुत देर तक हाँ-हूँ करती रही। उधर लड़का मशीन की तरह चालू था। मक्खनबाजी करने के साथ-साथ नजरों के डोरे भी ढिठाई से डाल रहा था! सुजाता उसकी आँखों की फिसलन को ताड़ चुकी थी।

"तुम जितनी संस्कारी हो, उतनी ही सेक्सी हो! फिगर भी लाजवाब है तुम्हारा! आई मीन...पता नहीं...मैं क्या कह रहा हूँ...दरअसल, मैं, मैं कहना चाह रहा हूँ कि तुम बहुत अच्छी हो..."

सुजाता अब तक अपने असल फॉर्म में आ चुकी थी। बिना कोई लोड लिए मुस्कुराकर बोली, "रियली!"

"रियली...रियली यार...तुम्हारा तो फिगर न..." लड़का सुजाता के रुख को देखकर कुछ और उत्साहित हुआ। आज अपनी बगल में एक अलग ही सुजाता को देख रहा था वह। ऑफिस में तो साँस तक नहीं लेती है...आज यहाँ अकेले में तो...चिपकू कार नहीं, अरमान दौड़ाने लगा था जैसे...

"अच्छा, सच-सच बताओ, तुम्हें अब तक किस-किसका फिगर सबसे अच्छा लगा?" सुजाता कुछ सेक्सी अन्दाज में बोली।

"तुम्हारा...नो डाउट...तुम्हारे फिगर का जवाब नहीं!" लड़का कार की हैंडल पर उँगलियाँ थिरकाते हुए तुरन्त बोल उठा। सुजाता की कातिल निगाहों को देखकर अब तक वह मचलने लगा था। आँधी-तूफान के आने का अनुमान सबको नहीं होता। और जिनको होता है, उनके पाँव स्थिर नहीं रहते!

"ज्यादा मक्खनबाजी की जरूरत नहीं। सोचकर बताओ! अब तक जितनी लड़कियों से मिले हो, सबको याद करके बताओ।"

"बिलीव मी सुजाता, तुम्हारा जवाब नहीं! तुम सबसे खास! बेहतर! इतनी अच्छी हाईट और इतना परफेक्ट फिगर कभी नहीं देखा...कस्सम से!"

"अच्छा...एक बात बताओ...फिगर अगर परफेक्ट होता है तो क्या लड़कों को सेक्स में ज्यादा मजा आता है?" सुजाता की बेबाकी देखकर चिपकू के होश उड़ने-उड़ने को हो गए! मन-ही-मन बुदबुदाया—अरे यार, इतनी बिन्दास! सामने तो बस इतने ही बोल फूटे, "हाँ-ऽ...हाँ...!"

कार एक ऑटो से टकराते-टकराते बची। तो ये है सुजाता का असली रूप! ये भी मस्ती के लिए बेकरार है! वीर बालक के मन में दन-दनादन लड्डू फूटने लगे!

''खास बात तो यह है कि तुम्हारा सिर्फ फिगर ही परफेक्ट नहीं है, तुम सेक्सी भी दिखती हो...''

''लेकिन...मुझे तो...तुम्हारी बहन...ज्यादा...सेक्सी...लगती...है! तुमने उसकी एक फोटो दिखाई थी न! तुम्हें कैसी लगती है वो?''

''बहन, हाँ...हाँ...आँ-आँ...'' वीर बालक की वीरता डोलने लगी।

''वाकई, मानना तो पड़ेगा...बहुत सेक्सी है तुम्हारी बहन! और माशा अल्लाह...उसके फिगर! उफ्फ—36-24-34! परफेक्ट फिगर न!''

''सुजाता!'' लड़का अब तक गड़बड़ा चुका था। नाराजगी आवाज में उतर आई!

''बहुत मेहनत से ये फिगर बनाया होगा तुम्हारी बहन ने...जो भी पहली बार नापेगा, नसीब वाला होगा! क्यों, क्या ख्याल है तुम्हारा?''

''सुजाता!''—लड़का एकदम से उखड़ गया, ''स्टॉप इट!''

''क्यों, क्या हुआ? कुछ गलत कह दिया मैंने? अभी तुम्हीं तो बता रहे थे कि फिगर परफेक्ट हो तो लड़की ज्यादा मजे देती है। तो अपनी बहन के मामले में किसी दूसरे के लिए मौका क्यों छोड़ रहे हो? खुद नाप लो!''

''सुजाता!'' लड़का फुँफकार उठा। लेकिन...

''वैसे, गलती से तुम उसके भाई हो...उससे सीधे माँगने में थोड़ी शर्म हो सकती है। रुको, मैं तुम्हारी पैरवी कर देती हूँ उसके पास। बोल देती हूँ कि बस वो अपना चेहरा ढँक लेगी। फिर तुम्हें शर्म नहीं आएगी। वैसे भी तुम्हें चेहरे के नीचे से ही तो मतलब है। रुको...अभी बोलती हूँ उसे। लाओ, जरा अपना मोबाइल दो तो...किस नाम से सेव करके रखे हो बहन का नम्बर?'' सुजाता फुर्ती से उसका मोबाइल उठाकर नम्बर तलाशने लगी।

''सुजाता, स्टॉप इट! स्टॉप इट...'' लड़का चिल्ला उठा! उसने कार में बहुत तेज ब्रेक लगाया और कार के पहिए उसकी बेरहमी से कराह उठे!

''क्यूँ? अपनी बहन की बात सुनते ही सुलग गई? मुझे तो बड़े मजे लेकर घूर रहे थे। मुझे तब से आँखों से नापने में शर्म नहीं आई, लेकिन अपनी बहन की नाषने की बात क्या उठी, बौखला उठे! साले, कमीने, कुत्ते...@#$%&...''—सुजाता की आँखों से शोले फूट रहे थे। उसका यह रूप देखकर लड़का एकदम सहम गया। जब तक सँभलता, तब तक सुजाता का जोरदार चाँटा उसके गाल पर पड़ चुका था। वह कार के दरवाजे को

ठोकर मारती हुई बाहर निकल चुकी थी। वहाँ से वह किसी तरह मनीष के कमरे में पहुँची। और अभी तक जो बेखौफ थी, वह लड़की अचानक मनीष को देखते ही फफक-फफक कर रोने लगी। अनायास...

''क्या हुआ? हुआ क्या, सुजाता...सुजाता...कुछ बताओ तो...''

वह देर तक रोती रही। मनीष को पकड़कर। काफी देर बाद चुप हुई। इस बीच मनीष डीप-डीप वाली चाय बना चुका था और दो बार पानी की बोतल उसकी तरफ बढ़ा चुका था। जब मन कुछ शान्त हुआ, उसने उसे पूरी बात बताई।

''तो इसमें रोने की क्या बात है वैसे? समझा नहीं! और वैसे भी तुम्हारे साथ यह कोई पहली बार तो हुआ नहीं है? जैसे सबको औकात में लाती रहती हो, इसे भी ला ही दिया! फिर तुम रोई क्यों?''

''मुझे रोना इस बात का आ गया...कि...मैंने तुमसे छुपाकर सबकुछ किया और मुझे इतना कुछ झेलना पड़ा।''

''कोई बात नहीं। जस्ट रिलेक्स, यार!'' मनीष ने प्यार से सुजाता को गले लगा लिया। सुजाता बड़ी देर तक उसके गले लगी रही।

बेरोजगारी के इस दौर में मनीष के लिए सबसे बड़ा सहारा सुजाता ही थी। कोर्स खत्म हुए छह महीने से ज्यादा समय गुजर चुका था लेकिन अबतक मनीष रोड पर था। सुजाता उसे दिलासा देती रहती थी। अपनी तरफ से भरसक कोशिश करती थी कि मनीष पर किसी तरह का आर्थिक दबाव न आए, लेकिन उसकी भी सैलरी क्या थी? मामूली ही थी, और ऊपर से दिल्ली का खर्च! मनीष के घर से पैसे आने कभी-कभार की बात हो चुकी थी...

शिवेश का नेहा से ब्रेकअप हो गया था। खुद शिवेश ने ही एक दिन मनीष को बताया।

''इस बार क्या हो गया वैसे?''

''क्या बताऊँ यार, इतनी जिल्लत तो जिन्दगी में कभी नहीं उठानी पड़ी!''

''साले, बता तो हुआ क्या? झूठमूठ की बाउंड्री बाँध रहा है।'' मनीष झल्ला गया।

''यार, पिछले वीक वो मेरे रूम पर आई थी। पहली बार। इससे पहले हम दोनों पार्क में ही मिलते थे। मॉल में घूमते थे। मूवी हॉल में आसपास बैठते थे। कभी अकेले में मिलने का मौका नहीं आया था।''

''मुद्दे की बात पर आ बेटे। वो तेरे रूम पर आई, उसके बाद क्या हुआ?'' मनीष उतावला हो रहा था।

''यार, थोड़ी देर तक तो हम दोनों नॉर्मल वे में बातें करते रहे, उसके बाद वो बोली कि मम्मी आई हुई है। मुझे शाम को 8 बजे तक अपने रूम पर पहुँचना होगा। उस समय पाँच बज रहे थे। मैंने कहा, ओके। मैं उससे पहले ही तुम्हें ड्रॉप कर दूँगा। फिर वो खामोश हो गई।''

मनीष गौर से उसकी बात सुन रहा था। लेकिन इतनी बात बताने के बाद शिवेश खामोश हो गया।

''आगे...आगे क्या हुआ?''

''क्या बताऊँ यार, शर्म आ रही है। इतना जलील होना पड़ा...'' शिवेश सर झुकाए हुए फिर चुप्प...

''बता, बता...आगे का भी तो बता...''

''यार, उसके बाद वो फिर एक-दो बार बोली कि मुझे 8 बजे तक हर हाल में घर पहुँच जाना होगा, मैं उससे बार-बार यही कहता था कि तुम 8 बजे से पहले घर पहुँच जाओगी, मेरी गारंटी...बस, तुम रिलेक्स रहो...लेकिन उसकी बेचैनी बढ़ती जा रही थी। वो बार-बार घड़ी की तरफ देख रही थी।''

''बार-बार घड़ी देख रही थी!'' मनीष चौंका।

''हाँ यार, उसकी नजर घड़ी की सूईयों पर ही थी। मैं मन में सोच रहा था कि देखो, कितनी संस्कारी लड़की है। माँ का कितना सम्मान करती है। शादी के बाद पति का, यानी कि मेरा...मेरा पूरा सम्मान करेगी। मैं अन्दर से बहुत खुश था। तुम समझ रहे हो न दोस्त...मैं सोच रहा था कि इससे शादी की बात कैसे आगे बढ़ाऊँ...''

''शादी की बात!'' मनीष ने गौर से देखा शिवेश के चेहरे की तरफ।

''हाँ यार, आजतक जितनी लड़कियाँ मेरी लाइफ में आईं, उनमें सबसे संस्कारी मुझे नेहा ही दिखती थी। इस बार मैंने सोच लिया था कि इसी से

शादी करूँगा, लेकिन यार, दिल तोड़ दिया उसने मेरा...''

''हुआ क्या? दिल कैसे टूट गया तुम्हारा?'' मनीष उसकी बात सुनकर गड़बड़ा रहा था।

''यार, छह बजे वो फिर बोली कि देखो अब बस 2 घंटे का समय बचा है और मुझे हर हाल में 8 बजे तक घर पहुँचना होगा। मैंने उसे फिर कहा कि तुम उससे पहले ही घर पहुँच जाओगी, रिलेक्स रहो, लो आइसक्रीम खाओ।''

''आइसक्रीम!''

''हाँ यार, लेकिन वो आइसक्रीम मुँह में लगाए मुझे घूर रही थी। अजीब नजरों से देख रही थी। मैं कुर्सी पर बैठा हुआ सोच रहा था कि ये मेरी लैला है। मुझे इससे शादी करनी है।''

मनीष हँसने लगा। नेहा शिवेश की पच्चीसवीं लैला होगी शायद!

''हँस मत यार, सुन तो ले पूरी बात! आइसक्रीम खत्म होते ही वो भड़ककर उठी और जाने लगी। मैं भौंचक्का! अचानक किस बात पर ये नाराज हो गई, मुझे समझ में ही नहीं आया! मैंने कुछ किया तो क्या, करने की कोशिश भी नहीं की थी उस रोज, यार! बार-बार पूछने लगा। क्या हुआ, क्या हुआ, नेहा? तुम अचानक नाराज क्यों हो गई? काफी देर तक वो गुस्से में बुदबुदाती रही, लेकिन कहा कुछ नहीं उसने। उसी गुस्से में चली गई।''

मनीष ठहाके लगाकर हँस पड़ा।

''बाद में उसे मनाने की तमाम कोशिश करता रहा, लेकिन कोई फर्क ही नहीं पड़ा उस पर, यार! मैंने उससे कई बार पूछा कि आखिर मैंने ऐसा क्या कर दिया जो तुम इतना नाराज हो गई, लेकिन वो कुछ बोलती ही नहीं थी। बस अजीब-सी नजरों से घूरती थी। कई दिनों तक ऐसे ही चलता रहा।''

शिवेश सीरियस होकर पूजा की बात सुना रहा था। मनीष मजे लेकर सुन रहा था।

''थक-हारकर एक दिन मैं एक लव गुरु से मिला।''

''लव गुरु!'' मनीष चौंका।

''हाँ यार, लव गुरु! आजकल कुकुरमुत्तों की तरह हर गली-मोहल्ले में पैदा हो गए हैं। एक का पेपर में विज्ञापन में छपा था। उसी से मिला था।''

''फिर?'' मनीष की उत्सुकता नए सिरे से बढ़ गई।

''फिर क्या? उसे पूरी बात बताई। वो काफी गौर से मेरी बात सुनता रहा। बीच-बीच में एक-दो सवाल भी पूछे। आधे घंटे तक मेरी प्रॉब्लम सुनने के बाद उसने कहा कि देखिए, किसी तरह अपनी गर्लफ्रेंड को अपने कमरे पर फिर बुलाइए। और उसके करीब रहिए, उससे दूर मत रहिए।

''दूर मत रहिए—इसका क्या मतलब?''

''यही सलाह ही दी उसने! कहा कि देखिए, आपको अपनी गर्लफ्रेंड की फीलिंग्स का रेस्पेक्ट करना चाहिए। आपको उसके जज्बात, उसके पेन, उसके रिस्क फैक्टर का ध्यान रखना चाहिए...''

''पेन, रिस्क फैक्टर! क्या-क्या बक रहा है यार!''

''मैं नहीं बक रहा! लव गुरु बोला, ध्यान से सुनो। पेन मतलब कष्ट, समझो कि किस मुश्किल से गर्मी में, बस में धक्का खाते हुए आई...बस स्टॉप से पैदल चलकर आई। रिस्क फैक्टर मतलब सबसे बचते-बचाते हुए आई। अपने घरवालों को चकमा देकर आई। पता नहीं, क्या बहाने बनाकर आई होगी?''

मनीष मुँह खोले शिवेश की हर बात सुन रहा था।

''फिर लव गुरु ने कहा कि आपकी गर्लफ्रेंड को पूरी तरह से लगना चाहिए कि आप उसके लिए मरे जा रहे हैं। उसके लिए तड़प रहे हैं। आप हरदम उसके करीब रहिए। वो दूर जाए तो उसे करीब लाइए। प्यार से लाइए, गिड़गिड़ा के लाइए, लेकिन किसी तरह करीब लाइए। अब यार, उसकी गोल-गोल बातें मेरे सिर के ऊपर से गुजर रही थीं। मैंने साफ-साफ पूछा कि आखिर आप कहना क्या चाहते हैं?''

मनीष हँस पड़ा।

''यार, उसने मतलब की बात बस एक लाइन में कह दी—देखिए, गर्लफ्रेंड को अपने कमरे में आइसक्रीम खिलाना अच्छी बात है, लेकिन उससे भी जरूरी है कि आप समझें कि वो किस उम्मीद में आपके कमरे पर आई है?''

मनीष अब ठहाका लगाकर हँस पड़ा। काफी देर तक हँसता रहा। दूसरी तरफ शिवेश झल्लाया हुआ था।

''इस नेहा की वजह से मैं अधम पुरुष बन गया! यार, तू समझ रहा है...''

''मतलब!'' मनीष चौंका, ''ये अधम पुरुष का क्या लफड़ा है?''

''तुम जीवन जीने के काम आने लायक कुछ ढंग का पढ़ते तो हो नहीं,

दिन-रात बकवास की किताबों में खोए रहते हो! अरे, जो लड़का लड़की के कहने पर भी उसे सन्तुष्ट नहीं करता है, उसे पुराण में अधम पुरुष कहा गया है, मूर्ख!''

''अधम पुरुष! ह्म्म! समस्या बहुत गम्भीर है कुछ...''

''हाँ, अधम पुरुष, अधम पुरुष मतलब नपुंसक! सुनो, ब्रह्मवैवर्त पुराण में क्या कहा गया है—

इंगितेनैव नारीणां सद्यो मत्तं भवेन्मनः
करोत्याकृष्य संभोगं यः स एवोत्तमो विभो
ज्ञात्वा स्फुटमभिप्रायं नार्या संप्रेषितो हि यः
पश्चात करोति संभोगं पुरुषः सच मध्यमः
पुनः पुनः प्रेरितस्य स्त्रिया कामात्तर्या च यः
तया न लिप्तो रहसि स क्लीवो न पुमाननहो!''

''मतलब क्या हुआ इसका?''—मनीष को संस्कृत पल्ले पड़ती नहीं थी। टो-टा के कभी कुछ समझ गया तो समझ गया सरल वाला श्लोक, नहीं तो कुछ नहीं।

''मतलब ये हुआ वत्स कि उत्तम पुरुष मतलब श्रेष्ठ पुरुष वो है जो लड़की के कुछ कहे बिना ही उसके मन की बात समझ ले और फिर उसे सन्तुष्ट कर दे। बीच वाली कैटेगरी मतलब मध्यम कोटि के पुरुष वो लोग होते हैं जो लड़की के कहने पर उसे खुश करते हैं। और सबसे घटिया कैटेगरी वाले लोग वो होते हैं जो लड़की के कहने पर भी कुछ नहीं करते हैं। ब्रह्मवैवर्त पुराण में ऐसे लोगों को पुरुष की कैटेगरी में नहीं रखा गया है। उन्हें नपुंसक कहा गया है।''

मनीष ने दोनों हाथों से अपना सिर पकड़ लिया।

''तो बता, इस नेहा ने मुझे अधम पुरुष बनाया कि नहीं बनाया!''

मनीष शरारत भरी हँसी हँसते बोला, ''लेकिन तू तो लड़कियों से दूर बैठनेवाला प्राणी है नहीं! नेहा से दूर क्यों बैठा था?''

''यार, तुझे बताया तो था...उससे शादी करने का इरादा था। इसीलिए दूर बैठा था। लेकिन देख, लग गया न झटका! शराफत दिखाई, चमन चूतिए का सर्टिफिकेट मिल गया! इसीलिए, इसीलिए आदमी को अपने ही मार्ग पर चलते रहना चाहिए। मार्ग बदलना खतरा से सर भिड़ाना है। पापा सही कहते हैं—भलाई का जमाना नहीं है। शराफत दिखाओगे, सब मिलकर बजाएँगे।

कमीने की तरह पेश आओगे, सब कुत्ते की तरह दुम हिलाएँगे। पापा की बात याद थी, फिर भी चूक गया। अधम पुरुष बन गया! नेहा नपुंसक समझ रही होगी, यार!''

पिछले साल शिवेश के पापा भी नपुंसक की श्रेणी में पहुँच गए थे! विरोधियों की उच्च कोटि की राजनीति की बदौलत। चुनाव का समय था। विरोधियों ने दावा कर दिया कि वो नपुंसक हैं। उनको तिलमिलाने के लिए पूरे इलाके में पोस्टर बँटवा दिए। पोस्टर में दावा किया गया था कि शिवेश के पापा नपुंसक हैं और शिवेश उनको दहेज में मिला है। विरोधियों ने माइंड गेम खेला भी तो ऐसा! शिवेश के पापा वाकई तिलमिलाकर रह गए थे! जवानी के दिनों में उनके बारे में कैसे-कैसे मजाक मशहूर थे! एक तो वही कि वो जिस गाँव से होकर गुजरते हैं, उसी गाँव से आवाज आने लगती थी—पापा आ गए! पापा आ गए! पापा आ गए! ऐसे मजाक यों ही थोड़े सुने-सुनाए जाते थे! कुछ तो जलवा था! और अब 60 साल की उम्र में उनके पौरुष पर इतना बड़ा प्रश्नचिह्न? उनकी खुद की बीवी से, उनके खुद के पराक्रम से पैदा हुआ शिवेश—उनका अपना बेटा नहीं! पोस्टर में खुलेआम चुनौती कि अगर वो नपुंसक नहीं है तो इस बात को साबित करें! विरोधियों ने वाकई 'बिलो द बेल्ट' हिट किया था! लेकिन शिवेश के पापा किसी से दबनेवाले नहीं थे। भरी चुनाव-सभा में बीच मंच पर धोती खोलकर खड़े हो गए थे, ''जौन ससुरा के डाउट बा, आइके देख ले। आ, देखला से मन नइखे भरत त राते के अपना घर पर बोलाव।'' शुक्र था कि ब्लू धारी वाला घुटने तक का अपना ट्रेडमार्क जांघिया-कम-हाफ ढीलाढाला पैंट पहने हुए थे। वरना तो ताव में पूरा चुनाव ही कबाड़ कर देते!

बहरहाल, तमतमाते हुए मंच से उतरे और घर जाकर पूरी बोतल चढ़ाकर सो गए। रात बीती। सुबह मूँछ पर ताव देते हुए बाहर निकले तो दरवाजे पर एक बूढ़ी भैंस को देखा। विरोधियों ने रात के अँधेरे में लाकर उनके दरवाजे पर बाँध दिया था। भैंस के गले में तख्ती लटकी हुई थी—'इ भैंसिया के गाभिन कइ देब त मना जाइ कि तू मरद बाड़।'

शिवेश के पापा सुबह-सुबह धोती से बाहर! गालियों की बाढ़ जैसे पूरे गाँव को डूबा देगी, ऐसा माहौल! हंगामा मच गया। बड़ी मुश्किल से लोगों ने

उनको सँभाला। बेचारी भैंस राजनीति के अखाड़े से अपना खूँटा तुड़ाकर भागी। इज्जत सबको प्यारी होती है भाई साब!

विरोधी पक्ष के इस घटिया चाल का जवाब दिया था दिलीप चाचा ने। अगले ही दिन पोस्टर छपवाकर एलान कर दिये कि जो कोई विरोधी पक्ष के नेता को नाना बना देगा, उसे दस हजार का नगद इनाम। पोस्टर पर छपे नेताजी के नम्बर पर सुबह से घंटी बजने लगी थी। बेचारे नेता जी को आनन-फानन में अपना नम्बर बदलना पड़ा और बेचारी उनकी बिटिया लम्बे समय तक घर में नजरबन्द-सी रही! राजनीतिक उठापटक का मरो-मारो वाला अन्तिम राउंड का दाँवपेंच औरतों के प्रति बहुत अधिक क्रूर हुआ करता है!

दिलीप चाचा सात पुश्त तक बदला लेने के मामले में खानदानी आदमी माने जाते थे। उनके दादा जी के बारे में मशहूर था कि उन्होंने अपनी मौत का जश्न अपने विरोधियों को जेल भिजवाकर मनाया था! हुआ ये था कि जब उनको लग गया कि अब मेरा अन्तकाल आ गया है तब उन्होंने अपने विरोधियों को बड़े आग्रहपूर्वक अपने घर बुलाया। उन्हें खिलाया-पिलाया और उनसे हाथ जोड़कर अपनी जिन्दगी भर की गलतियों के लिए माफी माँगी। कहा कि वो अब प्रायश्चित करना चाहते हैं। प्रायश्चित का तरीका ये बताया कि जब मैं मर जाऊँ तो मेरे मुँह में एक लाठी डाल दिया जाए।

दिलीप चाचा के दादा जी के विरोधी इस पापकर्म के लिए शुरू में तैयार नहीं हुए, लेकिन दादा जी ने अपनी अन्तिम इच्छा का वास्ता देकर उन्हें जैसे-तैसे राजी कर लिया। आखिरकार उनकी मौत हुई और उनकी अन्तिम इच्छा का सम्मान करते हुए उनके विरोधियों ने उनके मुँह में लाठी ठूँस दी। जब तक वो लोग ये कार्य सम्पन्न करते, तब तक दिलीप चाचा के पिताजी की सूचना पर पुलिस दरवाजे पर आ पहुँची थी और फिर क्या, वही हुआ जो होना था! एक बुजुर्ग की हत्या के जुर्म में दिलीप चाचा के दादा जी के सारे विरोधी अन्दर गए! गँवई कूट-बुद्धि ऐसी ही होती है! रुलाती-हँसाती एक साथ है!

"ये क्या है?"

सुजाता की गोद में लेटे मनीष की नजर अचानक एक लिफाफे पर पड़ी। सुजाता को आज ऑफर लेटर मिला था। एक मल्टीनेशनल कम्पनी का।

पैकेज उम्मीद से ज्यादा। मनीष को बताने के लिए ही आई थी, लेकिन उसे उदास देखकर बताने का मन नहीं हो रहा था। उसका चेहरा देखकर ही वो समझ गई थी कि आज भी उसके इंटरव्यू का कोई नतीजा नहीं निकला है।

''वाऊ! ग्रेट, सुजाता! इतनी बड़ी बात तुमने अब तक बताई नहीं? कितनी गन्दी हो गई हो तुम?'' मनीष उसके ऑफर लेटर को देखकर उत्साहित हो गया!

''बस...ऐसे ही, मनीष, मन उदास था,'' हौले से बोली सुजाता।

''क्यों?''

''तुम्हारा ये भी इंटरव्यू बेनतीजा निकला, इसी बात का बुरा लग रहा है। तुम मुझसे ज्यादा बैलेंस बोलते हो, बातें सही से करते हो, मुझसे अच्छी तैयारी तुम्हारी है। मैं तो...क्या कहूँ...''

''पागल हुई हो क्या, मुझे नहीं मिला तो क्या हुआ, तुम्हें तो इतना अच्छा जॉब मिला है! आज कोल्ड ड्रिंक तो पीते ही हैं, यार! आज चीयर्स करेंगे! तुम खुश होवो यार, तुम कमाना, मैं उड़ाऊँगा!''

मनीष बहुत खुश हुआ, लेकिन सुजाता सोच रही थी कि काश, मेरी जगह मनीष को जॉब मिल जाता। इंटरव्यू में मनीष के रिजेक्शन को वह पचा नहीं पा रही थी!

''मनीष, मैं सोच रही हूँ कि काश...''

''बेमतलब की सिम्पैथी नहीं, सुजाता, एकदम नहीं! तुम्हें पता है न, सिम्पैथी से मुझे नफरत है।'' खुश-खुश मनीष की आवाज में अचानक तल्खी उभर आई। जब कभी सुजाता मनीष को ज्यादा दिलासा देने की कोशिश करती तो वह ऐसे ही भड़क जाता था।

''सिम्पैथी लोगों को कमजोर बना देती है, सुजाता। उनके आत्मविश्वास को तोड़ देती है। मुझे खुद पर विश्वास है। आज नहीं तो कल, मुझे भी जॉब मिलेगी; और अगर नहीं मिली तो भी कोई बात नहीं। दुनिया केवल जॉब पर ही खत्म नहीं हो जाती है। मैं कुछ और करूँगा।''

सुजाता खामोशी के साथ मनीष के गले लग गई। वो जानती थी कि मनीष बहुत स्वाभिमानी है। अगर कोई उससे सहानुभूति जताने की कोशिश करता था वह चिढ़ जाता था। किसी से मदद लेना उसे किसी सूरत में मंजूर नहीं था। लेकिन सुजाता के मामले में ऐसा कुछ भी नहीं था। वो सुजाता की हर

चीज पर अपना हक मानता था। उसके पर्स से बेहिचक पैसे निकाल लेता था।

मनीष का उस पर इतना हक जताना सुजाता को हरदम से भाता था। वो खुद भी मनीष पर अपना पूरा हक मानती थी, लेकिन जब कभी मनीष के गुरूर पर किसी वजह से चोट पड़ती थी तो वो अपना आपा खो बैठता था। उस समय उसे सँभालना काफी मुश्किल हो जाता था। सुजाता उसे समझाती थी कि इतना टची होना ठीक नहीं होता...बात इगो और सेल्फ रेस्पेक्ट के बीच की थी! और कुछ नहीं। मोहिनी मनीष के इस नेचर को मैन्'स ईगो कहती थी। शिवेश की नजर में ये गरीबी और तंगहाली से जुड़ी एक स्वाभाविक तल्खी थी जो स्वाभिमानी इंसानों में दिखती है।

''क्या बात कर रही हो, मोहिनी?'' सुजाता मोहिनी की बात से चौंकी और उसका चेहरा देखने लगी।

''हाँ, सुजाता, दो लड़कों ने प्रपोज किया है; लेकिन अब मेरा दिमाग ही काम नहीं करता इन मामलों में! कुछ डिसाइड नहीं कर पा रही...''

''दिल की सुनो।'' सुजाता ने बस इतना ही कहा।

''पहले तो तुम मेरी बात ध्यान से सुनो! आजकल के कंप्लीकेटेड लाइफ में कैलकुलेटेड रिलेशन ही सक्सेसफुल हो सकता है। समझी दिल की वकील!''

सुजाता हैरान रह जाती थी मोहिनी की ऐसी बातें सुनकर। प्यार के मामले में इतना नापतौल!

''देख सुजाता, लैला-मजनूँ और हीर-राँझा के टाइम में लाइफ बड़ी सिम्पल थी। खाओ, पीओ और मौज करो टाइप! ना आज की तरह कट थ्रोट कंप्टीशन था, ना ही करियर की ऐसी मारामारी। तुझे पता है, इसी करियर की वजह से मेरी एक दोस्त को अपना रिलेशन तोड़ना पड़ा था।''

सुजाता खामोश रही। सवालिया नजरों से वह अभी भी मोहिनी के चेहरे की तरफ देख रही थी।

''उसका ब्वॉयफ्रेंड जब तक यूपीएससी दे रहा था, तब तक तो सब ठीक था। लेकिन जब वो फाइनली सेलेक्ट हो गया तो प्रॉब्लम सामने आ गई।''

"क्यों?"

"उसको नॉर्थ ईस्ट का कैडर मिल गया। मेरी दोस्त को फैशन डिजाइनिंग का कोर्स करने यूके जाना था। अब बता, वहाँ से लौटकर वो नॉर्थ ईस्ट के इलाके में क्या डिजाइन करती? फाइनली म्यूचुअल अंडरस्टैंडिंग से दोनों ने अलग होने का फैसला कर लिया। इसीलिए कहती हूँ कि किसी से रिलेशन बनाने से पहले काफी कुछ सोचना-समझना पड़ता है।"

सुजाता मोहिनी की बातों से कतई सहमत नहीं थी। लेकिन कहे तो क्या कहे?

"अब तुम थोड़ा हेल्प करो। सोचकर बताओ कि मेरे लिए कौन सा लड़का सही होगा? बिजनेस क्लास वाला या फिर सर्विस क्लास वाला?"

सुजाता कुछ नहीं बोली। मोहिनी की बातें उसके सिर के ऊपर से गुजर रही थीं। बिजनेस क्लास का जो लड़का था, जाहिर है वो बहुत पैसे वाला था। अपनी बड़ी गाड़ी, अपना बड़ा घर, पापा का बड़ा बिजनेस, लेकिन मोहिनी को लग रहा था कि उसके साथ रहकर उसे अपने करियर में ज्यादा मदद नहीं मिल पाएगी। सर्विस क्लास वाला लड़का उसी के फील्ड का था। वो भी फैशन डिजाइनर था। एक बड़ी कम्पनी में जॉब करता था। सुजाता को लग रहा था कि उसके साथ रहने से उसका करियर भी सेट हो सकता है और आखिर में मोहिनी ने उसी के साथ रिलेशन बनाने का फैसला किया।

"वाऊ मनीष...ग्रेट...आई एम्म सो...सो...हैप्पी!"

मनीष की मेहनत आखिरकार रंग लाई थी। उसे जॉब मिल गई थी। एक मल्टी नेशनल कम्पनी में सेलेक्ट हुआ था वह। पैकेज भी उम्मीद से ज्यादा! सुजाता बहुत देर तक ऑफर लेटर को उलट-पुलट कर देखती रही। कई बार वह उस लेटर को किस कर चुकी थी, जैसे लेटर लेटर नहीं, मनीष हो!

"कागज के इस बेजान पन्ने पर इस कदर मेहरबानी और मुझ नाचीज से ऐसी बेरुखी..." मनीष ने शायराना अन्दाज में चांस लेने की कोशिश की, लेकिन हर बार की तरह सुजाता ने इस बार भी उसकी दाल नहीं गलने दी।

"बकवास बन्द! चलो, दूर हटो और पार्टी दो।"

"मेरे पास पार्टी के पैसे कहाँ हैं यार?" मनीष ने चुहल की।

"ओके, ये आखिरी पार्टी मेरे पैसे की। यही समझ लो। उसके बाद तुम्हारी हर महीने की सैलरी मेरे हाथ में।"

"लेकिन लड़कियाँ तो शादी के बाद पति के पैसे पर कब्जा करती हैं। तुम शादी से पहले ही कब्जा करोगी?" मनीष ने मजा लिया।

"वो सब मैं नहीं जानती हूँ। चलो, जल्दी से तैयार हो जाओ।" सुजाता ने ऑर्डर फरमाया।

"जो हुक्म, मेरी मल्लिका-ए-हुस्न!"

मनीष ने बड़े अन्दाज से उसके सामने सिर झुकाया। सुजाता खिल उठी। आज वो खुश थी। बहुत खुश। जॉब को लेकर मनीष जितना परेशान रहता था, उससे ज्यादा परेशान सुजाता रहने लगी थी। अब जॉब की टेंशन तो फाइनली खत्म। अब वो आराम से अपने घर में मनीष को लेकर बात कर सकती थी।

बाहर दोनों घंटों घूमते रहे। हाथ में हाथ डालकर। मॉल गए, बाजार में घूमे, पार्क में लेटे। पार्क में सुजाता की गोद में मनीष का सिर था। सुजाता प्यार से उसके बालों को सहलाती रही। बच्चों को खेलते देखकर दोनों ने ये भी तय कर लिया कि शादी के बाद उनके बच्चे कैसे होंगे। मनीष को प्यारी-सी बिटिया चाहिए थी तो सुजाता को गोलमटोल बेटा। पार्क से निकलकर दोनों ने ईवनिंग शो में मूवी देखी। उसके बाद बाहर ही खाना खाया।

रात में मनीष सुजाता को छोड़ने के लिए उसके रूम पर आया तो सुजाता फिर खुशी से उससे लिपट पड़ी। जॉब की खुशी में मनीष भी देर तक उसके गले लगा रहा। शुरू में तो सुजाता को सबकुछ नॉर्मल लगा, लेकिन थोड़ी देर बाद वो कसमसाने लगी...

"मनीष! प्लीज, छोड़ो, ये क्या कर रहे हो? छोड़ो।"

लेकिन उस समय मनीष उसे छोड़ने के मूड में नहीं दिखा। उसकी बाँहों का घेरा उसके इर्द-गिर्द लिपट चुका था। सुजाता पर उसका दबाव बढ़ता जा रहा था। दूसरी तरफ सुजाता बुरी तरह कसमसा रही थी।

"मनीष, प्लीज, स्टॉप...क्या...क्या कर रहो हो तुम? छोड़ो मुझे।"

"आज नहीं छोड़ रहा...बहुत दिन इन्तजार कर लिया।"

''इन्तजार करो, कुछ दिन और इन्तजार करो...मनीष...शादी तक। सब्र का फल मीठा होता है, बच्चे।'' प्यार से मनीष को हटाना चाहा सुजाता ने, लेकिन मनीष किसी भी तरह हटने के लिए तैयार नहीं था।

''इतने सालों से तो मेरे लिए खट्टी ही हो। थोड़ा टेस्ट करूँ तो फिर पता लगे कि अब तक के सब्र का फल कितना मीठा हुआ है।''

मनीष ने सुजाता को और कसकर जकड़ लिया। पहली नौकरी मिलने से वह बेइन्तहा खुश था। खुश तो सुजाता भी थी। मनीष से ज्यादा खुश थी। हर बार मनीष की किसी कामयाबी को वो मनीष से ज्यादा सेलिब्रेट करती थी, लेकिन कंट्रोल में। लेकिन आज मनीष बेकाबू हुआ जा रहा था। सुजाता पर उसका दबाव बढ़ता जा रहा था।

''नो, नो...मनीष! प्लीज, स्टॉप...दिस इज नॉट फेयर!''

आज मनीष हर हद पार करने के मूड में था, ''एवरीथिंग इज फेयर इन लव एंड वॉर, जान!''—भारी आवाज में बोला मनीष। सुजाता को अपनी साँस रुकती महसूस हुई। मनीष की मजबूत बाँहों का घेरा इस कदर लिपट चुका था कि ठीक से हिल भी नहीं पा रही थी वह...ये क्या हो गया है आज मनीष को? कैसे रोकूँ इसे?—काफी देर तक जूझती रही सुजाता। मनीष को काफी कुछ समझाया लेकिन मनीष किसी सूरत में हटने के लिए तैयार नहीं हुआ। एक तरह से जोर-जबरदस्ती पर उतर आया था वो। गोद में उठाकर सुजाता को बिस्तर पर लिटा चुका था। सुजाता ने बिस्तर से उठने की कोशिश की तो दोबारा उसे जबरदस्ती लिटा दिया। मनीष भी बिस्तर पर आ चुका था। शर्ट खोलकर, लाइट ऑफ करके। उसके हाथ सुजाता के अनछुए अंगों की तरफ तेजी से बढ़ रहे थे।

''एक सेकेंड मनीष, एक सेकेंड...एक सेकेंड के लिए छोड़ो मुझे...मैं तुम्हारी इच्छा पूरी कर देती हूँ...''—अचानक चीख पड़ी सुजाता।

''नो मॉम, मैंने आपको पहले ही कह दिया था कि मैं अपनी पसन्द के लड़के से शादी करूँगी। मैंने अपने लिए लड़का देख लिया है। ही इज सो क्यूट मॉम, आप मिलोगी तो...''

शिवेश ने बड़े प्यार से माधुरी को गले लगा लिया। नेहा से ब्रेकअप के बाद उसका जिस नई लड़की के साथ अफेयर शुरू हुआ था उसी का नाम था—माधुरी। जनाब चाँदनी रात में एक झील में उसी के साथ बोटिंग कर रहे थे, तभी उसकी मम्मी का फोन आया।

''नो मॉम, मुझे पापा पर जरा भी भरोसा नहीं है। वो मेरे लिए आज तक कभी कोई ढंग का लड़का देखे हैं? क्या! लड़का एनआरआई है! यूके में अपना बिजनेस है? इकलौता है? मम्मा, ऑर यू श्योर?''

शिवेश चौंका। ये किस ट्रैक पर जा रही है गाड़ी? वो गौर से माधुरी की बात सुनने लगा।

''ओके, ओके...लेकिन मॉम, वो देखने में कैसा है? स्मार्ट! नो मम्मा, मुझे आपकी बात पर जरा भी भरोसा नहीं है। लुक लाइक रणबीर कपूर! सच में, रियली!! नो मम्मा, मुझे आपकी बात पर भरोसा नहीं, नहीं-नहीं...पहले आप व्हाट्सअप पर फोटोग्रॉफ्स भेजो।''

माधुरी के चेहरे पर एक रंग आ रहा था, एक जा रहा था। इधर शिवेश बाबू की रंगत साफ उड़ चुकी थी। चन्द सेकेंड में ही सेल पर लड़के की तस्वीर आ गई। शिवेश ने भी देखा। लड़का वाकई स्मार्ट था!

''ग्रेट! गुड लुकिंग...है न शिवेश...देखो तो!''

शिवेश की नजर लड़के की तस्वीर पर नहीं थी। वह मुँह बाएँ माधुरी के चेहरे की तरफ देख रहा था, जिस पर खुशी छलकने लगी थी।

''एनआरआई! यूके में अपना बिजनेस! डैशिंग पर्सनॉलिटी! पहली बार पापा ने कोई ढंग का लड़का देखा है। पापा-पापा...वाह!'' हैरान-परेशान शिवेश उसका मुँह देख रहा था। तभी माधुरी की मम्मी का दोबारा फोन आ गया।

''क्या, नेक्सट वीक मैरिज! ओके, वीजा प्रॉब्लम है...लेकिन...मम्मी...सब मैनेज कैसे होगा? क्या? पापा ने सब मैनेज कर रखा है! ओके! मुझे बस आना है? ओके, मम्मा...देन फाइन...टेक केयर...बाइ, लव यू, रियली लव यू मम्मा! पापा को थैंक्स बोलना!''

शिवेश को काटो तो खून नहीं। बड़ी मुश्किल से उसके मुँह से बोल फूटा, ''माधुरी, हम दोनों का रिलेशन!''

''बना रहेगा शिवेश, पहले की तरह ही बना रहेगा...जब भी मैं यूके से इंडिया आऊँगी, तुम्हें जरूर कॉल करूँगी। श्योर, डोंट वरी! मजबूरी है, शिवेश...

आज तक मैं मम्मा-पापा का दिल दुखाते आई हूँ। अब और नहीं दुखाना चाहती। इकलौती बेटी हूँ मैं उनकी। उनकी खुशी का भी तो मुझे ही ख्याल रखना है, शिवेश! समझ रहे हो न...''

शिवेश उसका चेहरा देख रहा था। माधुरी ने उसके कंधे को थपथपाते हुए कहा, ''डोंट वरी शिवेश, इतना उदास नहीं होते। मॉर्डन लाइफ बड़ी टफ है। उसमें ऐसी चीजें चलती रहती हैं। बाई द वे, यू आर ऑलसो टफ, रियली टफ, सॉलिड, लाइक ए रॉक! वो क्या कहते हो खुद को—बागी बलिया का गबरू जवान! रियली, यू आर ए गबरू जवान!''

'गबरू नहीं, गदहा जवान! बना गई साली मुझे मंझौआ का बांगड़'—माधुरी से अलग होने के बाद सड़क पर बुदबुदाते हुए चल रहा था शिवेश...

बलिया जिले में बेवकूफों का सम्मान 'मंझौआ का बांगड़' कहकर किया जाता है। अंग्रेजों के जमाने में बलिया का पूर्वी इलाका मंझौआ के नाम से मशहूर था और ये भी मशहूर था कि उस इलाके के लोग बेवकूफ होते हैं। किस्सा यह है कि एक बार पूरे मंझौआ इलाके के लोगों ने मिलकर तय किया कि इलाके का नाम मंझौआ से बदलकर बुद्धिपुर रख दिया जाए ताकि लोगबाग 'मंझौआ का बांगड़' कहकर उनका मजाक नहीं उड़ाएँ। उस जमाने में नाम हटाने का पावर अंग्रेज बहादुर के हाथ में था। लिहाजा मंझौआ के कुछ जानेमाने समझदार लोग पहुँचे अंग्रेज बहादुर के दरबार में। अंग्रेज बहादुर पूरी बात सुनते ही समझ गए कि पाला कुछ उच्च कोटि के बलियाटिक से पड़ा है। मजा लेने के लिए बोल दिए कि हम पहले तुम लोग के इलाके में आकर जाँच-पड़ताल करेंगे और फिर तय करेंगे कि नाम बदलना है या नहीं? एक दिन तय समय पर कलक्टर साहब अपनी बेगम साहिबा के साथ पहुँच गए मंझौआ।

कलक्टर साहब के आने की खबर मिलते ही पूरा मंझौआ उनके स्वागत सत्कार में उमड़ पड़ा। किसी के हाथ में दही की कहतरी तो किसी के हाथ में गन्ने के रसवाली बाल्टी। इलाके की महिलाएँ कलेक्टर साहब की फिरंगन बीवी को लेकर एक बड़े घर के अन्दर गईं। वहाँ उनको तेल, उबटन, हल्दी लगना शुरू हो गया। इधर कलक्टर साहब के स्वागत में पूरा इलाका हाथ

बाँधे खड़ा था। सबकुछ सही चल रहा था और कलक्टर के हाव-भाव से लोगों को लग गया कि वो मंझौआ का नाम बुद्धिपुर रख देंगे, लेकिन पेंच फँस गया कलक्टर साहब के घोड़े को लेकर!

कलक्टर साहब और उनकी बीवी लोहे के घोड़े पर सवार होकर आए थे। अब पूरा गाँव मियाँ-बीवी के साथ लोहे के घोड़े की तीमारदारी में भी जुटा। घोड़ा के सामने हरा-हरा चारा डाला गया, चना-गुड़ रखा गया, दूध भरी बाल्टी भी रख दी गई, लेकिन वो लोहे का नालायक घोड़ा कुछ खाने के लिए तैयार ही नहीं! गाँव वाले उसे मनाने के लिए बहुत हाथ-पैर मारे। पहले तो लोहे के घोड़े की शुद्ध सरसों तेल से मालिश किए, उसके पैर-हाथ दबाए, फिर उसे रगड़-रगड़कर नहलाए। हर तरह से चिरौरी-विनती किए, लेकिन ससुर लोहे का घोड़ा था एक ही अड़ियल! उसने खाने की बात तो दूर, सिर तक नहीं हिलाया!

मंझौआ के बांगड़ों को लग गया कि कलक्टर साहब के घोड़े ने उनका खेल खराब कर दिया। जब कलक्टर साहब को पता चलेगा कि उनका घोड़ा मंझौआ से भूखे वापस लौटा है तो वो नाराज हो जाएँगे और इलाके के नाम मंझौआ के आगे मूर्खपुर भी जोड़ देंगे। अब इसके बाद जो कुछ हुआ वो मंझौआ की ख्याति में चार चाँद लगा गया। मंझौआ के बांगड़ों ने निकाली अपनी लाठी और गुस्से में लोहे के घोड़े को दे दनादन पीट डाला!

''ससुरा ई खा लिहित त मंझौआ के नाम बदल जाइत, लेकिन एह ससुरा के कारण हमनीं के काम ना हो सकी अब! मार सन इ बेहुदवा के!''

शोरगुल सुनकर कलक्टर साहब बाहर आए तो अपनी गाड़ी की हालत देखकर बेहोश होते-होते बचे। गाड़ी बचाने चले तो दो-चार लाठी खुद भी पा गए! बेचारे किसी तरह जान बचाकर भागे मंझौआ से और बुद्धिपुर बेबुद्धि का ही साबित रहा...

''बस एक मिनट, एक मिनट के लिए छोड़ो, मनीष। मैं तुम्हारी हर ख्वाहिश पूरी कर देती हूँ।''

सुजाता की चीख सुनकर मनीष चौंका। बाँहों का कसाव अपने-आप कम हो

गया। छटपटाती सुजाता बिस्तर से उठी और तेजी से लाइट ऑन किया उसने।

"ये लो, यही चाहते हो न तुम, लो!" सुजाता ने अचानक अपने टी-शर्ट को खोलकर फेंक दिया।

अब मनीष होश में लौटा। सुजाता के चेहरे को देखकर—काटो तो खून नहीं—की हालत हो गई उसकी! सुजाता का चेहरा एकदम लाल हो चुका था। पसीने छलक आए थे उसके ललाट पर। आँखें चिंगारी उगल रही थीं।

"आओ। करो, जो कुछ करना है। इसी के लिए मर रहे थे न? मुझसे जबरदस्ती कर रहे थे? मुझ पर अपनी ताकत दिखा रहे थे? जबरदस्ती उठाकर बेड पर पटक दिए तुम? टी-शर्ट का बटन तोड़ दिए? बहुत मर्दानगी दिखा रहे हो। आओ, अब खड़े क्यों हो? आओ, कर लो जो कुछ करना है। रेपिस्ट की तरह बहरे बन चुके थे तुम! मैं चीख रही थी और तुमको सुनाई ही नहीं पड़ रहा था! मेरी मनाही का कोई मतलब ही नहीं था तुम्हारे लिए! करो साबित कि तुम बहुत बड़े मर्द हो!"

मनीष हक्का-बक्का रह गया। सिर्फ ब्रा में उसके सामने खड़ी थी उसकी प्रेमिका सुजाता। लेकिन मनीष की नजर केवल उसके चेहरे पर थी। थोड़ी देर पहले जो भूत उसके सिर पर सवार हुआ था, वो अब छूमंतर हो चुका था। उसे कुछ समझ में नहीं आ रहा था कि अचानक ये क्या से क्या हो गया? कैसे वो उतना आगे बढ़ गया! आज वह लिमिट क्रॉस कैसे कर गया! गुस्से से आगबबूला सुजाता की आँखों से आँखें मिलाना मुश्किल हो रहा था उसके लिए...

"मेरे जिस्म के लिए ही तो मर रहे थे! तुम क्या, हर लड़का इसी के लिए तो मरता है। घटिया सोच तुम लड़कों की, कुत्ती सोच, कमीनी सोच!"

मनीष सन्न रह गया। वो कतई ऐसा नहीं सोचता था। बुरा लग रहा था उसे अब...

"वैसे भी तुमने तो बहुत दिन वेट कर लिया। लो, अब खड़े क्यों हो? आओ, कर लो जो करना है। रुके क्यों हो? तुम्हारे मन का ये मलाल आज खत्म ही हो जाए कि तुमने आजतक अपनी गर्लफ्रेंड के साथ कुछ नहीं किया।" मनीष का कॉलर पकड़कर चीख रही थी सुजाता। मनीष ने इससे पहले सुजाता को कभी इतने गुस्से में नहीं देखा था।

"सुजाता..."

"मत लो मेरा नाम तुम..." सुजाता का बायाँ हाथ सटाक से पड़ा मनीष के

चेहरे पर। मनीष का सर शर्म से नीचे झुक गया...उसे भरोसा नहीं हो रहा था कि सुजाता ने आज उसे चाँटा मारा है। थोड़ी देर तक तो वह सुजाता को या हवा में जाने किसको देखता रहा...उसके बाद बिना कुछ बोले सुजाता के कमरे से बाहर निकल आया। उसके बाहर निकलते ही सुजाता फट पड़ी। रोने लगी। फूट-फूटकर रोई। रोना बन्द होने के बाद बहुत देर तक सुबकती रही...विश्वास की एक मूरत पर खरोंचे उभर आई थीं!

सुजाता के कमरे से बाहर निकलकर मनीष लम्बे-लम्बे कदमों से सड़क नाप रहा था। उसके मन में तेज अन्धड़ चल रहा था। उसे कुछ समझ में नहीं आ रहा था...आखिर ये हो क्या गया? वह ऐसा कैसे कर गया! सुजाता के कमरे पर जाने से पहले दोनों ने कितना इंज्वॉय किया आज! मूवी देखी। साथ में डिनर किया। मनीष का पसन्दीदा डिनर! अपनी शादी की प्लानिंग की। सुहागरात को लेकर तमाम तरह के सपने देखे। बच्चों के बारे में भी सोच लिया, लेकिन सुजाता के कमरे पर उसे अचानक क्या हो गया? इतना आगे वह क्यों बढ़ गया? क्या शिवेश की बातों का असर था वह? और सुजाता ने वैसी हरकत क्यों की? अपने कपड़े खुद उतारकर वह साबित क्या करना चाहती थी? रेपिस्ट तक कहा! और चाँटा मारा! मनीष का हाथ बार-बार गाल की तरफ बढ़ रहा था, लेकिन वो हाथ को गाल तक नहीं पहुँचने दे रहा था। चाँटा गाल पर पड़ा था, लेकिन चोट दिल में लगी थी। जिन्दगी में पहली बार उसे चाँटा पड़ा था और वह भी किसका? सुजाता का! उसके बचपन की प्यार! जवानी के तमाम जज्बात जिस सुजाता में अठखेलियाँ करते थे, उसी सुजाता से मिला था नफरत का चाँटा!

गुस्से की एक लहर बार-बार तेजी से उठ रही थी मनीष के दिल में! मन में कई तरह के सवाल उठ रहे थे, लेकिन किसी का भी सटीक जवाब उसके पास नहीं था। कई तरह के ख्याल आ रहे थे उसके मन में। न जाने कितनी देर तक वो इसी तरह सड़कों पर बेहोशी जैसी हालत में बेमतलब फिरता रहा। फिर पता नहीं क्या हुआ कि उसकी आँखों के आगे एकदम से अँधेरा छा गया...

आँख खुली तो मनीष अस्पताल में था। एक कार से ठोकर लगी थी उसे। सिर फट गया था। बाएँ पैर और दाहिने हाथ में फ्रैक्चर। पीठ बुरी तरह जख्मी।

होश में आने पर मनीष ने शिवेश को इन्फॉर्म किया। इस चेतावनी के साथ कि सुजाता को कुछ मत बताना।

''क्या हुआ मनीष? एक्सीडेंट कैसे हुआ''—अस्पताल पहुँचते ही शिवेश ने सवालों की बौछार कर दी, ''और तुमने सुजाता को बताने से क्यों मना किया?''

शिवेश ने एक्सीडेंट की थोड़ी-बहुत बात तो बता दी, लेकिन सुजाता के बारे में खामोश रहा। शिवेश के बहुत कुरदने पर भी कुछ नहीं बोला।

''साले, पहले मेरा हालचाल तो पूछ लो।''

शिवेश ने अनुमान लगा लिया कि दोनों के बीच कुछ पंगा हुआ है। खैर, प्यार-मोहब्बत में इतना तो चलते ही रहता है।

''और बता। तेरा क्या हालचाल है? माधुरी के साथ बात कहाँ तक आगे बढ़ी?'' लगभग फुसफुस आवाज में मनीष ने शिवेश से बातचीत जारी रखी। शिवेश ने झील वाली पूरी कहानी अपने अन्दाज में सुनाई। बताया कि कैसे एनआरआई लड़का मिलते ही माधुरी ने उसे फौरन गच्चा दे दिया।

''ब्रेकअप के बाद फिर फोन की थी कमीनी! कह रही थी, ब्रेकअप पार्टी देना चाहती हूँ।''

''ब्रेकअप पार्टी!'' मनीष को चोटिल हालत में भी हँसी आ ही गई...

''हाँ, खा-पीकर विदाई देती। गले लगकर, मूड बन जाता तो....। विदाई की तो...छोड़ यार''—झल्लाया हुआ था शिवेश। चुन-चुनकर गाली दे रहा था माधुरी को।

''बेटे, इसीलिए कहता हूँ, सुधर जा। छोड़ ऐसी माधुरी, नेहा और पूजा का चक्कर। तुम वैसे हो नहीं जो दिखाते हो! अपने को धोखा देना बन्द करो और कोई सीधी-सादी लड़की देख शादी कर लो दोस्त!''

''दोस्त, अब उसी तलाश में हूँ। एक बार कोई ढंग की मिल जाए, फिर ये सब लफड़ा खत्म। सीधे शादी करके घर बसा लूँगा।''

"मनीष! ये क्या हुआ?"

सिर से पाँव तक पट्टियों में लिपटे मनीष को देखकर फ्रीज हो गई सुजाता। उस रात वाली हरकत को लेकर वो मनीष से सख्त नाराज थी। उससे बात नहीं करने का सोच ली थी। लेकिन उसके एक्सीडेंट की खबर सुनते ही पिघल गई। यह सुनते ही कि मनीष मरते--मरते बचा है, वो खुद को मिलने से रोक नहीं पाई। अस्पताल में मनीष की हालत देखकर सारी नाराजगी खुद-ब-खुद दूर हो गई।

शिवेश ने ही सुजाता को खबर दी थी। शिवेश ने कॉमन फ्रेंड होने का फर्ज निभाते हुए पैचअप कराने के काम में लग गया था। पहले तो मनीष से दूर हट कर उसने फोन पर सुजाता को पूरी बात बताई और वापस आकर मनीष के पास शान्ति से बैठ गया। अब सुजाता के आते ही वहाँ से तेजी से बाहर चला गया। गिले-शिकवे दूर करने का मौका देना जरूरी तो था न!

सुजाता यहाँ बिना कुछ बोले रोए जा रही थी। दरवाजे पर डॉक्टर को देखकर वो शान्त हुई। डॉक्टर के साथ एक लड़की भी थी।

"हैल्लो यंगमैन, अब कैसे हो?" बुजुर्ग डॉक्टर ने ऐसे मौकों पर पूछे जाने वाले जाने-पहचाने सवाल को ही दोहराया।

"बेटर हूँ, सर।" मनीष ने उठने की कोशिश की।

"रिलैक्स, रिलैक्स यंगमैन, लेटे रहो। पूरे 36 घंटे बाद तुम होश में आए हो। लेकिन पहले थैंक्स बोलो इस लड़की को!"

डॉक्टर ने साथ खड़ी लड़की को सामने किया। उस लड़की के चेहरे पर अजीब तरह का भाव था। एक रंग आ रहा था, एक रंग जा रहा था। कुछ यही हाल मनीष और सुजाता का भी था। वो समझ नहीं पा रहे थे कि इसे आखिर किस बात का थैंक्यू कहा जाए! डॉक्टर को कमरे में आते देखकर शिवेश भी अन्दर आ गया था। वो भी समझ नहीं पा रहा था कि आखिर माजरा क्या है?

"इसी लड़की की वजह से ही तुम्हारी जान बची है, यंगमैन! ये अलग बात है कि तुम्हारी जान को खतरा भी इसी से हुआ।"

मनीष कुछ पूछे, उससे पहले ही शिवेश पूछ बैठा, "मतलब!"

"मतलब, ये कि इसी की कार से तुम्हारा एक्सीडेंट हुआ था, लेकिन इसके अन्दर इन्सानियत जिन्दा है। चाहती तो तुम्हें सड़क पर छोड़कर भाग सकती थी। आधी रात को सुनसान सड़क पर देखने वाला तो कोई था नहीं, लेकिन इसने तुम्हें सड़क पर मरने के लिए नहीं छोड़ा। अपनी कार में अस्पताल लाई और जैसे-तैसे तुम्हारी जान बची। अगर अस्पताल लाने में आधे-पौन घंटे की भी देरी हो जाती तो तुम्हारा बचना नामुमकिन था।"

"सॉरी"—बड़ी मुश्किल से दो शब्द बोल पाई वह घबराई दिख रही लड़की।

"इट्स ओके..." मनीष ने हल्की आवाज में जवाब तो दिया लेकिन सुजाता और शिवेश उस लड़की को घूर रहे थे। खासकर सुजाता की आँखों में तेज गुस्सा था।

'एक तो मनीष की ये हालत कर दी, उस पर ये डॉक्टर कह रहा है, थैंक्यू बोलो!'—मन में मोटी गाली दी उसने उस लड़की को।

"पुलिसवाले तुम्हारे बयान के लिए बाहर खड़े हैं। मैंने ही अब तक उन्हें रोक रखा था। उन्हें हादसे या इस लड़की के बारे में कुछ नहीं पता। अब तुम खुद तय कर लो कि तुम्हें क्या बयान देना है? ये सच है कि इस लड़की की वजह से तुम्हारी ये हालत हुई है, लेकिन उससे भी बड़ा सच ये है कि इसी की वजह से तुम आज जिन्दा हो।" डॉक्टर ने एक बार फिर से उस लड़की की तारीफ की।

"आप निश्चिंत रहें डॉक्टर, मैं इनके खिलाफ कोई बयान नहीं दूँगा। वैसे भी जब हादसा हुआ, मेरे ही मन की स्थिति कुछ ठीक नहीं थी। क्या पता, मेरी ही गलती रही हो। कुछ याद भी तो नहीं..." मनीष ने डॉक्टर को दिलासा दिया और जरा करवट लेकर उस लड़की से मुखातिब हुआ, "थैंक्स, मेरी जान बचाने के लिए, मिस..."

"सपना, माई नेम इज सपना ठाकुर।"

पूरे 3 महीने तक मनीष को अस्पताल में रहना पड़ा। उधर कम्पनी इतने दिनों तक इन्तजार करने के लिए तैयार नहीं हुई। मनीष की जगह किसी और को रख लिया उसने। मनीष अस्पताल के बिस्तर पर लेटा तकदीर के खेल को

चुपचाप देख रहा था। सुजाता सुबह ऑफिस जाने से पहले और शाम को ऑफिस से लौटते वक्त अस्पताल आती थी। शिवेश को कहीं जाना नहीं रहता था, इसलिए उसका ज्यादा टाइम मनीष के साथ ही गुजरता। एक दिन वह मनीष के साथ बैठकर दोपहर में गप्पें मार रहा था तभी सपना कमरे के गेट पर नजर आई।

''हाय!'' हाथ में रखे फूलों की तरह ही खिला हुआ चेहरा था सपना का।

''हाय'' हौले से बोले दोनों बलिया वाले सकुचाए हुए लड़के!

''अब कैसे हो? डॉक्टर तो बता रहे थे कि काफी इम्प्रूवमेंट है। शुक्र है ऊपरवाले का, तुम बच गए; वरना तो...''

लगातार कुछ-कुछ बोले जा रही थी सपना। नॉन स्टॉप। मनीष और शिवेश समझ गए कि जबरदस्त बातूनी है ये लड़की। उन दोनों को बोलने का मौका ही नहीं दे रही थी।

''तुम्हें एक सीक्रेट बात बताऊँ, लेकिन पहले प्रॉमिस करो कि इस बात का किसी से कोई जिकर नहीं करोगे।''

''मतलब?'' मनीष और शिवेश दोनों के मुँह खुल गए।

''बताती हूँ, लेकिन पहले प्रॉमिस करो कि ये बात किसी से नहीं बताओगे। एक-दूसरे को भी नहीं।''

''एक-दूसरे को भी नहीं!'' दोनों एक-दूसरे का मुँह देखने लगे।

''हाँ-हाँ, मतलब जो बात मैं तुम्हें बताऊँगी, उस बात का जिक्र फिर कभी आपस में भी नहीं करोगे। प्रॉमिस?''

मनीष और शिवेश की नजरों-ही-नजरों में आपस में कोई बात हुई! लड़की को मन में दोनों ने पागल समझा! इतना तो साफ झलक रहा था।

''प्रॉमिस...'' अचानक दोनों के मुँह से एक साथ निकला।

''वो क्या है कि तुम्हें ठोकर मैंने नहीं मारी थी, मेरे ब्वॉयफ्रेंड ने मारी थी।''

''क्या?''—दोनों हक्के-बक्के, हैरान!

''हाँ, लेकिन याद रखना; तुम दोनों प्रॉमिस कर चुके हो कि ये बात किसी से नहीं बताओगे। फिर से प्रॉमिस करो।''

''प्रॉमिस...'' मनीष और शिवेश उल्लू की तरह लड़की को टुकुर-टुकुर देख रहे थे।

''वो क्या है न कि उस दिन हम दोनों ने थोड़ी ड्रिंक कर रखी थी। कार मेरा ब्वॉयफ्रेंड चला रहा था और मैं उसके साथ वाली सीट पर बैठी थी। समझ रहे हो न!''

''हाँ, हाँ...'' तेजी से बोला शिवेश। मनीष खामोश रहा।

''अब गलती मेरी भी थी। मुझे ड्राइव करते वक्त उसे डिस्टर्ब नहीं करना चाहिए था, लेकिन वो न...है बहुत बड़ा कमीना!...तुम्हें ठोकर मारकर भाग रहा था वो...कह रहा था कि भाग चलो...किसी ने नहीं देखा है। वापस जाओगी तो पुलिस के पचड़े में फँस जाओगी।''

मनीष और शिवेश दंग थे! शिवेश ने ही पूछा, ''फिर?''

''फिर क्या? मैंने उसे मोटी गाली दी। गाड़ी से बाहर निकालकर उसे मम्मी की गोद में दूध पीने के लिए भेज दिया।''

''मम्मी की गोद में दूध पीने के लिए!''

''हाँ, हाँ, देखने में जवान हो गया है, लेकिन अब तक मम्मा ब्वॉय है नालायक! हर बात के लिए मम्मी का मुँह देखता रहता है। साला, फर्स्ट नाइट को बेड पर बैठकर अपनी मम्मा को फोन लगाएगा। मम्मा घूँघट हटा दिया है, अब आगे क्या करूँ? मम्मा कहेगी, वही जो तुम्हारे पापा मेरे साथ...खैर, छोड़ो...वो ऐसा ही है!''

ठहाका लगाया सपना ने...मनीष पहले की तरह ही गम्भीर था।

''लेकिन जब एक्सीडेंट उसने किया था तो तुमने उसे बचाया क्यों?'' मनीष की नजर सपना के चेहरे पर टिक गई थी।

''वो क्या है कि...वो...पिछले एक साल से मेरा ब्वॉयफ्रेंड है। मम्मा ब्वॉय जरूर है, लेकिन गलत आदमी नहीं है। दिल का अच्छा है, बस थोड़ा डरपोक है। पुलिस, कोर्ट-कचहरी के नाम से उसकी पैंट गीली हो जाती है!''

सपना बोले जा रही थी और हँसे जा रही थी। अजीब थी! मनीष और शिवेश अजूबे की नजर से ही उसे देख रहे थे। थोड़ी ही देर में उसने अपनी पूरी रामकहानी सुना दी। पूरे घर की कुंडली पसार दी।

''तो अपने उस ब्वॉयफ्रेंड के साथ शादी कब कर रही हो?'' कुछ देर बाद शिवेश ने पूछा।

''शादी और उससे? सवाल ही नहीं उठता है। पागल कुत्ते ने नहीं काटा है मुझे!''

''मतलब कि...''

''मतलब कि मतलब साफ है। उससे शादी का सवाल ही नहीं उठता है। उसे भी पता है कि मैं उससे शादी नहीं करनेवाली हूँ।''

''क्या बात कर रही हो?'' शिवेश के मुँह से किसी तरह निकला।

''देखो बॉस, अपना फंडा साफ है—प्यार करो अपनी पसन्द के लड़के से, शादी करो माँ-बाप की पसन्द के लड़के से!''

आगे के शब्द अटक गए सपना के गले में। सामने सुजाता थी। ऑफिस से लौटते वक्त अस्पताल पहुँची थी। उसे देखते ही सपना खामोश हो गई। माहौल थोड़ा अजीब-सा हो गया था। सपना सुजाता के सामने बोलने से अब बच रही थी। थोड़ी देर बाद उठकर चली गई वह। शिवेश उसे छोड़ने के लिए अस्पताल के नीचे तक गया। अब तक जितनी लड़कियाँ उसकी जिन्दगी में आई थीं, उसमें सबसे ज्यादा दिलचस्प उसे सपना ही लगी थी। नीचे भी काफी देर तक वो सपना से बात करते रहा।

* * *

सुजाता पिछले कुछ दिनों से एक बात नोटिस कर रही थी। मनीष शिवेश और सपना से तो नॉर्मल ढंग से बात कर रहा था, लेकिन उससे कटे-कटे ढंग से बात कर रहा था। जब भी वो शाम को ऑफिस से लौटती थी, उसके आते ही ठहाके का माहौल सीरियस माहौल में बदल जाता था। सपना और शिवेश चले जाते थे, और मनीष ज्यादातर खामोश रहता था। उसके सवालों का जवाब केवल हाँ, ना में देता था। अपने मन से एक भी शब्द नहीं बोलता था। एक-दो बार ये भी कहा कि उसे आने की जरूरत नहीं, यहाँ शिवेश है। कोई परेशानी नहीं होगी। लेकिन सुजाता मानी नहीं। मनीष की बेरुखी उसे अब कचोट रही थी। उसे लग रहा था कि उस रात वाली बात का अभी तक असर है मनीष पर। एक दिन प्यार से पूछा तो मनीष भड़क उठा, ''आगे से उस रात की चर्चा भी मत करना मुझसे। मैं उस टॉपिक पर आइंदा किसी तरह की चर्चा नहीं चाहता हूँ।

''मनीष, तुम बात को गलत...''

''कुछ गलत नहीं ले रहा हूँ। ये सच है कि उस रात मैं बहक गया था और उसके लिए...सॉरी...''

''सॉरी की बात नहीं है, मनीष। बस उस रात तुम्हारा बिहेव...''

''उस रात के बिहेव के लिए माफी तो माँग चुका, सुजाता! कहो तो अब स्टाम्प पेपर पर लिखकर माफी माँग लूँ? अगर उससे भी तुम्हारा दिल नहीं भरे तो फिर अन्दर करा दो मुझे। गला काट दो मेरा। मैं एक शब्द नहीं कहूँगा, लेकिन अब इस टॉपिक पर आइन्दा कोई चर्चा नहीं...''

मनीष की बात सुनकर सुजाता खामोश हो गई। समझ गई कि मनीष ने उसके चाँटे को दिल पर ले लिया है। ईगोइस्ट तो था ही वो। जब कभी किसी से पंगा लेता था तो बड़े अभिमान से अपने-आपको बागी बलिया की पैदाइश बताता था। अपनी गलती जल्दी मानता नहीं था और अगर किसी वजह से मान भी लिया तो फिर उसका मुँह फूल जाता था। अक्सर ऐसा होता था कि गलती वो करता था, लेकिन मनाना सुजाता को पड़ता था। सुजाता मनीष के इस ईगोइस्ट नेचर को लेकर उससे खूब शिकायत करती थी, लेकिन वह हँसकर टाल दिया करता था। डायलॉग मारता था—इन्सान रूठता वहीं है, जहाँ से उसे मनाने की उम्मीद होती है।

''यार मनीष, ये सपना तो मस्त लड़की है! प्यार करो अपनी पसन्द के लड़के से, शादी करो माँ-बाप की पसन्द के लड़के से! क्या मस्त थ्योरी है यार!''

दो-तीन दिन बाद मनीष के साथ बैठे शिवेश ने सपना की बात खुद से छेड़ी। सपना उस रोज तब तक अस्पताल नहीं पहुँची थी। एक तरह से दोनों उसका इन्तजार कर रहे थे। सपना अब रोज अस्पताल आने लगी थी। तीनों तब तक गप्पें मारते रहते थे, जब तक सुजाता ऑफिस से नहीं आ जाती थी।

''हाँ, थ्योरी तो वाकई यूनिक है उसकी। लेकिन तेरी थ्योरी तो ठीक उसके उलट है। प्यार भी अपनी पसन्द की लड़की से, शादी भी अपनी पसन्द की लड़की से।'' मनीष की नजर शिवेश के चेहरे पर टिकी थी।

''तो उससे क्या फ़र्क पड़ता है? सपना मुझे पसन्द है। मुझे उसके घरवाले पसन्द कर लेंगे। हम दोनों के दिल की बात रह जाएगी।''

''मतलब!'' मनीष बुरी तरह चौंका, ''अब तू सपना के साथ...!''

''हाँ यार, दिल को भा गई है ये कुड़ी। जितनी खूबसूरत, उतनी ही बिन्दास और उसकी मीठी-मीठी बातें...''

''तुम साले शिवेश! लड़की देखते ही तुम्हारी लार टपकने लगती है। अरे, उसका पहले से ब्वॉयफ्रेंड है यार!''

''सुना नहीं तुमने उस दिन क्या? क्या कह रही थी वो? उसे मम्मी के पास भेज दिया दूध पीने के लिए...''—शिवेश ने कसकर ठहाका लगाया—''साला, मम्मा ब्वॉय!''

''कौन मम्मा ब्वॉय?'' उसी समय कमरे में इंट्री मारी सपना ने।

''तुम्हारा ब्वॉयफ्रेंड, अभी उसी की चर्चा हो रही थी।''—मनीष ने हाथ मिलाते ही कहा। सपना हँसने लगी, लेकिन थोड़ी देर बाद सीरियस हो गई।

''कल फोन किया था उसने। सॉरी बोल रहा था, लेकिन मैंने उसे माफ नहीं किया। उस दिन पुलिस के डर से तुम्हें सड़क पर मरने के लिए छोड़ दिया था, क्या पता किसी दिन पचड़े में पड़ने के डर से मुझे ही सड़क पर छोड़ दे! ऐसे डरपोक लड़के का क्या भरोसा?''

''यार सपना, एक बात बताओ। तुम्हारी इस थ्योरी का लॉजिक क्या है कि प्यार करो अपनी पसन्द के लड़के से, लेकिन शादी करो माँ-बाप की पसन्द के लड़के से?'' शिवेश ने पूरी तैयारी के साथ सवाल पूछा।

''तुम अभी तक वहीं उलझे हुए हो? दुनिया इस बीच बहुत आगे निकल गई और तुम वहीं अटके हुए हो!'' वह फिर हँसने लगी। शिवेश चाहकर भी नहीं हँस पाया। वो पूरी तरह सीरियस था और मन बनाकर बैठा था कि आज सपना की इस थ्योरी की तह तक जाना है। मनीष उत्सुकता के साथ दोनों की बातें सुन रहा था।

''देखो, प्यार-मोहब्बत-इश्क-विश्क, ब्वॉयफ्रेंड-गर्लफ्रेंड—ये सब लफड़े अलग चीज हैं, शादी एकदम अलग चीज है। दोनों का कोई मेल नहीं है। और अगर कोई इस बेमेल चीज को मिलाने की कोशिश करता है तो फिर उसे जिन्दगी भर पछताना पड़ेगा।'' सपना ने अपनी थ्योरी को समझाया।

''ऐसा क्या!'' शिवेश इतना ही कह सका...

''हाँ, प्यार-व्यार के सब मसले इमोशनल हैं, जज्बाती, दिल से जुड़े हुए। दुनियादारी से इनका कोई खास लेना-देना होता नहीं है। जबकि शादी पूरी तरह दुनियादारी से जुड़ा मसला है। शादी को सफल बनाने के लिए कई तरह

की बुनियादी चीजों की जरूरत होती है। रुपया-पैसा, घर, करियर, सोशल स्टेट्स, फैमिली सपोर्ट, कॉस्ट फैक्टर, रिलीजन फैक्टर—जैसी तमाम चीजें। अब तुम्हीं बताओ, प्यार-मोहब्बत करते समय कोई इन बातों पर गौर करता है क्या?''

''नहीं।''—शिवेश के मुँह से अपने-आप निकल गया।

''बस, यहीं...यहीं पर प्रॉब्लम होती है। प्यार तो बिना कुछ सोचे-समझे कर लिए, लेकिन केवल प्यार के सहारे तो जिन्दगी चलती नहीं है न! शादी के बाद तमाम तरह की जरूरतें सामने आती हैं। तमाम तरह के सोशल और इकनॉमिक इश्यू सामने आते हैं और यहीं से लफड़ा शुरू हो जाता है।''

मनीष सपना की भौतिकवादी सोच सुनकर दंग था। मन में हुआ कि कुछ बोले, लेकिन फिर कुछ सोचकर खामोश रह गया। उधर सपना अभी भी चालू थी, ''मसला केवल रुपये, पैसे या घर, गाड़ी से ही जुड़ा हुआ नहीं है। मसला चेंज ऑफ माइंड सेट का भी है।''

''चेंज ऑफ माइंड सेट!''—शिवेश गौर से सपना की बात सुन रहा था।

''वो क्या है कि शादी से पहले जब तक लड़का ब्वॉयफ्रेंड रहता है, तब तक तो वो लड़की को जबरदस्त भाव देता है। लड़की रात में 2 बजे बुला ले तो हाजिर...लड़की मूवी देखने को बोल दे तो हाजिर...लड़की शॉपिंग के लिए कहे तो हाजिर...लड़की को महँगे से महँगा गिफ्ट...लड़की जो कहे, उसके लिए राजी! लेकिन शादी के बाद रंग बदलते देर थोड़ी लगती है! गर्लफ्रेंड बीवी बन गई, मतलब घर की बिल्ली बन गई। लड़की सदमे में...शादी से पहले तो ये पैर के तलवे चाटने के लिए गिड़गिड़ाता था और अब शादी के बाद मैं इसके ही पैर पकड़ने जाती हूँ तो भी ये झटक देता है...''

''लेकिन सपना...'' मनीष ने कुछ कहना चाहा, लेकिन बातूनी सपना ने मौका नहीं दिया।

''मुझे पता है...तुम आदर्श, नैतिकता और प्यार-मोहब्बत की बड़ी-बड़ी बातें करोगे। तुम्हारे चेहरे पर ही ऐसी बातें लिखी हुई हैं। ऐसी बातें मैं कई लोगों के मुँह से सुन चुकी हूँ। लेकिन मेरे जानने वालों में जितने ने भी लव मैरिज किया है न, उनमें से मोर देन एटी परसेंट का लफड़ा हुआ है; जबकि मोर देन एटी परसेंट अरेंज्ड मैरिज सक्सेसफुल है। इसी रेशियो को देखकर मैंने अपनी थ्योरी ईजाद की है—प्यार करो अपने पसन्द के लड़के से, लेकिन शादी करो माँ-बाप के पसन्द के लड़के से।''

''तब फिर प्यार की भी क्या जरूरत?'' शिवेश ने काफी दिमाग लगाकर सवाल पूछा।

''बस टाइमपास के लिए, बोरियत से बचने के लिए! अब घर में माँ-बाप, भाई-बहन या फिर कॉलेज की लड़कियों के साथ कितना टाइम पास होगा? बोर होने लगती हूँ न...ब्वॉयफ्रेंड रहता है तो थोड़ा सैर-सपाटा हो जाता है, थोड़ी मौज-मस्ती हो जाती है। वैसे भी अपॉजिट सेक्स के प्रति इन्सान में नेचुरल अट्रैक्शन तो होता है न, होता है कि नहीं होता है!''

सपना के बेबाक बोल सुनकर शिवेश की हिम्मत नहीं हुई कि अगला सवाल पूछे। मनीष देर तक सपना की बातों में उलझा रहा। उसकी हाईली प्रैक्टिकल सोच उसके सिर के ऊपर से गुजर रही थी, लेकिन कहा कुछ नहीं उसने। दूसरी तरफ शिवेश तय नहीं कर पा रहा था कि सपना को इम्प्रैस कैसे करे!

आज मनीष अस्पताल से डिस्चार्ज हो रहा था। सुजाता सारा सामान पैक कर रही थी। अकेले। शिवेश किसी जरूरी काम की वजह से नहीं आ पाया था। सपना जरूर आई थी, लेकिन सुजाता एक तरह से उसे सामान छूने ही नहीं दे रही थी।

सपना को देखते ही सुजाता के चेहरे पर हमेशा तल्खी उभर आती थी। नाक-भौं सिकोड़कर देखती थी उसे वह! हालाँकि ऐसे मौकों पर सपना नॉर्मल रहती थी। शिवेश से उसे दोनों के रिश्तों के बारे में पता चल चुका था। वो अच्छी तरह समझ चुकी थी कि उसका मनीष से मिलना-जुलना सुजाता को कतई पसन्द नहीं है। लेकिन फिर भी वो मनीष के पास खींची चली आती थी। मनीष से बातें करना उसे अच्छा लगता था। बल्कि उसकी सोच से प्रभावित होने लगी थी वो। दिल के किसी कोने में ये भी बात थी कि मेरी वजह से ही यह बड़ी मुसीबत में फँस गया है। इतनी मुश्किल से इसे नौकरी मिली थी, लेकिन वो भी छूट गई। वो नौकरी को लेकर मनीष को दिलासा देती रहती थी। इस वक्त सपना खामोशी से सुजाता को सामान पैक करते देखती रही। मनीष सब बात समझ रहा था, लेकिन उसने एक शब्द भी नहीं कहा। सुजाता के साथ कार में बैठते समय उसने सपना से विदाई ली, ''ओके सपना, बाय...थैंक्स! काफी मदद की तुमने मेरी...''

''नहीं, नहीं, ऐसे क्यों कहते हो! वो तो मेरा फर्ज था। मैं रूम पर तुमसे मिलने आऊँगी।'' जल्दी से बोली सपना।

''दिन भर यहीं बैठकर बकवास सुनते रहोगे या ड्राइव भी करोगे?'' —अचानक सुजाता ड्राइवर पर बुरी तरह भड़क उठी। सपना कटकर रह गई, जबकि मनीष ने खामोशी से कार की पिछली सीट पर सिर टिका लिया। सुजाता पहले की तरह जली-भुनी कार से बाहर देखती रही। मनीष के कमरे पर भी उसने जल्दी-जल्दी उसका सामान सेट किया और मनीष से बिना कुछ बोले अपने कमरे पर चली आई। मनीष भी खामोशी से सुजाता को जाते देखता रहा। बाय या थैंक्स तक नहीं कहा उसने...

''और बता बेटे, सपना के साथ बात कुछ आगे बढ़ी?''

तीन-चार दिन बाद शिवेश मनीष के कमरे पर आया तो मनीष ने उसे छेड़ा। उसे पता था कि शिवेश पिछले कुछ दिनों से सपना को पटाने में जुटा हुआ है। एक दिन मूवी दिखाने भी ले गया था। खुद शिवेश ने ही बताया था।

''नहीं पार्टनर, लगता है कि ये मुर्गी दाना नहीं चुगेगी!'' उदास होकर बोला शिवेश। उसकी शक्ल देखकर मनीष की हँसी छूट पड़ी।

''क्यों, क्या हुआ? इतनी जल्दी हार मान गया इस बार?''

''नहीं यार, बहुत ट्राई किया; लेकिन उसकी जबान पर मुझसे ज्यादा तेरा नाम रहता है। मुझे तो लगता है कि वो तुझ पर ढल चुकी है।''

''क्या बात कर रहा है?'' मनीष चौंका।

''हाँ यार, वो कई बार मुझे तुम्हारा दोस्त बता चुकी है, लेकिन उसने कभी तुम्हें मेरा दोस्त नहीं कहा।''

''अबे, उसकी कार से मेरा एक्सीडेंट हुआ था, इसी वजह से मेरी तरफ थोड़ी झुकी होगी। मन में सोच रही होगी कि मेरी वजह से इसकी ये हालत हुई है। इसीलिए...और कोई बात नहीं। लगे रहो पार्टनर, लगे रहो...''—मनीष ने शिवेश को दिलासा देने की कोशिश की।

''इससे तो अच्छा होता कि मैं ही उसकी कार के नीचे आ गया होता। तब

तो वो मेरे नाम की माला जपती। नहीं ? खैर, जप ले तेरे नाम की माला तब तक, जब तक सुजाता के हत्थे नहीं चढ़ी है। एक बार सुजाता से मोटे-मोटे सुन लेगी उसके बाद तो 'मनीष' शब्द भी अपनी जबान पर नहीं ला पाएगी। क्या पता, उसी दिन मेरी लॉटरी लग जाए!"

शिवेश की बात सुनकर हँस पड़ा मनीष। तभी कमरे के दरवाजे पर किसी ने दस्तक दी। शिवेश ने गेट खोला तो सामने सपना थी। शिवेश ने विजेता की नजर से मनीष के चेहरे की तरफ देखा, मानो कह रहा हो कि देखो, मेरी बात सच निकली न! मनीष को न चाहते हुए भी शिवेश से नजरें चुरानी पड़ीं...

"तुम!"—सुजाता को देखकर मनीष चौंका। करीब दो सप्ताह से सुजाता उसके कमरे पर नहीं आई थी। वो समझ नहीं पा रही थी कि उसके और मनीष के रिश्ते में हो क्या रहा है! कभी उसे लगता था कि मनीष उस दिन की बात से अब तक नाराज है, कभी उसे लगता था कि मनीष सपना के करीब आ रहा है। कभी-कभी उसे यह भी लगता था कि उस दिन की बात से ही नाराज होकर मनीष उसे जलाने के लिए सपना को अपने करीब ला रहा है। कभी उसे यह भी लगता था कि अमीरजादी सपना पैसे के बल पर मनीष को उससे छीन रही है। चाहती तो शिवेश या मोहिनी से अपने मन की बात कह सकती थी, लेकिन उसे मनीष और अपने रिश्ते पर किसी से भी कोई चर्चा करना कभी अच्छा नहीं लगता था। कई दिनों तक उधेड़बुन में रहने के बाद उसने सीधे मनीष से ही बात करने का फैसला किया।

"आओ, बैठो"—मनीष ने एक कुर्सी सामने की, लेकिन सुजाता खड़ी रही। जबरदस्त तनाव दिख रहा था उसके चेहरे पर और जब वो बोली तो लगा लड़ाई के लिए तैयार होकर आई है, "मनीष, तुम ऐसे क्यों कर रहे हो ?"

"क्या कर रहा हूँ मैं ?"—मनीष हर बार की तरह इस बार भी अनजान बनने की कोशिश कर रहा था।

"तुम अच्छी तरह समझ रहे हो, मनीष। अनजान बनने की बेमतलब कोशिश मत करो।"—अचानक चीख उठी सुजाता, "तुम बेगानों की तरह मुझसे बिहेव क्यों कर रहे हो ? बाकी सबसे तो बहुत प्यार से बात करते हो, लेकिन

मुझसे...''—अचानक आवाज काँप उठी सुजाता की। आँखों में आँसू छलक आए। दिल का दर्द आँखों के रास्ते बाहर ढलकने लगा।

''इस तरह बेगानों जैसा व्यवहार करना बन्द करो। अगर तुम्हें मुझसे शिकायत है, मेरी बात बुरी लगी है, तो मुझसे लड़ो, मुझे डाँटो, लेकिन इस तरह रूखाई से तो मत व्यवहार करो।'' सुजाता फफक-फफक कर रोने लगी थी, लेकिन मनीष पहले की तरह ही खामोश था।

''गलती तुम्हारी, कंट्रोल तुमने खोया, लेकिन गिड़गिड़ा रही हूँ मैं! क्यों? सॉरी तुम्हें बोलना चाहिए, बोल मैं रही हूँ! क्यों? शिवेश और सपना के साथ तुम ठहाके लगाते हो, लेकिन मुझे देखते ही तुम्हें साँप सूँघ जाता है! क्यों? क्या मेरी बात इतनी बुरी लग गई है? अगर बुरी लगी है तो सॉरी...वन्स... अगेन...सॉरी...लेकिन इस तरह का बिहेव मत करो, मनीष...''

मनीष खामोश रहा। ना तो उसने सुजाता को चुप कराया और ना ही उससे कुछ कहा। सुजाता रोते-रोते खुद चुप हो गई। काफी देर तक कमरे में मरघट जैसा सन्नाटा पसरा रहा। ना तो मनीष एक शब्द बोल रहा था, न सुजाता। सुजाता की आँखों के आँसू कब के सूख चुके थे और इस समय उसके दिमाग में कई तरह के ख्याल आ रहे थे। थोड़ी देर बाद वो उठी और मनीष के कमरे से जाने लगी।

''सुजाता''—कमरे के बाहर पैर रखती सुजाता को मनीष की आवाज सुनाई पड़ी। वो ठिठक पड़ी।

''इधर आओ, बैठो''—मनीष के चेहरे पर गम्भीरता पसरी हुई थी। कुर्सी पर बैठते हुए सुजाता ने गौर से मनीष के चेहरे की तरफ देखा। गम्भीरता के साथ-साथ जबरदस्त तनाव भी झलक रहा था उस चेहरे पर।

''देखो सुजाता, उस दिन जो कुछ हुआ, उसने मेरी जिन्दगी ही बदलकर रख दी है। मुश्किल से मिली जॉब छूट गई, मैं खुद मरते-मरते बचा। हम दोनों के रिश्तों में जो लोचा हुआ वो अलग। उसी दिन मैंने कुछ तय किया है।''

''क्या?''

''यही कि अब हमारे बीच ये ब्वॉयफ्रेंड और गर्लफ्रेंड के बीच जैसा कुछ नहीं रहेगा।''

''मतलब?'' सुजाता भौंचक्की रह गई थी मनीष की बात सुनकर।

''कोई खास मतलब नहीं। अब देखो, उस दिन इसी वजह से इतना बड़ा हादसा हो गया। ना तुम्हारे साथ मेरा वो रिश्ता होता, ना ही मुझे ये दिन देखना पड़ता। इतनी मुश्किल से जॉब मिली थी, लेकिन वो भी छूट गई। और ये सिर्फ जो कुछ हुआ हम दोनों के रिलेशन की वजह से।''—मनीष अटक-अटककर बोल रहा था। सुजाता दंग रह गई।

''अब मैंने फैसला किया है कि मैं सबकुछ भूलकर अपने करियर पर सारा ध्यान दूँगा।''

सुजाता सन्न रह गई। चाहकर भी कुछ नहीं बोल पा रही थी। अजूबे की तरह मनीष का चेहरा देख रही थी। उसे विश्वास नहीं हो रहा था कि मनीष इस तरह से उसका दिल तोड़ेगा।

''मुझे अपने घर की जिम्मेदारी उठानी है। बूढ़े माँ-बाप का ख्याल रखना है। बहन की शादी करनी है, लेकिन तुम्हारे साथ तो ऐसा कुछ भी नहीं है। इसीलिए तुम शायद इतना निश्चिन्त रहती हो, रहो। मैं निश्चिन्त नहीं रह पा रहा हूँ।''

''मनीष, तुम क्या कह रहे हो? कुछ समझ में आ रहा है तुम्हें?'' सुजाता उसकी बात सुनकर हैरान-परेशान थी।

''हाँ, सब समझ आ रहा है मुझे। मैं हकीकत की दुनिया की बात कर रहा हूँ, लेकिन तुम सपनों की दुनिया में सैर करनेवाली, उस हकीकत को स्वीकारने के लिए तैयार नहीं हो।''

अचानक मनीष की आवाज में तल्खी उभर आई। सुजाता सन्न रह गई। असल बात कहीं कुछ और है। उसका मन बार-बार कह रहा था।

''मनीष, सच-सच बताओ। मेरी कसम खाकर बताओ। क्या वाकई यही बात है?''

''हाँ, और क्या बात होगी?''

''नहीं मनीष, ये बात नहीं है। असल बात तो ये है कि तुम मेरी उस दिन की बातों से नाराज हो। मेरे थप्पड़ से तुम नाराज हो, तुम्हारा ईगो हर्ट हुआ है। इसीलिए तुम ऐसा कह रहे हो।''

''सुजाता...जो सोचो, तुम्हारी मर्जी...लेकिन मैंने अपनी बात रख दी। अब मुझे तुम्हारे साथ ये ब्वॉयफ्रेंड-गर्लफ्रेंड के लफड़े में नहीं रहना है। मुझे अपने करियर पर फोकस रखना है। मुझे नए सिरे से जॉब की तलाश करनी है। अब

मेरी लाइफ में करियर और बस करियर।''—मनीष ने जैसे अपना आखिरी फैसला सुना दिया।

''और सपना ?'' सुजाता की तीखी नजर मनीष के चेहरे पर टिकी थी। मनीष के अस्पताल का पूरा बिल सपना ने ही चुकाया था। उसके कई महँगे गिफ्ट सुजाता मनीष के रूम में देख रही थी। ये भी खबर लगी थी कि सपना जॉब दिलाने में मनीष की मदद कर रही है।

''सपना! मतलब! क्या कहना चाह रही हो तुम ?''

''वही जो तुम समझ रहे हो...देख रही हूँ, एक्सीडेंट के बाद से सपना तुम्हारे काफी करीब आ गई है!''

''कितनी घटिया सोच है यह...सपना मेरी दोस्त है, दोस्त। इसके आगे जो तुम्हें सोचना है, सोचो...नॉउ...यू आर फ्री...''—अचानक मनीष भड़क उठा। सुजाता को काटो तो खून नहीं! आगे कुछ नहीं कहा उसने। बेजान पुतले की तरह बैठी रही थोड़ी देर...बाद में बिना कुछ बोले उठी और चली गई। मनीष खामोशी से उसे जाते देखता रहा...

अपने कमरे पर पहुँचकर सुजाता घंटों खामोश बैठी रही। एकटक नजरों से आसमान देख रही थी। जिस मनीष पर इतना विश्वास किया उसने, जिस पर उसे इतना नाज था, आज उसने ऐसा कर दिया ? उसकी बातें—गूँज रही थीं सुजाता के कानों में, जैसे मनीष वहीं, उसी के कमरे में अभी भी बोल रहा हो। हर बात हथौड़े की तरह उसके दिल पर पड़ रही थी। कैसे कह दिया मनीष ने ये सबकुछ ? पहले तो वो मनीष के लिए सबकुछ थी! कितना कहता था कि तुम हो तो ये जिन्दगी इतनी खूबसूरत लगती है। तुमको देखता हूँ तो जिन्दगी में कुछ करने के लिए मन करता है। सुजाता, अगर तुम्हारा साथ नहीं होता तो मैं लाइफ में कुछ नहीं कर पाता। अब तो ये लगता है कि जब चाहूँ ये दुनिया जीत सकता हूँ। लेकिन आज...आज वो मनीष की राह में काँटा बन गई ? नहीं, ये बात नहीं है। जरूर उसे मेरी वो बात बुरी लगी है। उसका ईगो हर्ट हुआ है। और इसी नाराजगी में सपना ने अपना गेम खेल दिया है। इसीलिए वो ये सबकुछ कह रहा है। दिल के एक कोने से आवाज उठी। दिल के दूसरे कोने ने भी हाँ में हाँ मिलाई।

सुजाता ने खुद से सवाल किया—'लेकिन मैंने गलत क्या किया? क्या मैं उसके साथ सेक्स के लिए तैयार हो जाती तो ठीक रहता?'

दिल के दूसरे कोने से आवाज उठी—'नहीं, तुमने ठीक किया। लेकिन तुम्हें उसे थप्पड़ नहीं मारना चाहिए था। रेपिस्ट से तुलना नहीं करनी चाहिए थी। गाली नहीं देनी थी। तुम्हें भी पता है, मनीष ऐसा लड़का नहीं है। तुम्हें कितना प्यार करता है वह! तुम्हारे कैरक्टर को लेकर नाज रहा है उसे! इससे पहले जब भी उसने किसी तरह की कोई कोशिश की, तब तुमने उसे रोक दिया था; कभी तो नाराज नहीं हुआ था! उल्टे बाद में तुम्हारी तारीफ ही करता था! यह भी तो सोचो, उस दिन अपनी पहली नौकरी पाने के जोश में वो बहक ही तो गया था!'

'पता है मुझे...लेकिन वो उस बात को लेकर बैठा है। ये तो गलत है न?'

'हाँ, वाकई गलत है। मान जाएगा। अभी सपना सामने है। अभी जॉब को लेकर परेशान है। कुछ समय बाद उसे अपनी गलती का अहसास होगा। जरूर होगा, देखना। तब मान जाएगा। तुम इतना ज्यादा परेशान मत होवो। तुम भी अपने ईगो को लेकर मत बैठ जाओ। नहीं तो ये कहानी किसी किनारे नहीं पहुँचेगी।'

दिल की सुनते-सुनते सुजाता को एक उम्मीद-सी बँधी। वो खामोशी से बिस्तर पर लेट गई। सामने दीवाल पर मनीष की तस्वीर टँगी थी। हँसती-मुस्कराती तस्वीर। सुजाता उसी तस्वीर में खोई-खोई सो गई।

''और बता बेटे, घरजमाई कब बन रहा है?''

शिवेश का नया अफेयर शुरू हो चुका था। इस बार मकान मालकिन की ही बेटी के साथ। उसके बारे में मनीष को फोन पर पहले ही बता चुका था। अभी कमरे पर मिलने के लिए आया हुआ था। उसे मनीष और सुजाता के रिश्ते में आयी तल्खी का कुछ पता नहीं था। मनीष ने भी कभी उसे अहसास नहीं होने दिया कि दोनों के बीच कुछ हुआ है। इस वक्त भी वो और दिनों की तरह ही शिवेश को छेड़ रहा था।

''कहाँ घरजमाई यार! ये तो अबतक की सब गर्लफ्रेंड से बढ़कर पीस निकली।''

"क्यों, इसके साथ क्या हो गया?"

"कुछ नहीं यार, एक तो उसका बाप मुर्गी के दड़बे जैसे रूम का दस हजार वसूल रहा था। साले ने जितना बड़ा रूम मुझे दिया था, उससे बड़े रूम में तो मेरी भैंस अपने भैंसे के साथ कबड्डी खेलती है। वैसे छोटे रूम का फायदा ये तो था कि उसकी बेटी जब भी रूम में आती थी, सीधे बेड पर आ जाती थी। रूम में कहीं और बैठने की जगह नहीं होने का फायदा मुझे हो जाता था, दोस्त, समझे न..."

"तुम साले, शिवेश!"

"सब कुछ सही चल रहा था पार्टनर। घर पर ही गर्लफ्रेंड। उसके हाथ का खाना। प्यार! और क्या चाहिए एक ब्वॉयफ्रेंड को अपनी गर्लफ्रेंड से? और सबसे बढ़कर बात ये कि साँवली भी थी वो!"

"साँवली!" मनीष चौंका, "साँवली का क्या चक्कर है अब?"

"हाँ यार, साँवली है वो। दिल्ली की तेज गर्मी के लिए एकदम परफेक्ट!"

"क्या कहना चाह रहा है तू?" मनीष शिवेश की बात सुनकर गड़बड़ा गया।

"यार, वो साँवली लड़की न...गर्मी में बहुत सूट करती है। अब याद नहीं आ रहा है कि किस ग्रन्थ में पढ़े थे कि जेठ की तपती धूप में बटवृक्ष मतलब बरगद की छाया, मटके का जल और श्यामा मतलब साँवली लड़की का सामीप्य पुरुष को सुखद शीतलता प्रदान करता है।"

मनीष ने सिर पकड़ लिया। प्राचीन संस्कृत साहित्य में गहरी दिलचस्पी थी शिवेश की, और उसमें भी इस तरह की बातों में तो और दिलचस्पी दिखाता था वो। मजे की बात यह कि पढ़ा कम था, गाँव में काका, बाबा और मास्टर साहब की बातचीत को सुना बहुत था!

"मैं खुशी-खुशी दिल्ली की गर्मी से निजात पा रहा था दोस्त, लेकिन एक दिन वो सहारा भी छूट गया।"

"हुआ क्या था?" मुस्कराते हुए मनीष ने पूछा।

"कुछ नहीं यार, एक दिन वो मेरे कमरे में बैठकर फेसबुक में फ्रेंड रिक्वेस्ट चेक कर रही थी। रियल फ्रेंड सशरीर उसके बगल में, लेकिन वो नेट के फ्रेंड में उलझी हुई थी! मैं बहुत देर तक परेशान रहा। लेकिन वो फेसबुक छोड़ने के लिए तैयार ही नहीं! अचानक बोली, "तुम फेसबुक पर नहीं हो?"

“नहीं।”

“ट्विटर पर?”

“नहीं।”

“तुम फेसबुक-ट्विटर पर नहीं हो...रियली!”

वो भौंचक्का होकर मेरा मुँह देखने लगी।

“कितने बड़े पीस हो तुम यार! कितने बैकवर्ड हो? बलिया के लोग ऐसे ही होते हैं क्या? लाओ, मैं तुम्हारा फेसबुक एकाउंट खोल दूँ। मुझे तेज गुस्सा आया। मैं फेसबुक पर नहीं हूँ तो बैकवर्ड हो गया! ऐसा कैसे? ऊपर से बलिया के लोगों को भी अपनी बकवास में घसीट लाई! फिर क्या पार्टनर, यहीं से बात आगे बढ़ गई। उसने मुझे दो सुनाया, मैंने चार सुना दिया। वो पैर पटकती मेरे रूम से चली गई। मैं रूम में पड़ा रहा। अगले दिन मकान खाली करने का नोटिस थमा दी। समझ गए मेरी कहानी!”

“तो साले, फेसबुक और ट्विटर पर एकाउंट क्यों नहीं खुलवा लिया? टेक सेवी का तमगा जुड़ जाता, गर्लफ्रेंड बच जाती।”

“ऐसी की तैसी उस गर्लफ्रेंड की! न हिंदी-न इंग्लिश छाप उस लड़की की ये मजाल कि बलिया के लोगों को गाली दे देगी, गँवार बोलेगी? देख भाई, अपने बलिया का अपमान, नहीं सहेगा हिन्दुस्तान!” शिवेश ने चुनावी अन्दाज में नारा लगाया। मनीष हँसने लगा।

“सुजाता कहाँ है?”

शिवेश का बर्थडे था। हर बार की तरह इस बार भी उसने भव्य पार्टी रखी थी। मनीष और सुजाता उसके खास गेस्ट होते थे हर साल। गेस्ट क्या, घरवालों से भी बढ़कर। शिवेश मनीष को अकेले देखकर चौंका। उसे हाल-फिलहाल के डेवलपमेंट के बारे में कुछ पता तो था नहीं।

“आ रही होगी।” मनीष के पास झूठ बोलने के सिवा और कोई चारा नहीं था। सुजाता के बारे में उसे कुछ पता तो था नहीं, लेकिन उसे पूरा भरोसा था कि शिवेश के बर्थडे को सुजाता मिस नहीं करेगी।

''ओके, तो आओ तब तक दो-दो पैग...''

''नहीं शिवेश, आज मूड नहीं है।'' मनीष जल्दी निकलना चाहता था। सुजाता का सामना करने से बच रहा था, लेकिन शिवेश ने मौका नहीं दिया। जबरदस्ती खींच ले गया। थोड़ी देर बाद मनीष भी नॉर्मल हो गया। पहले की तरह हँसी-मजाक शुरू।

''और बता, तेरी नई गर्लफ्रेंड का क्या हाल है?''

''मस्त! मोहब्बत की रेल चल पड़ी है...''

''धकाधक!'' मनीष ने मजे लिए।

''हाँ-हाँ, बुलेट ट्रेन की रफ्तार से!''—शिवेश मूड में आ चुका था, ''अभी आती होगी। मिलवाता हूँ। देखेगा तो बेहोश हो जाएगा। इतनी स्मार्ट! इतनी सेक्सी!''

''ये कहाँ मिल गई?''

''ब्रेकअप डे के दिन।''

''ब्रेकअप डे! चौंका मनीष। अब ये क्या बला है मेरे भाई? तुम तो जीना मुहाल कर दोगे! हर बार कुछ अलग ही नॉलेज आइटम लिए चले आते हो!''

''लोड मत ले भाय! वो रोज-डे और चॉकलेट-डे टाइप सब डे बताया था न, उसी जोड़ का यह भी मामला है। 11 दिसम्बर के दिन होता है—ब्रेकअप डे! कपल इस रोज अपना पुराना रिश्ता तोड़ते हैं और नये साल में नये रिश्ते के लिए खोजबीन शुरू कर देते हैं।'' शिवेश की बात सुनकर मनीष ने सिर पकड़ लिया।

''वैसे पार्टनर, गुलाबी ठंडी में ब्रेकअप डे का कॉन्सेप्ट इंडिया के लिए ठीक नहीं है न! यहाँ पर तो गर्मी के मौसम में ब्रेकअप डे मनाना चाहिए। ठीक मई-जून में। क्या कहता है तू?''

मनीष शिवेश को मोटी गाली देता, उससे पहले ही दरवाजे पर दस्तक हुई। सामने सुजाता थी। हाथ में गिफ्ट लिए हुए।

उस दिन के बाद से सुजाता ने मनीष के कमरे पर जाना छोड़ दिया था। आज उसे लग रहा था कि शिवेश के कमरे पर मनीष से मुलाकात हो सकती है और हुआ भी वही। एक बार नजरें मिलीं, लेकिन मनीष ने अपनी नजरें तुरन्त हटा लीं। सुजाता कटकर रह गई। गनीमत यही रही कि शिवेश का

ध्यान इस तरफ नहीं गया। जाता भी कैसे, उसी समय उसकी नई वाली गर्लफ्रेंड जो आ गई थी।

''इन दोनों से मिलो। ये है मनीष और ये है सुजाता। दो जिस्म और एक जान! एक ठंडे पानी में नहाता है तो दूसरे को बुखार चढ़ जाता है! एक को गर्मी लगती है तो दूसरा शर्ट उतार देता है!''

शिवेश की नईवाली गर्लफ्रेंड हँस पड़ी। उसे पहले से पता था मनीष-सुजाता के बारे में। शिवेश कई बार बता चुका था। इस दावे के साथ कि वैलेंटाइन बाबा ने दोनों को एक-दूसरे के लिए ही बनाकर भेजा है। इसीलिए बचपन से दोनों साथ-साथ हैं। वो भी बड़ी गर्मजोशी से मनीष और सुजाता से मिली और उनके इतने लंबे रिलेशन के लिए बधाई दी।

सुजाता होंठों से मुस्करा रही थी, उसका दिल लेकिन रो रहा था। दुनिया को क्या पता कि उनके रिलेशन को नजर लग चुकी है! थोड़ी देर बाद जब वो जाने लगी तो मनीष भी बाहर निकल आया। शिवेश को कुछ सोचने का मौका नहीं देना चाहता था। बाहर एक बार फिर सुजाता से उसकी नजर टकराई, लेकिन उसने नजरें हटा लीं। सुजाता चाहकर भी अपने-आपको रोक नहीं पाई, पूछ बैठी, ''कैसे हो?''

''अच्छा हूँ, तुम्हारे सामने खड़ा हूँ।'' सुजाता खामोश हो गई। मनीष के इस अन्दाज पर वह क्या बोले, उसे समझ में नहीं आया आज...

''और...तुम कैसी हो...''—थोड़ी देर बाद बोला मनीष। दोनों पैदल ही ऑटो स्टैंड की तरफ बढ़ रहे थे।

''अच्छी हूँ''—इतना ही बोलकर सुजाता खामोश हो गई। थोड़ी देर तक दोनों ऐसे ही चलते रहे। फिर अचानक सुजाता बोल पड़ी, ''मनीष, तुम उस बात को भूल नहीं सकते? क्या मेरी बात इतनी बुरी लग गई है तुम्हें?''

''नहीं-नहीं, सुजाता, वैसी कोई बात नहीं है। तुम फिर गलत सोच रही हो। मैं उस बात को भूल चुका हूँ। मेरी जिन्दगी किसी एक चीज पर कभी नहीं टिकती है।''

सुजाता को धक्का लगा। मनीष किस तरह सोचने लगा है, यह देख वह हक्का-बक्का थी!

''और देखो, मेरे उस फैसले से कितना फायदा हुआ है मुझे। मैंने सब कुछ भुला कर अपने करियर पर फोकस किया। मुझे नौकरी भी मिल गई। छोटी

कम्पनी में ही सही, लेकिन कम-से-कम मेरा करियर तो स्टार्ट हो गया। मैंने मैनेजमेंट का कोर्स भी ज्वाइन कर लिया है। एक बार एमबीए की डिग्री मिल जाए तो फिर किसी अच्छी कम्पनी के लिए ट्राई करूँगा।''

सुजाता खामोश रही। कितना बदल गया है मनीष! अचानक इसकी सोच में ऐसा परिवर्तन? वैसे करियर ओरिएंटेड था तो शुरू से ही। अक्सर कहा करता था कि मुझे बहुत बड़ा आदमी बनना है, लेकिन उसके लिए ऐसा रास्ता...

''मनीष, ये सब कुछ तो तुम साथ रहकर भी कर सकते थे''—सुजाता ने पैचअप की एक और कोशिश की।

''नहीं कर सकता था सुजाता। कतई नहीं कर सकता था। उस समय मैं भी तुम्हारी तरह वाहियात बातों में टाइम गुजारने लगा था। सुबह से तुम्हारा इंतजार करता था। जितनी देर तक तुम कमरे पर रहती थीं तुमको देखते रहता था। बातें करता रहता था...और जब तुम चली जाती थीं तो तुम्हारे ख्यालों में खोया रहता था...और क्या कुछ करता था मैं?''

सुजाता को तेज धक्का लगा। अब तक वो वाहियात की बातों में टाइम पास करती थी! उसकी वजह से मनीष भी वाहियात की बातों में टाइम पास करता था! उसका प्यार, उसकी मोहब्बत—सब मनीष की नजर में वाहियात! उसने अपने होंठों को दाँतों से कसकर काटा। अब कुछ नहीं कहूँगी इससे। सुजाता का सोया स्वाभिमान जाग पड़ा!

''सुजाता, मैं तो पुराने दोस्त होने के नाते तुमसे भी यही कहूँगा कि सबकुछ भुलाकर करियर पर फोकस करो। जिन्दगी में कुछ बन जाओ, पास में पैसे होंगे तो जिन्दगी अच्छे से गुजार सकोगी। प्यार-व्यार से पेट नहीं भरता है। शिवेश के रोज के लफड़े को देखती ही हो। आगे तुम्हारी मर्जी...''

सुजाता के कुछ कहने से पहले ही चला गया मनीष! सुजाता दूसरे ऑटो में बैठकर अपने कमरे की तरफ लौट पड़ी। पूरे रास्ते वह अपने आँसुओं को पीती रही...जैसे-तैसे कमरे का दरवाजा खोला और बिस्तर पर भरभराकर औंधे मुँह गिर पड़ी। बिलख-बिलख कर रो रही थी सुजाता! आज मनीष ने उसके दिल को चूर-चूर कर दिया था जैसे! उम्मीद को रौंदकर आगे बढ़ गया था आज...कमरे में अँधेरा पसरा हुआ था और तकिये पर गीलापन पसरता जा रहा था...जैसे ही फूल खिलने को आया था, डंठल ही सूख गया था!

''ये साला तो अब तक के सभी ब्वॉयफ्रेंड से कमीना निकला!''—मोहिनी कड़वाहट भरी हँसी हँसती रही दो पल... वह ऑफिस से निकलकर सीधे सुजाता के कमरे पर चली आई थी। जबरदस्त तनाव पसरा हुआ था उसके चेहरे पर...हालाँकि वो नॉर्मल दिखने की कोशिश कर रही थी।

''क्यों? क्या हुआ?'' सुजाता मोहिनी की बात सुनकर चौंकी।

''कह रहा था कि एक काम करो तो डबल प्रमोशन मिल जाए। तुम्हारा भी, मेरा भी। साथ में यूएस का ट्रिप। बस, एक छोटा सा काम।'' मोहिनी के चेहरे पर और ज्यादा कड़वाहट उभरी।

''काम क्या बोला?''

''बॉस के साथ वन नाइट स्टे!''

''क्या?''—सुजाता को तेज झटका लगा, ''क्या कोई ब्वॉयफ्रेंड अपनी गर्लफ्रेंड के साथ ऐसा भी कर सकता है? उसे अपने बॉस के साथ सोने को कह सकता है?''

''हरामी कह रहा था कि इसमें बुराई क्या है? जैसे मेरे साथ, वैसे ही बॉस के साथ। और वो भी बस एक बार।''

सुजाता दंग थी। हो क्या रहा है हमारे आसपास ये सब?

''अब समझ में आया, बॉस का दल्ला है! दल्ला! वही करके आज तक इतनी तरक्की पाया है। कह रहा था कि वैसे भी बॉस कुछ खास नहीं कर पाते हैं। मैंने पलटकर पूछ लिया कि अपनी बहन को भेजे थे क्या जो मालूम है?''

सुजाता भौंचक्क थी। क्या पूछे, क्या कहे...

''आज तो आठ-दस मोटी-मोटी गालियाँ देकर चली आयी हूँ। कल देखती हूँ, क्या होता है? ऑफिस में उसके बॉस और उसकी चलती है। ऐसे में क्या किया जा सकता है, सोचना पड़ेगा...''

मोहिनी रिलैक्स दिखने की कोशिश तो कर रही थी, लेकिन वह जिस अन्दाज में चाय की घूँट भर रही थी, उसे देखकर सुजाता खूब समझ रही थी कि अभी उसके दिल पर क्या गुजर रही है...

''ये तो पता था कि ये आउट ऑफ द वे जाकर हेल्प कर रहा है। प्रमोशन दिला रहा है तो बदले में कुछ चाहेगा ही मुझसे। चलो, उसमें मुझे कुछ खास प्रॉब्लम नहीं थी। जैसे बाकी ब्वॉयफ्रेंड के साथ हुआ, वैसे ही इसके साथ भी सही। लेकिन बॉस के साथ वन नाइट स्टे का प्रपोजल! हाईट है यार, हाईट है!!''

फिर गाली दी मोहिनी ने। सुजाता खामोश रही। मोहिनी की इस हालत के लिए वो काफी हद तक उसे ही जिम्मेदारी मानती थी, लेकिन कहे तो क्या कहे? कई बार समझाने की कोशिश की थी, लेकिन मोहिनी पर कोई खास फर्क नहीं पड़ा था। कहती थी कि कामयाबी पास हो तो लोग कुत्तों की तरह दुम हिलाते मिलते हैं। कोई भौंकने की सोचता भी नहीं है। कैसी कामयाबी और कैसा दुम? आज कौन बेहाल है?

''और...तू बता, तेरे मनीष का क्या हाल है? अब तो शादी कर ले''—मोहिनी सुजाता की तरफ ध्यान शिफ्ट करने में लग गई।

सुजाता को अचानक से धक्का लगा। शादी! तेरा मनीष! अब कहाँ रहा वह 'मेरा मनीष'? अब तो वह किसी और का मनीष है! जॉब, करियर, कामयाबी का दूसरा नाम मनीष है! फिर भी आहिस्ते बोली सुजाता, ''ठीक है।''

वह मनीष के बारे में मोहिनी से कोई चर्चा नहीं करना चाहती थी, लेकिन मोहिनी को डाउट हो गया। वो बार-बार मनीष के मुद्दे को कुरेद रही थी और आखिर में सुजाता टूट गई। टुकड़े-टुकड़े में ब्रेकअप के बारे में बताया और रोते हुए दिल का पूरा गुब्बार निकालकर रख दिया था उसने मोहिनी के सामने...आज तक मनीष से टूटे रिश्ते के बारे में उसने किसी से कुछ नहीं कहा था। खुद से ही लड़ती रहती थी अकेले...लेकिन आज मोहिनी के सामने वह टूट गई। सबकुछ बता दिया। मोहिनी हैरान होकर सबकुछ सुनती रही...

''बस...वही बात है...तूने उसे फिजिकल रिलेशन नहीं बनाने दिया। इसी बात का वो इश्यू बनाकर बैठ गया है और इसी बीच में उस अमीरजादी सपना की इंट्री हो गई है।''—मोहिनी ने एक तरह से अपनी अन्तिम राय दे दी! सुजाता को भी यही लगता था, लेकिन ज्यादा कुछ कहा नहीं उसने...

''देखा सुजाता, मैं कहती थी न कि सारे लड़के बस उसी चीज के लिए मरते हैं! एक बार मिल जाए तो फिर कुछ समय मजे लेते हैं और बाद में रिश्ता तोड़ लेते हैं। आगे बढ़ जाते हैं दूसरी की तलाश में। और अगर नहीं मिलता तो भी रिश्ते तोड़ लेते हैं; मनीष की तरह...''

''लेकिन ये काम तो वो पहले भी कर सकता था, मोहिनी। पहले तो कभी उसने इस चीज को इश्यू बनाकर रिश्ता नहीं तोड़ा...''—सुजाता ने धीरे से कहा। सुजाता को यह बात हरदम कोंचती रहती थी।

''पहले उसे इस दुनिया के बारे में नहीं पता था, सुजाता। तब वो बलिया शहर के एक छोटे से गाँव का भोला-भाला लड़का हुआ करता था। दिल्ली की चकाचौंध और रंगीनियों से वास्ता नहीं पड़ा था उसका। यहाँ दिल्ली में आकर देखा होगा कि कैसे सब ब्वॉयफ्रेंड-गर्लफ्रेंड मस्ती मार रहे हैं और वो बैठकर घंटा हिला रहा है। सपना के मिलते ही उसने अपनी जात दिखा दी, बस। लड़कों की जात, कुत्तों की जात। समझी!''

सुजाता का मन ये मानने के लिए तैयार नहीं हो रहा था। मनीष ऐसा तो नहीं है। तो फिर दूसरी बात क्या हो सकती है? उसका ईगो हर्ट हुआ है—यह मानती थी वो, लेकिन गलती तो उसकी ही थी। उसी ने तो जंगली की तरह बिहेव किया था...और क्या उसका ईगो अब तक के प्यार और लगाव से, भरोसे से—सबसे बड़ा हो गया?

सुजाता के मन में कई तरह के ख्याल आ रहे थे, लेकिन मोहिनी की राय दो टूक थी—फिजीकल रिलेशन नहीं बना पाने और अमीरजादी सपना की वजह से मनीष ने रिश्ता तोड़ा है। सुजाता खामोश सुनती रही। कहती भी तो क्या?

शिवेश के बर्थडे पर मनीष से आखिरी मुलाकात हुई थी सुजाता की। उस मुलाकात के बाद से वह अपनी छोटी-सी जिन्दगी में कैद हो गई थी। कहीं आना-जाना भी छोड़ दिया। घर से ऑफिस, ऑफिस से घर। बस यही दुनिया रह गई थी उसकी। मनीष के बारे में सोचने से हर हाल में बचना चाहती थी, लेकिन इस काम में वो कभी कामयाब नहीं हो पाई। मनीष हर वक्त उसके ख्यालों में रहता था। बचपन से लगाव का जो अंकुर उगा था उसके नाजुक मन में, वो जवानी तक आते-आते प्यार का हरा-भरा पेड़ बन चुका था। मनीष प्यार के उस पेड़ को करियर की कुल्हाड़ी से काटने की कोशिश कर रहा था, लेकिन सुजाता कैसे कट जाने दे जड़? भला बचपन का प्रेम ऐसे कभी मरता है!

आज सुबह से सुजाता फिर बहुत परेशान थी। आज उसका बर्थ डे है।

'क्या आज मनीष आएगा?'—मन के किसी कोने से सवाल उठा।

'नहीं, अब वो क्यों आयेगा? जब उसने तुमसे रिश्ता ही तोड़ लिया तो फिर क्यों आएगा?' मन के दूसरे कोने से कोई अलग आवाज आई।

'शायद आ जाए...'

'सवाल ही नहीं उठता! पिछली मुलाकात की बात भूल गई तुम? भूल गई कैसे जलील किया था उसने?'

पिछले बर्थ डे की बात याद आयी तो सुजाता की आँखों से आँसू छलकने को हुए। कितने शानदार अन्दाज में मनीष ने मनाया था उसका पिछला बर्थ डे! खुद अपने हाथों से तैयार किया था उसे। चूड़ी पहनाई थी, कान में झुमका पहनाया था। जिद करके लिपस्टिक लगाई थी और उसके बाद उसका शिकायती लहजा—'ये साला लिपस्टिक, स्वाद खराब कर देता है!' तब सुजाता ने उसे मोटी गाली दी थी। प्यार से चपत लगाते हुए...लेकिन आज गाली सुनने के लिए मनीष सामने नहीं था। पिछले बर्थ डे की बातें याद करते-करते आँखें नम हो ही आईं सुजाता की।

कॉलबेल की तेज आवाज से झटका लगा उसे। क्या मनीष...नहीं, शिवेश था। हरदम की तरह जोश से भरा हुआ!

"हैप्पी बर्थ डे सुजाता! इससे मिलो, ये है..."—एक नई लड़की के साथ आया था शिवेश। सुजाता मुस्करा पड़ी। फिर नई गर्लफ्रेंड! बस, सोच कर रह गई, कहा कुछ नहीं...

"और...ये मनीष कहाँ है? फोन भी नहीं उठा रहा है?"

मनीष को नहीं देखकर हैरान था शिवेश। वह तो सोच रहा था कि मनीष सुजाता के साथ ही होगा।

"कुछ जरूरी काम आ गया था। आ रहा होगा।"

सुजाता के मुँह से अपने आप निकल गया। हैरानी हुई उसे खुद पर...कैसे कह दिया उसने...इतना बड़ा झूठ! वो भीतर-ही-भीतर परेशान हो उठी, लेकिन थोड़ी देर बाद खुद को सँभाल लिया। शिष्टाचार निभाते हुए वह शिवेश की

गर्लफ्रेंड से बातें करने लगी, लेकिन दिल से यही चाह रही थी कि दोनों जल्दी से जल्दी जाएँ। दूसरी तरफ शिवेश को कुछ डाउट हो रहा था। वो गौर से सुजाता के चेहरे की तरफ देख रहा था। न चाहते हुए भी सुजाता को अपनी नजरें चुरानी पड़ रही थीं। शिवेश ने एक-दो बार मनीष को फोन भी लगाया, लेकिन उसने फिर फोन नहीं उठाया।

''गाड़ी ड्राइव कर रहा होगा, शिवेश, अगर तुम्हें कुछ जरूरी काम है तो फिर चले जाओ।''

सुजाता को ये कहते हुए जरा भी अच्छा नहीं लगा, लेकिन वो मजबूर थी। उसे लग रहा था कि शिवेश चला जाए, ताकि उसे मनीष के साथ टूट चुके रिश्ते के बारे में पता नहीं चल सके...लेकिन शिवेश मनीष से मिले बिना जाने के मूड में नहीं था।

''हैप्पी बर्थ डे...सुजाता!''

दरवाजे पर खड़ा था मनीष! हाथों में फूलों का बड़ा-सा गुलदस्ता लिए हुए। सुजाता की आँखों में आँसू उमड़ आए। बड़ी मुश्किल से उसने अपने आँसुओं को जब्त किया। मनीष उसके सामने था! उसे विश्वास नहीं हो रहा था। सोफे पर काठ की मूर्ति की तरह खामोशी से बैठी रही। उसे कुछ करने का होश ही नहीं था। मनीष ने थोड़ी देर उसके उठने का इन्तजार किया लेकिन जब वो बैठी ही रही तो वहीं उसके करीब आया। सुजाता सोफे से उठी। लड़खड़ाते हुए। मनीष ने गले लगाकर जन्मदिन की बधाई दी और फिर हौले-से उसे अलग कर दिया। सुजाता बेजान पुतले की तरह फिर सोफे पर बैठ गई।

''और बेटे, क्या हालचाल हैं? हाय, आई एम मनीष...''

शिवेश की नई वाली गर्लफ्रेंड के सामने हाथ बढ़ा दिया था मनीष ने। इस बार भी उसे पहले से पता था शिवेश की नई गर्लफ्रेंड के बारे में। शिवेश ने फोन पर बताया था कि पिछली वाली ने शादी करके अपना घर बसा लिया था। उसकी शादी में जमकर नाचा था वह!

''हाय''—शिवेश की गर्लफ्रेंड बड़े गर्मजोशी से मिली और फिर सामान्य तरीके से सबने मिलकर सुजाता का बर्थ डे सेलिब्रेट किया। केक मनीष अपने साथ लेकर आया था। हर बार वही लाता था। डिनर के लिए सब पास के रेस्टोरेंट में गए। हर बार की तरह इस बार भी बिल मनीष ने ही चुकाया।

सुजाता दूसरी दुनिया में खोई हुई खामोशी से मनीष को देख रही थी। उसे कुछ समझ में नहीं आ रहा था कि आखिर हो क्या रहा है? मनीष आखिर

चाहता क्या है ? जब उसने रिश्ता तोड़ लिया तो फिर वो आया ही क्यों ? क्या उसके दिल में अब भी उसके लिए जगह है ?

मनीष पहले की तरह ही चहक रहा था। अकेले में शिवेश के साथ उसी तरह नॉन वेज जोक मारकर हँस रहा था। एकदम नॉर्मल बिहेव कर रहा था वो! शायद शिवेश की वजह से...लेकिन सुजाता चाहकर भी वैसा नहीं कर पा रही थी। वो बार-बार दूसरी दुनिया में खो जा रही थी। कब वो रेस्टोरेंट से बाहर आए, उसे पता भी नहीं चला।

''ओके...सुजाता...बाय!''—शिवेश जा रहा था। अपनी गर्लफ्रेंड के साथ।

''बाय!''—सुजाता ठीक से हाथ भी नहीं हिला पाई। लगा कि उसके हाथों में कोई ताकत नहीं बची है। अब वो फिर मनीष के साथ थी...अकेले...तन्हा...

''कैसी हो ?''—मनीष ने ही मौन तोड़ा।

सुजाता ने कहा कुछ नहीं। बस नजरें उठाकर देखा उसे। न चाहते हुए भी आँखों में नमी उतर आयी थी।

''जॉब कैसा चल रहा है तुम्हारा ?''—मनीष ने तेजी से नजरें चुरा ली।

''अच्छा''—इस बार सुजाता बोली; हौले से।

''कोई और कोर्स कर लो। कोई ढंग का प्रोफेशनल कोर्स। इससे जॉब चेंज करने में मदद मिलती है।''

''हूँ।''

सुजाता का कमरा पास में ही था। मनीष की बाइक वहीं खड़ी थी। दोनों वापस लौटने लगे...खामोशी से...

''थैंक्स, मनीष''—थोड़ी देर बाद बोली सुजाता।

''किस बात का थैंक्स ?''—मनीष चौंका।

''आने का। मुझे उम्मीद नहीं थी कि तुम आओगे...लेकिन तुम आए। थैंक्स!''

''नहीं, नहीं, इसमें थैंक्स की क्या बात है ? सच बात तो ये है कि मैं आना चाहता भी नहीं था। फिर से पुराने लफड़े में पड़ने का कोई इरादा नहीं है मेरा। अगले महीने एग्जाम भी है। उसी की तैयारी में लगा हुआ था, लेकिन शिवेश के कॉल को देखकर मैं परेशान हो गया। सोचा कि नहीं जाऊँगा तो उसे डाउट हो जाएगा। बात का बतंगड़ बन जाएगा। इसीलिए चला आया।''

सुजाता को तेज झटका लगा। तो ये बात है! इसलिए आया है मनीष! इसे मेरे

बर्थ डे से कोई मतलब नहीं था। अपने होंठों को कसकर काटा सुजाता ने। अब एक भी शब्द नहीं। कुछ भी नहीं बोलूँगी।

''देखो सुजाता, बी प्रैक्टिकल। ये लाइफ बड़ी अजीब चीज होती है! न जाने कितने खेल-तमाशे करवाती है। दिल में कुछ और जबान पर कुछ और! कोई ये सब नहीं करना चाहता। परेशानी होती है, कष्ट होता है... लेकिन करना पड़ता है। मजबूरी है। नहीं करोगी तो दुनिया जीने नहीं देगी। लोग सौ सवाल पूछेंगे...शिवेश ही एक हजार सवाल पूछता! उसी से बचने के लिए चला आया।''

सुजाता अन्दर-ही-अन्दर सुलग रही थी। मनीष ने यह तो बढ़िया बर्थ डे गिफ्ट दे दिया इस बार! फिर भी खामोश बनी रही। तेज कदमों से अपने कमरे की तरफ बढ़ती रही। दूसरी तरफ मनीष अपनी रौ में बोले जा रहा था।

''वैसे शिवेश को एक न एक दिन तो पता चलेगा ही, लेकिन मैं चाह रहा हूँ कि तब तक तुम करियर सेट कर लो।''

''थैंक्स! बिन माँगी सलाह के लिए शुक्रिया!''

तेज आवाज में बोल पड़ी सुजाता। उसका रूम आ चुका था। वो अन्दर चली गई। मनीष की तरफ देखा तक नहीं। कमरा बन्द किया...और बहुत देर से जब्त रुलाई ने सब्र का बाँध तोड़ दिया...देर तक रोती रही...उम्मीद नहीं थी कि वो उसके बर्थ डे पर आएगा...उसने अपने मन को समझा लिया था...कोई आशा नहीं पाले हुई थी...लेकिन वह आया! और आकर फिर छल गया मनीष! उसे दरवाजे पर तो देख कर यही लगा था कि मनीष के मन में अब भी उसके लिए जगह बची है। मरती हुई उम्मीद फिर जग गई थी पल भर में...लेकिन...यह मनीष तो कोई और था! यह केवल शिवेश के सवालों से बचने के लिए आया था! उसकी खातिर नहीं आया था, उसकी दिलजोई के लिए नहीं आया था...यह दूना दुख देने आया था पापी...मन में ख्यालों की लहरें उठती थीं, गिरती थीं...आँसू सूखते चले गए एक समय के बाद...

अब चुप हो गई थी सुजाता!

'नहीं, अब नहीं रोऊँगी। मैं इतनी कमजोर नहीं हूँ। किसके लिए रोऊँ? मनीष के लिए? उस मनीष के लिए जिसे अब मुझसे कोई मतलब नहीं। जो बस शिवेश के सवालों से बचने के लिए मुझे बर्थ डे विश करने आया था! कायर कहीं का!'—नफरत की तेज लहर उठी सुजाता के मन में। चेहरे पर सख्ती उभर आई।

“तेरी जॉब छुट गई! कब छुटी? और तूने बताया नहीं?”

शिवेश को आज संयोग से मनीष की नौकरी छूटने का पता चला। मनीष के रूम पर बैठा हुआ था कि उसका मकान मालिक किराया माँगने आ गया। पिछले महीने भी किराया नहीं दे पाया था मनीष। शिवेश ने किराया चुकाकर मकान मालिक को विदा किया।

“क्या बताता यार? नोटबन्दी का साइड इफेक्ट अब दिखने लगा है। यह कम्पनी कोई बहुत बड़ी तो थी नहीं। हालत सँभाल नहीं पाई तो रिसेशन के नाम पर छंटनी कर दी। उसी में मेरी भी छुट्टी हो गई।”

“लेकिन तुमने बताया क्यों नहीं, सवाल यह पूछ रहा हूँ तुमसे...और...और सुजाता ने भी नहीं बताया! माजरा क्या है ये? चल क्या रहा है?”

“बस ऐसे ही।” मनीष सुजाता से जुड़े सवाल से बचना चाहता था।

“मनीष, बात क्या है? सुजाता को तेरी जॉब चले जाने की खबर है या नहीं है?”

शिवेश ने गौर से मनीष के चेहरे की तरफ देखा। मनीष बहुत देर तक शिवेश को टहलाने की कोशिश करता रहा, लेकिन शिवेश था कि आज सवाल पर सवाल किए जा रहा था। उसके सवालों से परेशान होकर आखिर में मनीष ने रिश्ता टूटने की बात कबूल ली।

“क्यों तोड़ा रिश्ता! रिश्ता क्यों तोड़ा?”

शिवेश हैरान था। वह सपने में भी नहीं सोच सकता था कि मनीष और सुजाता का रिश्ता कभी टूट सकता है।

“बता...बता क्यों रहा...क्यों, क्यों तोड़ा रिश्ता? तूने तोड़ा या सुजाता ने तोड़ा है?”

शिवेश की तेज नजर मनीष के चेहरे पर टिकी थी। मनीष बहुत देर तक खामोश रहा। बाद में वो उसे वही सब बातें दुहराने लगा जो वो सुजाता से कह चुका था—करियर, जॉब, घर-परिवार की जिम्मेदारी, प्यार-मोहब्बत की वजह से अपने करियर से भटकना आदि-इत्यादि...एक्सीडेंट से पहले के वाकये के बारे में वो खामोश रहा, लेकिन उसका मुँह बन्द होते ही शिवेश

फट पड़ा, ''साले, मुझे चूतिया समझ रखा है क्या तू? असल बात बता। असल! आखिर हुआ क्या है?''

शिवेश ये मानने के लिए तैयार ही नहीं था कि इतनी मामूली बात के लिए मनीष रिश्ता तोड़ सकता है। इधर मनीष ज्यादा कुछ बताने को तैयार नहीं था। बार-बार वही बातें—करियर, जॉब, घर-परिवार की जिम्मेदारी, प्यार-व्यार की वजह से अपने करियर से भटकाव! शिवेश समझ गया कि ये सही बात नहीं बताना चाहता है। वो गौर से मनीष के चेहरे की तरफ देख रहा था, जबकि मनीष की नजर बार-बार झुक जा रही थी।

''और सपना?''

''क्या सपना?''

''सपना का क्या हालचाल है? मिलती है वो तुझसे?''

''देख शिवेश, जैसा तू सोच रहा है, वैसा कुछ भी नहीं है। वी आर जस्ट फ्रेंड्स।''

''वी आर जस्ट फ्रेंड्स! अच्छा बेटे, मेरा पाठ मुझे ही पढ़ा रहा है?''

मनीष देर तक सफाई देता रहा, लेकिन शिवेश उसे शक की नजर से देखता रहा। वहाँ से निकलकर वह सीधे सुजाता के पास पहुँचा। सुजाता उस समय ऑफिस से लौटी ही थी।

''क्या! उसकी जॉब छूट गई है?''—सुजाता न चाहते हुए भी परेशान हो उठी।

''हाँ, लेकिन तुम ये बताओ कि आखिर तुम दोनों के बीच हुआ क्या है?''

सुजाता के होंठ सिल गए। चुपचाप चाय बनाने किचन में चली गई। क्या बताती वह शिवेश को? कैसे बताती उस वाकये के बारे में उसे? शिवेश लड़का है। भाई मानती है उसे जाने कब से! कैसे बताए उससे वो सब बातें? शिवेश के लाख कुरेदने पर भी बस उसने इतना ही कहा, ''शिवेश, मुझे नहीं पता...रियली...बिलीव मी...मुझे आज तक नहीं पता कि वो ऐसे क्यों कर रहा है? मैंने काफी कुछ सोचा, लेकिन आज तक मैं किसी नतीजे पर नहीं पहुँच पाई हूँ कि आखिर उसने रिश्ता क्यों तोड़ा?'' आँसू छलक आए सुजाता की आँखों में।

शिवेश हैरान-परेशान था। उसे कुछ समझ में नहीं आ रहा था कि आखिर ये सब हुआ कैसे? हुआ तो उसे भनक तक नहीं लगी! वह अपने दोस्तों से

इतना बेख्याल रहा इतने दिनों! शिवेश अलग बेचैनी में घिर गया...शिवेश का सिर चकराने लगा।

''इतना परेशान नहीं होते, मनीष...बाजार को झटका लगा है। उसकी वजह से ऐसी हालत हुई है। आज नहीं तो कल तुम्हें जॉब मिल ही जाएगी।''

मनीष और सुजाता के बीच पैचअप कराने में जुटा शिवेश रात को फिर जा पहुँचा मनीष के रूम पर। मनीष उस समय बाहर से लौटा ही था। कई कम्पनियों के चक्कर लगाए थे उसने, लेकिन बात कहीं बन नहीं पाई थी। नई वैकेंसी को लेकर सन्नाटा जैसा क्यों है मार्केट में, कब तक रहेगा ऐसे? आज यही सोचते हुए कमरे पर पहुँचा था।

''हाँ, उम्मीद तो है। वैसे भी उम्मीद पर दुनिया कायम है। देख, आगे क्या होता है?''

''अच्छा होगा मनीष, सब अच्छा होगा। जब तक पैसे नहीं हैं, मैं हूँ। बाप ने बहुत कमाया है और लीगल बेटा होने के नाते खर्च मुझे ही करना है। खैर, छोड़ इस टॉपिक को। निकाल गिलास। दो-दो पैग लगाया जाए।''

शिवेश ने बैग से बोतल निकालते हुए कहा। वो जानबूझकर मनीष के साथ पीना चाहता था। उसे लग रहा था कि शराब के नशे में मनीष ब्रेकअप की असली वजह बता सकता है। दोनों खामोशी से पीने लगे। तीन पैग के बाद शिवेश फिर अपने मुद्दे की बात पर आ गया।

''और मनीष, तू सुजाता के साथ ऐसे क्यों कर रहा है यार? पता है तुझे...वो कितनी हर्ट है...तेरी बात से?''

''यार, इस समय तू उस टॉपिक को मत उठा। झूठमूठ का कुछ बोल दूँगा तो तुझे भी बुरा लग जाएगा।'' मनीष हल्के सुरूर में आ चुका था।

''नहीं यार, तू ऐसे क्यों सोच रहा है! आज तक तेरी किसी बात का बुरा माना है मैंने? बता...''

''देख यार, समझा कर। इस समय मैं अपनी सबसे बड़ी लड़ाई लड़ रहा हूँ। थोड़ा भी चूक गया तो फिर बरबाद हो जाऊँगा। कुछ भी नहीं बचेगा मेरे पास। घर की हालत के बारे में तुझे पता ही है।''

शिवेश खामोश रहा। मनीष के पापा बलिया के एक प्राइमरी स्कूल में टीचर थे। अपनी ईमानदारी और सादगी के लिए मशहूर। स्कूल के बाद घर पर भी बच्चों को पढ़ाते थे। किसी ने ट्यूशन के नाम पर कुछ पैसे दे दिए तो ठीक, वरना यूँ ही सबको पढ़ाते रहते थे। गरीब बच्चों से तो वैसे भी पैसे नहीं लेते थे।

''माँ जब कभी अपनी गरीबी से तंग आ जाती, उन्हें टीचर से फटीचर बना देती। उस समय मैंने अपने पापा की आँखों में आँसू देखे हैं शिवेश...लेकिन अब मैं उनको और ईमानदारी के आँसू बहाते नहीं देखना चाहता हूँ। मैं चाहता हूँ कि वो आराम से बुढ़ापा गुजारें। लेकिन फिर वही पैसे की प्रॉब्लम! मेरे पास जॉब है नहीं और फिलहाल मिलने की भी कोई उम्मीद नहीं दिख रही है! देख, अब सपना ने अपने पापा से कहा है कि वो मुझे कहीं जॉब दिलाएँ। देखते हैं...अब वो क्या करते हैं...''

''सपना के पापा ने?'' शिवेश थोड़ा चौंका।

''हाँ, बड़े आदमी हैं। काफी बड़े, रसूखवाले। वैसे भी आज कल तो बड़े आदमियों का ही बोलबाला है। एक बार एक बड़ा आदमी किसी दूसरे बड़े आदमी को बोल दे तो वो उस आदमी की बात को रख ही लेता है। आखिर उसे भी तो उस बड़े आदमी से काम पड़ता या पड़ सकता है कभी। तू तो समझ रहा है न इस बड़ी दुनिया के बड़े लोगों के बड़े खेल को! भले ही बड़े आदमियों के इस खेल के बीच में पिस जाते हैं हम जैसे छोटे आदमी...उन्हें क्या फर्क पड़ता है...''

मनीष की आवाज में तल्खी झलकने लगी थी। शिवेश उसके दर्द को समझ रहा था। कुछ कहा नहीं उसने। मनीष ने इस बार खुद से अपना पैग बनाया। लॉर्ज!

''मनीष, इतना अपसेट नहीं होते यार...''

''अपसेट तो नहीं होना चाहता हूँ दोस्त, लेकिन करूँ तो क्या? हालात मजबूर कर रहा है। एक मामूली नौकरी के लिए इतने दिनों से भटक रहा हूँ, रोज भटकता हूँ। आज भी भटककर आया हूँ, कल भी भटकूँगा।''

''देख, कल हो सकता है कि सपना के पापा...''

''टोंट मत मार शिवेश!''

''मनीष, तुझे चढ़ रही है। मेरा ऐसा कोई इरादा नहीं था...''

"इरादा मेरा भी नहीं था शिवेश...सुजाता से रिश्ता तोड़ने का। लेकिन वक्त ने मजबूर कर दिया है दोस्त। वक्त ने! वक्त के आगे मैं लाचार हो रहा हूँ..."

मनीष अब पूरे सुरूर में आ चुका था। दिल की बात खुद-ब-खुद जबान पर आने लगी, "वक्त बहुत बड़ी चीज है, दोस्त! देख...देख इस वक्त ने मुझे सुजाता से अलग रहने के लिए मजबूर कर दिया। वक्त के आगे मैं लाचार हो गया।"

"वक्त के आगे लाचार? मनीष, मैं समझा नहीं!"

"तू समझ भी नहीं पाएगा, शिवेश। जिस किसी पर इस वक्त की मार पड़ती है, वही इसकी ताकत को समझ पाता है दोस्त। महाभारत पढ़ा है न! देखा था कैसे कृष्ण की गोपियों को मामूली लुटेरे लूट ले गए थे! अर्जुन जैसा वीर कुछ नहीं कर पाया। हाथ पर हाथ धरे बैठा रह गया। कर्ण जैसे पराक्रमी योद्धा को मार गिराया था अर्जुन के बाणों ने, लेकिन मामूली लुटेरों के खिलाफ वो काम नहीं कर सके। पता है तुझे...क्यों?"

"क्यों?" शिवेश को भी चढ़ने लगी थी। उस पर से मनीष की इन बातों ने और उसे उलझाकर रख दिया था।

"क्योंकि वक्त कृष्ण और अर्जुन के खिलाफ हो चुका था। कृष्ण भगवान होकर भी वक्त से हार गए थे। अर्जुन इन्द्रपुत्र होकर भी वक्त से हार गए। मैं तो एक मामूली इंसान ठहरा दोस्त। एक मामूली इन्सान। भला मैं वक्त के उस सुपर पावर से कैसे मुकाबला कर सकता हूँ?"

मनीष की आँखों में आँसू छलक आए, लेकिन शिवेश की नजर उसके आँसुओं पर नहीं थी। उसकी बातों के बीच उलझा हुआ था वह।

"यार मनीष, तुझे नहीं लग रहा है कि तू वक्त का कुछ ज्यादा ही हौव्वा खड़ा कर रहा है। क्या किया है वक्त ने तेरे साथ? जॉब नहीं लग रही थी, लगी तो एक्सीडेंट की वजह से छूट गई। मुश्किल से दोबारा लगी तो रिसेशन की वजह से छूट गई। लेकिन ये सब तो लाइफ में चलते ही रहता है, यार।"

"जरूर चलता है दोस्त। उन लोगों की लाइफ में चलता है जो रोटी, कपड़ा और मकान की चिन्ता से मुक्त होते हैं। लेकिन जो रोज कमाते हैं, रोज खाते हैं—कभी उनसे पूछकर देखना कि अगर एक दिन की उनकी कमाई बन्द हो जाती है तो फिर वो खुद को कैसे सँभालते हैं? उस बूढ़े रिटायर बाप से पूछना जो अपने राशन वाले सेठ से ये कहकर कर्ज माँगता है कि एक तारीख को बेटे की सैलरी मिलेगी तो आपका कर्ज चुका दूँगा। नया वाला भी, पुराना

वाला भी। छोड़ दोस्त, तू इस बात को नहीं समझ पाएगा। तुझे कभी इस तरह के हालात से नहीं गुजरना पड़ा है।''

''तो तू वक्त की इस मार से बचने के लिए सपना का सहारा ले रहा है?''

''मुझे खुद नहीं पता कि मैं सहारा ले रहा हूँ या फिर वो सहारा दे रही है। मुझे कुछ नहीं पता। हाँ, ये बात जरूर है कि फिलहाल सपना मेरी मदद कर रही है और मैं उससे मदद ले रहा हूँ...''

''और सुजाता...''

''क्या सुजाता...''

''सुजाता के साथ तेरा रिश्ता?''

''तू फिर वहीं पहुँच गया। मैं तुझे समझा चुका हूँ कि फिलहाल मेरे लाइफ में केवल और केवल करियर है। सुजाता के बारे में सोचने के लिए भी फुर्सत नहीं है...और वैसे भी वो अमीरजादी है। मुझ फटीचर के साथ जोड़ी जमेगी उसकी? शादी कर लूँ तो कैसे मेंटेन करूँगा उसकी रईसी को?''

''पहले नहीं सोचा था इस बारे में?''

''नहीं सोचा था। शुरू में तो वाकई इन सब बातों का ख्याल नहीं किया था। सोचता था कि मैं जॉब करूँगा। खूब पैसे कमाऊँगा। सुजाता के साथ किसी तरह की प्रॉब्लम नहीं होगी, लेकिन अभी देख रहा है न? किराया चुकाने के भी पैसे नहीं हैं। कर्ज का कम्बल भारी होता जा रहा है दोस्त!''

''मनीष, तेरे अन्दर ये सपना की सोच कैसे आ गई? उसकी भी तो यही फिलोसॉफी है कि प्यार-मोहब्बत अलग चीज है, शादी को निभाना अलग।''

''शिवेश...प्लीज, चेंज कर इस सुजाता और सपना के टॉपिक को। तू मेरी प्रॉब्लम नहीं समझ सकता है। ला, गिलास दे! इस टॉपिक पर चर्चा करने का अब कोई इरादा नही है मेरा।''

अपना पैग भी खत्म नहीं कर पाया मनीष। बीच में ही सो गया। अब शिवेश की नजर उसके आँसुओं पर पड़ी। गाल पर ढलके आँसू सूख चूके थे, लेकिन नमी बरकरार थी। शिवेश को कुछ समझ में नहीं आ रहा था। काफी देर तक वो यूँ ही गिलास पकड़े बैठा रहा। थोड़ी देर बाद वो भी मनीष के बगल में लुढ़क गया।

"तो तुम्हें ये लग रहा है कि मैं मनीष से प्यार करने लगी हूँ? हम्म...यूँ कहो न कि तुम्हारा सबसे खास दोस्त...मनीष...मुझसे प्यार करने लगा है..."

अगले दिन शिवेश जा पहुँचा सपना के पास। उसका इरादा सपना का मन टटोलने का था, लेकिन स्मार्ट सपना ने उसके मन की बात झट से पकड़ ली।

"नहीं, नहीं सपना। मैं ऐसा कहाँ कह रहा हूँ..."

"तो क्या कर रहे हो? इतनी देर से मनीष को लेकर मुझे गोल-गोल घुमा रहे हो..."

शिवेश चुप। वैसे भी वो सपना की बातों का कभी ठीक से जवाब नहीं दे पाया था। इस समय भी सपना सीधे अटैक कर रही थी और शिवेश खामोशी से सुन रहा था।

"छोटे शहर के लड़कों की सबसे बड़ी बीमारी यही होती है। लड़की एक बार हँसकर बात कर ली। साथ में मूवी देखने चली गई। फिर क्या, वो महबूबा बन गई! सोते-जागते उसका सपना देखते रहते हैं! व्हॉट इज दिस शिवेश?"

सपना की बात सुनकर कटकर रह गया शिवेश। दरअसल कुछ दिनों पहले उसने सपना को प्रपोज किया था, लेकिन सपना ने टके-सा जवाब दे दिया था। उसी प्रसंग को लेकर इस वक्त वो उसे धो रही थी।

"एक तुम! कुछ दिन मुलाकात हो गई, हँसी-मजाक कुछ कर लिया, दो बार मूवी चली गई...सीधे आई लव यू! मनीष बता रहा था कि तुम्हारे बलिया में लोग पहले टॉवल में सत्तू लेकर घूमा करते थे। जहाँ भूख लगी, खा लिए। तो क्या अब तुम लोग अपना दिल जेब में लेकर घूमते रहते हो? जहाँ कहीं कोई अच्छी लड़की देखी, दिल जेब में से निकालकर उसके हाथ में टिका दिया! बलिया से निकलकर दिल्ली आ गए, लेकिन माइंड सेट में कोई चेंज नहीं आया न? टॉवल...व्हाट...जो भी हो...जेब में सत्तू की जगह दिल रख लिए हो न! लानत है यार!"

शिवेश के मुँह पर ताला जड़ चुका था। एक शब्द भी नहीं बोल पाया वो सपना के सामने।

"और हाँ, तुम! तुम गौर से सुन लो। आगे से मिलने की कोशिश भी मत करना। वैसे भी टक्कर मनीष को लगी थी, तुम्हें नहीं। अब मनीष का दोस्त

बनकर मेरे करीब आने की ज्यादा कोशिश मत करो। तुम्हारी फितरत समझ चुकी हूँ मैं।''

शिवेश इससे पहले कभी इतना जलील नहीं हुआ था। चला था वो मनीष और सुजाता के बीच पैचअप कराने, लेकिन यहाँ सपना ने उसे धो-फींच कर टाँग दिया। कभी किसी लड़की ने उसकी ऐसी बुरी गत नहीं की थी। मुँह लटकाकर वापस लौटने लगा शिवेश। दिमाग में बहुत कुछ उमड़-घुमड़ रहा था कि अचानक उसका दिमाग गमछे में सत्तू बाँध कर यात्रा में निकलने वाली बात पर अटक गया। मन-ही-मन मनीष को गाली देने लगा—'साले ने बलिया जिले की ऐसी अन्दरूनी बात सपना को बता दी! अब पता नहीं ये कहाँ-कहाँ बलिया का मजाक उड़ाएगी? और इसे क्या पता कि चने का सत्तू कितना गुणकारी होता है? और खुद चने की रामकहानी! अहा, क्या बढ़िया दादी सुनाती थी!'

शिवेश पार्क में बेंच पर बैठ कर आँखें बन्द कर कहानी याद करने लगा...

एक बार चनाराम पहुँच गया ब्रह्मा जी के दरबार में। अपनी फरियाद लेकर। कहने लगा—भगवान, मैं धरती पर सबसे काम का अन्न हूँ। पैदा होने से लेकर मरने के बाद तक लोगों की सेवा करता हूँ। पैदा होता हूँ तो लोग मेरे नाजुक पत्ते को नमक-मिर्च के साथ खाते हैं। थोड़ा और बड़ा होता हूँ तो लोग मेरा साग खाते हैं। जब दाने लगते हैं तो लोग उस हरे दाने की सब्जी बनाते हैं। कुछ लोग उसे आग में भूनकर खाते हैं। दाने पक जाते हैं तो पहलवान भिंगोकर गुड़ के साथ खाते हैं। बॉडी बनाते हैं। महिलाएँ सलाद बनाती हैं, सब्जी बनाती हैं, दाल बनाती हैं, तड़का बनाती हैं। बेसन से लेकर सत्तू तक जाने क्या-क्या बन जाता है! मेरे ही सत्तू से पराठा बनता है, लिट्टी बनती है और पता नहीं क्या-क्या यूज होता है मेरा, प्रभु! और खास बात यह है कि मैं जितना पौष्टिक और गुणकारी हूँ, उतना कोई नहीं। बल, बुद्धि, वीर्य—सब बढ़ाता हूँ। लेकिन इसके बावजूद धरती पर मेरा कोई सम्मान नहीं है। लिहाजा हे ब्रह्मा जी, आप मुझे धरती का राजा बना दो। तब सब लोग मेरा सम्मान करेंगे।

ब्रह्मा जी बोले—चनाराम जब तुम इतने गुणकारी हो, तब तुम्हें धरती के लोग क्यों खाएँ? मैं ही तुम्हें खा जाता हूँ! बेचारा चनाराम सर पर पैर रखकर भागा वहाँ से। चला था धरती का राजा बनने, लेकिन यहाँ तो धरती से ही नाम-निशान मिटने की आफत आ गई। गिरते-पड़ते धरती तक पहुँचते-पहुँचते हाथ-पाँव टूट गए। जगह-जगह चोट लगी। बेचारा सुन्दर-सुरूप गया था, लौट कर आते-आते आड़ा-तिरछा हो गया।

शिवेश ने अपने मन को तो शान्त कर लिया, लेकिन सवाल अभी भी सामने यही था कि सुजाता-मनीष का मेल कैसे कराए...

''बधाई हो दोस्त! बधाई! नई नौकरी की बहुत-बहुत बधाई!''

अगले हफ्ते मनीष ने फोन करके शिवेश को अपनी नई नौकरी के बारे में बताया तो पूरी बात सुने बगैर वह सीधे पहुँच गया मनीष के रूम पर।

''कहाँ लगी है? किस कम्पनी में?''

''सपना के पापा के दोस्त की कम्पनी में।''

''सपना के पापा के दोस्त की कम्पनी में?''—शिवेश गौर से देखने लगा मनीष को। उसकी नजरों का मतलब मनीष भी समझ रहा था।

''हाँ, बेंगलुरु में है उनकी कम्पनी। नेक्सट वीक ज्वाइन करना है।''

''तो तू दिल्ली छोड़कर वहाँ जा रहा है?''

''हाँ।''

''सपना के पापा के दोस्त की कम्पनी में काम करने?''

''देख शिवेश, जैसा तू सोच रहा है, वैसा कुछ भी नहीं है।''

''सही कह रहा है दोस्त, शुरू-शुरू में हर कोई यही कहता है। दुनिया का दस्तूर ही ऐसा है। तू भी दुनिया से अलग थोड़े ही है!''

शिवेश की आवाज में तल्खी उभरने लगी। मनीष खामोश रहा।

''वैसे भी सपना अमीर माँ-बाप की एकलौती बेटी है दोस्त।''

''देख शिवेश, टोंट मत मार। मेरी नीयत पर सवाल मत खड़ा कर। मैं फिर कहता हूँ कि तू गलत लाइन पर सोच रहा है। सपना और मेरे बीच ऐसा कुछ नहीं है।''

''ठीक है। मैं मानता हूँ कि आज तुम दोनों के बीच कुछ नहीं होगा, लेकिन कल हो जाएगा। कल नहीं तो परसों हो जाएगा। वैसे भी बात से 'बात' बनती है। मुलाकात से ही 'मतलब' निकलता है। और अब तो सपना तुझसे

मिलने भी बेंगलुरु आया-जाया करेगी। या फिर हो सकता है वहीं शिफ्ट कर जाए!''

''शिवेश...''

''क्या शिवेश? क्या? तू बलिया में क्या चीज था यार! यहाँ दिल्ली में आकर क्या हो गया? देख दोस्त, जब इन्सान एक बार गिरने लगता है तो फिर गिरते ही चले जाता है।

''देख शिवेश, ऐसा कुछ नहीं है जो तू सोच रहा है। मैं बस सपना से हेल्प ले रहा हूँ।''

''और तुझे वो बिना मतलब का हेल्प कर रही है?''

''हाँ।''

''लेकिन क्यों?''

''वी आर फ्रेंड्स, जस्ट फ्रेंड्स...''

''फ्रेंड्स! हेंह...किसे चूतिया बना रहा है तू। जुम्मा-जुम्मा चार दिन हुए तुझे सपना से मिले और इसी में वो तेरी इतनी मदद करने के लिए तैयार हो गई? लम्बा गेम खेल रही है सपना, लम्बा...''

''लम्बा गेम...''

''हाँ, जानबूझकर उसने तुझे वहाँ इतनी दूर भेजा है।''

''क्यों?''

''ताकि तू सुजाता से दूर रहे और वो तेरे करीब आ सके। वो चाहती तो तुझे यहाँ नोएडा या गुड़गाँव में भी जॉब दिला सकती थी, लेकिन तब उसका गेम नहीं बनता। और तू भी इतना भोला मत बन। तेरे मन की बात भी खूब समझ रहा हूँ मैं। खूबसूरत, सेक्सी सपना! और उस पर से अमीर माँ-बाप की इकलौती बेटी! बड़ा आदमी बनने की ख्वाहिश पूरी करने के लिए हर तरह से फिट कन्या! सब समझ रहा हूँ, मनीष, सब।''

''ठीक है! समझ रहे हो तो समझो! और जाकर सुजाता को भी समझा देना। मुझे किसी की परवाह नहीं।''

शिवेश की आखिरी बात सुनकर मनीष गुस्से से आगबबूला हो गया।

''मैं बार-बार तुझसे कह रहा हूँ कि मेरे मन में ऐसा कुछ नहीं है, लेकिन तू बार-बार मुझे जलील कर रहा है! मुझे पैसे का लोभी बता रहा है! हाँ, है मुझे

पैसे का लोभ। क्यों नहीं होना चाहिए? अच्छी जिन्दगी जीने का हक हर किसी को है। मुझे भी है, लेकिन उस पैसे के लिए मैं किसी से फ्रॉड नहीं कर रहा हूँ। किसी को धोखा नहीं दे रहा हूँ।''

''तू सुजाता को धोखा नहीं दे रहा है? उसके साथ फ्रॉड नहीं कर रहा है?''

शिवेश की चीर देने वाली नजर मनीष के चेहरे पर टिकी थी।

''नहीं कर रहा हूँ। तू बता, मैंने उसके साथ क्या फ्रॉड किया है?'' चीख उठा मनीष, लेकिन शिवेश पर कोई फर्क नहीं पड़ा। वो पहले की तरह उसे घूरता रहा।

''सुजाता के विश्वास को तोड़कर, उसके प्यार को किनारे लगा कर, उसके साथ देखे सपनों और किए हुए वादों को किनारे लगा कर तू उसे धोखा नहीं दे रहा है तो कर क्या रहा है मेरे भाई? कर क्या रहा है?''

''नहीं दे रहा हूँ। नहीं दे रहा हूँ। मैंने उससे कभी कोई फिजीकल रिलेशन नहीं बनाया है। जिस तरह तू अपनी गर्लफ्रेंड्स के साथ बनाता है न, वैसा कुछ नहीं है इधर। समझा। तू खुद तो ये सब करके आगे बढ़ जाता है किसी और लड़की के साथ...और मुझ पर इल्जाम लगा रहा है कि मैंने सुजाता को धोखा दिया है! सूप हँसे तो हँसे, छन्नी भी हँसे, जिसमें खुद ही सौ छेद!''

''मनीष, देख, अब तुमने बात इस तरफ घुमा ही दी है तो सुन मेरी बात! मेरी और तेरी बात—दोनों अलग हैं। तुझे भी पता है कि मेरा लड़कियों से रिलेशन सीरियस नहीं होता है। बस मौज-मस्ती, टाइम पास, फन कहो, एडवेंचर कहो, जो कहो...लेकिन तुम्हारा और सुजाता का रिलेशन ऐसा नहीं है! शुरू से तुम दोनों बहुत सीरियस थे अपने रिश्ते को लेकर। अपने प्यार को तुम दोनों जीवन भर का साथ मान चुके थे। तुम दोनों ही एक-दूसरे से ही शादी करने की बात कर चुके थे। तुम दोनों बच्चों तक की बातें किया करते थे।''

''हाँ, तो? ये बात सच है कि मैं उससे शादी करना चाहता था लेकिन तब के हालत कुछ और थे। आज के हालत कुछ और। इस हालात में मैं उससे शादी नहीं कर सकता और यही बात मैंने उससे साफ-साफ कह दिया है। अब इसमें फ्रॉड और धोखा जैसी बात कहाँ से आ गई?''

''ये तू बार-बार हालात और वक्त जैसे शब्दों की जो ओट ले रहा है न, ये हौव्वा मुझे मत दिखा। मुझे लग रहा है कि तू कुछ के बजाय कुछ और बात कर रहा है।''

''तू नहीं समझेगा इस बात को। तुझे मेरी परिस्थिति से नहीं गुजरना पड़ रहा

है, इसलिए इस तरह डायलॉग मार रहा है। खैर, छोड़ इस बात को। अब मुझे सामान पैक करने दे। बेंगलुरु जाने से पहले बहुत काम करना है।''

शिवेश वापस लौट आया। उसका दिल बार-बार कह रहा था कि मनीष पहले वाला मनीष नहीं रहा। बलिया वाला मनीष दिल्ली की चकाचौंध में आकर कहीं खो चुका है। अब उसने जिन्दगी का कोई नया ही रास्ता तलाश लिया है। अब वो सुजाता को छोड़कर किसी और रास्ते पर बढ़ चुका है। शिवेश पूरे रास्ते इस सोच में डूबा रहा कि ये बात सुजाता को बतानी चाहिए या नहीं। आखिर में वह सुजाता का सामना करने की हिम्मत नहीं जुटा पाया, लेकिन मोहिनी को उसने सारी बात बता दी।

''तो वो बेंगलुरु शिफ्ट हो रहा है!''

''हाँ, सुजाता।''

''सपना के पापा के दोस्त की कम्पनी में जॉब मिली है उसे!''

''हाँ।''

''सपना ने जॉब दिलाई है?''

''देख सुजाता, सँभाल अपने-आपको। मैं तेरा दर्द समझ रही हूँ, लेकिन मनीष को अब तेरे दर्द से मतलब नहीं है। अब वो सपना का हो चुका है।''

सुजाता खामोश रही। जबरदस्त तनाव दिख रहा था उसके चेहरे पर। मोहिनी उसे देर तक समझाती रही, लेकिन उस पर कुछ खास फर्क नहीं पड़ा। यूँ ही सूनी आँखों से चुपचाप दीवार की ओर देखती रही। दूसरी तरफ मोहिनी लगातार सपना को कोसे जा रही थी।

''छोड़ मोहिनी, सपना को क्यों दोष दे रही है? उसने क्या किया है? अपना ही मनीष खोटा निकला तो...''—काफी देर बाद बोली सुजाता। मोहिनी खामोश हो गई। सुजाता लैपटॉप लेकर बैठ गई।

''क्या कर रही है?''

''टिकट देख रही हूँ।''

''टिकट!''

''हाँ, मोहिनी...वापस बलिया जाऊँगी।''

''क्या?''

''मन नहीं लग रहा है यहाँ, मोहिनी। उसी के चक्कर में तो अपना गाँव-घर सब छोड़कर यहाँ आयी थी, लेकिन अब तो वही...''—अचानक रोने लगी सुजाता। दिल में कई दिनों का जमा दर्द पिघलने लगा। फफक-फफककर रोने लगी...

''मत रो सुजाता, तू किसके लिए ये आँसू बहा रही है! वो तेरे लायक नहीं है सुजाता...तू बहुत अच्छी है, बहुत अच्छी...सच्ची है, ईमानदार है...उसकी तरह बेईमान नहीं। सँभाल अपने आपको।''—मोहिनी ने उसे गले लगाते हुए कहा।

''बहुत कोशिश करती हूँ, मोहिनी, बहुत कोशिश करती हूँ। हरदम कोशिश करती हूँ कि उसे भूल जाऊँ, नए सिरे से जिन्दगी शुरू करूँ, लेकिन फिर पता नहीं क्या हो जाता है? टूट जाती हूँ। मरती हुई उम्मीद जाग जाती है। दिल कहता है कि वो वापस मेरे पास ही आएगा। लेकिन अब तो वो बेंगलुरु चला। सपना के पास...''

हिचकियाँ बँध गई सुजाता की। लगातार रोए जा रही थी।

''जिन्दगी में एक उसी के सामने मैं अपने आपको बेबस पाती हूँ, मोहिनी। बचपन से। छोटी थी तो किसी की बात नहीं सुनती थी, लेकिन उसकी बात कभी नहीं काट पाती थी। बस एक उसी के आगे, उसी के आगे हार जाती हूँ मैं...वरना और लड़कों की तो मैं क्या गत करती हूँ, तुझे भी पता है। लेकिन पता नहीं, एक उस कमीने के मामले में मुझे क्या हो जाता है! क्यों उसके आगे टूट जाती हूँ मैं?''

''यही तो प्यार है सुजाता। सच्चा प्यार। प्यार में खुद को ही खो देता है इन्सान। लेकिन कैसा होता है न ये प्यार! मिल जाए तो जिन्दगी सँवर जाती है, बिछड़ जाए तो जिन्दगी में आग लग जाती है। तू तो उससे सच्चा प्यार करती है सुजाता, वह ही कमीना बेवफा निकला...''

''नहीं मोहिनी, मेरे ही प्यार में कोई कमी रह गई होगी। मैं ही अपने प्यार को सँभाल नहीं पाई, तभी तो सपना उसे मुझसे छीनकर ले गई...''

रोते-रोते लेट गई सुजाता। थोड़ी देर बाद उसी तरह सो गई। मोहिनी खामोशी से अपने रूम पर लौट आई।

''बलिया वापस जा रही है!''

''हाँ।''

शिवेश पैचअप कराने की कोशिश में एक बार और पहुँच गया था मनीष के पास। सुजाता के वापस बलिया जाने की बात सुनते ही मनीष के चेहरे पर बेचैनी झलकने लगी। वो उठकर रूम में टहलने लगा। चेहरे पर अजीब तरह का तनाव पसर गया।

''लेकिन क्यों?''

''तू भी समझ रहा है मनीष। तेरी ही वजह से तो वो यहाँ पर आयी थी, लेकिन जब तू ही...''

मनीष खामोश हो गया। किसी गहरी सोच में डूब गया वो। दूसरी तरफ शिवेश उसे लगातार समझाए जा रहा था।

''देख मनीष, इन्सान जिन्दगी में पैसा तो बहुत कमा लेता है, लेकिन प्यार नहीं कमा सकता है। नसीबवाला है तू जो तुझे ऐसा प्यार मिला है। लेकिन इस वक्त तू उसकी कीमत नहीं समझ रहा है। एक बार वो तेरे हाथ से निकल जाएगी तब उसकी कीमत तेरी समझ में आएगी, लेकिन उस वक्त चाहकर भी तू कुछ नहीं कर पाएगा।''

मनीष पहले की तरह खामोशी से टहलता रहा। शिवेश की ओर देख भी नहीं रहा था। सामने दीवाल की ओर देख रहा था।

''मान जा मनीष, सुजाता तुझे बहुत प्यार करती है। बताना तो तुझे नहीं चाहता था, लेकिन आज बता रहा हूँ। इस बीच मैंने जो भी पैसे तुझे दिए, वो सुजाता ने ही दिए थे। मना किया था तुझे बताने के लिए। भले ही तुमने उससे अपना रिश्ता तोड़ लिया है, लेकिन वो आज भी तुझे पहले की तरह ही प्यार करती है। आज भी उसकी हर साँस पर तेरा नाम लिखा हुआ है।''

मनीष खामोशी से शिवेश की बात सुन रहा था। बिना एक शब्द बोले।

"मान जा भाई, जिन्दगी में बड़े नसीबवालों को ऐसा प्यार मिलता है। देखता है न मेरे लफड़े! वैलेंटाइन बाबा ने सुजाता को तेरे लिए ही बनाया है। मत कर उनका अपमान। सुजाता से अच्छी कोई दूसरी लड़की नहीं मिलेगी तुझे कभी! बहुत सच्ची है वो। उतनी ईमानदार लड़की मैंने आज तक नहीं देखी है। मत ले उसकी बद्दुआ..."

बहुत देर तक शिवेश मनीष को इसी अन्दाज में समझाता रहा। मनीष खामोशी से सिर झुकाए उसकी बात सुनता रहा। उसके चेहरे पर एक रंग आ रहा था, एक जा रहा था। लेकिन कहा कुछ नहीं उसने। आखिर में नाराज होकर चला गया शिवेश। मनीष से रिश्ता तोड़ने की धमकी देकर। सुजाता को उसने कुछ नहीं बताया, बताता भी तो क्या?

"तुम!"

कॉलबेल की तेज आवाज से सुजाता की आँख खुली। घड़ी देखी तो सुबह के 6 बज रहे थे। इतनी सुबह कौन आया होगा? गेट खोला तो सामने मनीष था।

"तुम यहाँ कैसे!"

मनीष बिना कुछ बोले कमरे के अन्दर आ गया। चुपचाप सामने रखी कुर्सी पर बैठ गया। सुजाता गेट पर से ही देख रही थी उसे। ये अब यहाँ क्यों आया है? क्या करने आया है? एकटक नजरों से देख रही थी वो मनीष को। खामोशी से। खामोशी तोड़ने का काम मनीष को ही करना पड़ा।

"चाय पियोगी, सुजाता?" मनीष उठकर किचन की तरफ जाने लगा। सुजाता पहले की तरह खामोश रही। थोड़ी देर बाद मनीष चाय के दो प्याले लेकर वापस लौटा। एक प्याला सुजाता को दिया, दूसरा खुद लेकर कुर्सी पर पहले की तरह बैठ गया। जबरदस्त तनाव पसरा हुआ था उसके चेहरे पर। दूसरी तरफ सुजाता चीर देनेवाली नजरों से देख रही थी उसे।

"वापस बलिया क्यों जा रही हो?"

"तुमसे मतलब?"

सुजाता का सीधा-सपाट जवाब सुनकर मनीष खामोश हो गया। चुपचाप

चाय पीने लगा। काफी देर बाद उसने सिर उठाया।

''देखो सुजाता, बी प्रैक्टिकल...अब बच्ची नहीं हो तुम। तुम अगर इस तरह वापस जाती हो तो फिर तुम्हारी आज तक की सारी मेहनत पर पानी फिर जाएगा। फिर तुम वही एक टिपिकल हाउस वाइफ बनकर रह जाओगी। बच्चे पैदा करो, सिर पर घूँघट डालकर पाँव छूती रहो, दूधो नहाओ पूतो फलो—का आशीर्वाद बटोरती रहो...''

''उससे तुम्हें क्या मतलब है?''

''देखो सुजाता, मैं मानता हूँ कि आज हमारे रास्ते अलग हो चुके हैं, लेकिन गुजरे वक्त में हम दोनों अच्छे दोस्त रह चुके हैं।''

''लेकिन अब हैं नहीं,''—सुजाता की आवाज में अजीब तरह की तल्खी थी लेकिन मनीष के मुँह से बोल नहीं फूट रहा था। अटक-अटककर बोल रहा था वो।

''देखो सुजाता, पुरानी बातों को भूल जाओ। आज की देखो, कल की सोचो।''

''वो मैंने सोच लिया है। मेरा आज और कल सोचने के लिए मेरे माँ-बाप जिन्दा हैं। मैं खुद हूँ। उसके लिए अब तुम्हें परेशान होने की जरूरत नहीं। बस, ये बताओ कि यहाँ क्यों आए हो?''

सुजाता के तल्ख तेवर देखकर मनीष खामोश हो गया। चुपचाप चाय पीता रहा। सुजाता चाय भी नहीं पी रही थी। बस, उसे घूर रही थी। मनीष उससे नजर मिलाने का साहस नहीं जुटा पा रहा था। नजर झुकाए हुए ही काफी देर बाद बोला, ''सुजाता, आज मैं तुमसे एक चीज माँगने आया हूँ।''

''मुझसे?''

''हाँ, तुम्हीं से; लेकिन तुम पहले प्रॉमिस करो कि मेरी बात मानोगी।''

''क्या?''

''नहीं, पहले प्रॉमिस करो।''

''प्रॉमिस...''—सुजाता को खुद पता नहीं चला कि उसके मुँह से ये शब्द कैसे निकल गया! मनीष थोड़ी देर सोच में डूबा रहा। अचानक उसने सुजाता की आँखों में आँख डाला और साफ शब्दों में कहा, ''सुजाता, तुम शिवेश से शादी कर लो।''

''क्या!'' सुजाता बुरी तरह से चौंकी। उसकी आँखों के आगे अँधेरा छा गया...

''हाँ सुजाता, प्लीज, तुम शिवेश से शादी कर लो। देखो, तुमने अभी प्रॉमिस किया है कि तुम मेरी बात मानोगी। काफी अच्छा लड़का है वो। उसके साथ शादी कर लोगी तो सुख से रहोगी।''

''मनीष...बस, बस...मनीष!''

''देखो सुजाता, झूठमूठ जज्बाती मत बनो। हम दोनों के रास्ते अब अलग हो चुके हैं। मैं अब बेंगलुरु जा रहा हूँ, कल कहाँ जाऊँगा, क्या करूँगा—कुछ तय नहीं। ऐसे में अब तुमसे रिलेशन रखने का कोई तुक नहीं। तुम मेरी बात मानो, शिवेश हर नजरिए से तुम्हारे लिए अच्छा है। उसके साथ शादी कर लोगी तो आराम से रहोगी।''

मनीष की बात सुनकर सुजाता के होश उड़ गए थे। वह सोच भी नहीं सकती थी कि मनीष उसे शिवेश से शादी के लिए कहेगा। कई तरह के ख्याल उसके मन में आ रहे थे...दूसरी तरफ मनीष था कि उसे लगातार समझाए जा रहा था। और फिर सुजाता एकदम से फट पड़ी, ''मनीष, ये तो मुझे पता चल चुका था कि तुम गिर रहे हो, लेकिन इतने नीचे तक गिर चुके हो, ये आज पता चला। तुम...तुम चाह रहे हो कि मैं शिवेश से शादी कर लूँ, ताकि तुम आराम से सपना से शादी कर सको। तुम्हें किसी तरह का गिल्ट कॉन्सस ना हो। है न, यही बात है न?''

''गिल्ट कॉन्सस!''

''हाँ, हाँ। गिल्ट कॉन्सस। अपने गिल्ट कॉन्सस से ही तो बचने के लिए तुम चाह रहे हो कि मैं शिवेश से शादी कर लूँ।''

''ऐसा कुछ नहीं है सुजाता।''

''मैं खूब समझ रही हूँ तुम्हारे मन की बात। तुम अपने अपराधबोध से बचने के लिए चाह रहे हो कि मैं शिवेश से शादी कर लूँ। ताकि कल तुम बिना किसी दबाव के सपना से शादी कर सको। लोग तुम्हें कुछ नहीं कहें। तुम्हारा दिल तुम्हें नहीं धिक्कारे।''—दाँत भींचकर, एक-एक शब्द चबा-चबा कर बोलती हुई सुजाता हाँफने लगी थी। मनीष खामोशी से उसके चेहरे के उतार-चढ़ाव को देख रहा था। सुजाता लगातार कोस रही थी मनीष को।

''कितने गिर चुके हो तुम, मनीष! कह रहे हो, कह रहे हो कि मैं शिवेश से शादी कर लूँ ताकि कोई ये नहीं कहे कि तुमने भी वही किया जो वैलेंटाइन

बाबा के कलियुगी शिष्य करते हैं। तुम तो खुद को बड़े फख्र के साथ वैलेंटाइन बाबा का असली फॉलोवर कहते थे! लानत है तुम पर मनीष, लानत है। सपने में भी नहीं सोचा था कि एक दिन तुम इतना गिर जाओगे...तुम ऐसा करो, उठो, फौरन उठो यहाँ से और निकल लो...वापस जाओ जल्दी से जल्दी यहाँ से...मेरी नजरों से दूर हटो..."

मनीष चुपचाप चाय का कप रखकर बाहर निकल पड़ा। सुजाता आँखें फाड़े बहुत देर तक उस कुर्सी को देखती रही, जिस पर वो बैठा था। अचानक उसने उस कुर्सी को पैर से जोर की ठोकर मारी।

'साला, कुत्ता, कमीना, नीच! अब नहीं जाऊँगी बलिया। अपनी जिन्दगी जीऊँगी। यहीं जिऊँगी। जब वो इतना गिर चुका तो फिर उसके लिए क्यों रोऊँ? अच्छा हुआ कि जाते-जाते अपनी असल औकात दिखा गया, वरना मैं तो वाकई बरबाद हो चुकी थी।'

मनीष बेंगलुरु चला गया। जाने से पहले उसने शिवेश को फोन किया था। मिलना चाहता था उससे, लेकिन शिवेश ने मिलने से इन्कार कर दिया। शिवेश ने सपना के बारे में चोरी-छुपे पता किया तो पता चला कि वो अब दिल्ली में नहीं रहती है। शिवेश के सामने पूरी तस्वीर साफ हो चुकी थी। उसे विश्वास हो चला था कि सपना भी जरूर बेंगलुरु में ही शिफ्ट हो चुकी है। शिवेश से मोहिनी और मोहिनी से सुजाता को इस बात की खबर लगी। किसी ने कुछ नहीं कहा।

धीरे-धीरे सब अपने-अपने काम में जुट गए। वक्त का पहिया अपनी तय रफ्तार पर घूम रहा था। ना तो उसे किसी के दुख-दर्द से मतलब था ना किसी के मिलने-बिछुड़ने से। वह तो अपने अन्दर तमाम तरह के तूफान और बवंडर को समेटे हुए अपनी रफ्तार से आहिस्ता-आहिस्ता घूम रहा था।

"मोहिनी, मैं धर्म-कर्म में तो उतना विश्वास नहीं रखती, लेकिन गीता के इस

ज्ञान को दिल में बसाकर रखती हूँ कि जो होता है, अच्छा होता है और जो होगा, अच्छा ही होगा।''

मनीष से आखिरी मुलाकात के बाद सुजाता की सोच में जबरदस्त बदलाव आया था। अब वो पहले की तरह बेचैन नहीं रहती थी। उसने नियति के फैसले को मंजूर कर लिया था। मान लिया था कि मनीष उसके नसीब में नहीं था। उसकी इस सोच का सबसे बड़ा फायदा ये हुआ कि अब वो आराम से अपनी जिन्दगी जीने लगी थी। मनीष के दिल्ली छोड़ने के 5-6 महीने बाद एक दिन किसी बात पर मोहिनी ने उसका जिक्र छेड़ दिया तो सुजाता अपनी फिलॉसफी उसे समझाने लगी।

''देख मोहिनी, मैं मानती हूँ कि कुदरत ने हमारे लिए जो कुछ तय कर रखा है, वो हमें मिलेगा ही और अगर वो नहीं मिलता है तो फिर मान लो, वो चीज हमारे हिस्से की नहीं थी। इस सोच का सबसे बड़ा फायदा यह है कि इन्सान अपने टेंशन, फ्रस्टेशन का एक बड़ा हिस्सा कुदरत की तरफ, नियति की तरफ, डेस्टिनी की तरफ ट्रांसफर कर देता है। टोपी ट्रांसफर, टेंशन ट्रांसफर! वैसे ही जैसे ऑफिस में कामचोर करते हैं।''—सुजाता हँसने लगी।

''सुजाता, तू बात तो बड़े पते की कर रही है, लेकिन हर बात डेस्टिनी पर छोड़ दी जाए तो फिर कर्म की पूरी थ्योरी ही फेल हो जाएगी!''

''नहीं मोहिनी, कर्म का इंपोर्टेंस तो कभी कम नहीं होगा। इन्सान को अपना कर्म तो करना ही चाहिए। उस कमीने के लिए मैंने भी अपना कर्म किया। उसको पाने की हर कोशिश की। वो मुझे मिला नहीं, लेकिन अपने एफर्ट की वजह से मुझे इस बात का मलाल नहीं है कि मैंने ट्राई नहीं किया।''

''सुजाता, तू अन्दर से बहुत स्ट्रॉन्ग है।''

''स्ट्रॉन्ग क्या हूँ, बस वक्त ने बना दिया है। वैसे मुझे इस बात से बहुत बल मिलता है कि मैं पूरे एपिसोड में कहीं पर भी रॉन्ग साइड में नहीं खड़ी हुई। उसकी गलती के बावजूद मैंने उसे मनाया। प्यार की खातिर अपने सेल्फ रिस्पेक्ट को ताक पर रख दिया। उसके मन का मुझे नहीं पता, लेकिन मेरा दिल कहता है कि मैंने कोई गलती नहीं की। यही बात मुझे जिन्दगी में आगे बढ़ने में बहुत मदद कर रही है।''

''तो बढ़ जा और आगे, कर ले किसी ढंग के बंदे से शादी और आराम से गुजार जिन्दगी।''

''दिल का जख्म अभी कुछ हरा है यार! एक बार दिल दुरुस्त हो जाए तो

फिर दूसरे किसी के बारे में सोचूँगी।''

''सुजाता, शिवेश के बारे में तेरा क्या ख्याल है?''

''शिवेश''—सुजाता चौंकी, ''क्या कह रही हो मोहिनी? शिवेश को मैंने कभी उस नजर से नहीं देखा है। मुँहबोला भाई है वह तो...''

''पता है मुझे, उसने भी कभी तुमको उस नजर से नहीं देखा है। लेकिन मैं सोच रही थी कि पहले तो वह ऑल इंडिया की लड़कियों को नापते फिरता था, जबकि अब उसकी हँसी भी नहीं सुनाई पड़ती कभी! पहले तो मुझ पर भी चांस लेने की कोशिश कर लेता था, लेकिन अब हर वक्त उसके चेहरे पर उदासी छाई रहती है। तुम्हारा जिक्र आते ही और उदास हो उठता है। मुँहबोला भाई वही जो ये बात है न तो समझ कि ये टर्म ही हमारी सोसाइटी में एक बड़ा घालमेल है, बस, और कुछ नहीं। जो दोस्त से ज्यादा हो और ब्वायफ्रेंड नहीं बनाया जा सकता हो, वही है न मुँहबोला भाई...''

''नहीं मोहिनी, शिवेश नहीं। शिवेश को मैं जब भी देखती हूँ, वो कमीना याद आ जाता है।''

''क्यों?''

''बचपन से दोनों को साथ-साथ देखी हूँ मैं। तुझे नहीं पता, इन दोनों की दोस्ती के बारे में। एक दिखा तो समझ जाओ, दूसरा कहीं आसपास ही होगा। एक का जिक्र छिड़ा तो तय है कि दूसरे का जिक्र...''

मोबाइल की रिंग में सुजाता की बात अधूरी रह गई। अनजान नम्बर से फोन था। सुजाता ने फोन पिक किया, ''तुम! मनीष!''—सुजाता बुरी तरह चौंकी। शिवेश का जिक्र उठा नहीं कि मनीष हाजिर! मोहिनी भी हैरान रह गई।

''हाँ सुजाता, मैं मनीष।''

''तुम!'' सुजाता बुत बन गई थी। छह महीने से कुछ ज्यादा समय बीतने के बाद वो मनीष की आवाज सुन रही थी, लेकिन उसकी आवाज पहचानने में सेकेंड का सौवाँ हिस्सा भी नहीं लगा!

''तुमने फोन कैसे किया? क्यों, क्या हुआ?''

''तुम्हें सॉरी बोलने के लिए...माफी माँगने के लिए...''

''माफी माँगने के लिए!''

''हाँ, सुजाता, मैंने तुम्हारा बहुत दिल दुखाया है। प्लीज, मुझे माफ कर दो...''

''तुम...''—सुजाता को कुछ समझ में नहीं आ रहा था कि ये क्या कह रहा है मनीष! हैरानी के सागर में गोते लगा रही थी वह तो...मोहिनी मुँह बाएँ उसका मुँह देख रही थी। उसे विश्वास नहीं हो रहा था कि उधर मनीष है।

''मुझे पता है सुजाता...तुम...बहुत नाराज हो। नाराज होना भी चाहिए। वाकई मैंने काफी गलत किया है तुम्हारे साथ, लेकिन अब मुझे अपनी गलती का अहसास हो गया है, सुजाता...''

''गलती का अहसास!''—सुजाता को कुछ समझ में नहीं आ रहा था कि वह बोले तो क्या बोले!

''हाँ, सुजाता मैं भटक गया था। गलत रास्ते पर बढ़ गया था, लेकिन अब मुझे अपनी गलती का अहसास हो गया है। प्लीज, मुझे माफ कर दो।''

''मनीष, तुम ड्रिंक तो नहीं किए हुए हो?''

''नहीं सुजाता, मैंने कोई नशा नहीं किया है।''

''मनीष...आखिर बात क्या है?''—सुजाता की आवाज में कुछ नरमी आ गई खुद-ब-खुद...

''बताऊँगा सुजाता, सब बात बताऊँगा...तुमसे नहीं बताऊँगा तो किससे बताऊँगा...लेकिन परसों।''

''परसों?''

''हाँ, परसों मैं दिल्ली आ रहा हूँ। बेंगलुरु छोड़कर।''

''छोड़कर? इसका क्या मतलब है?''

''सुजाता, मैं यह शहर छोड़कर दिल्ली आ रहा हूँ तुम्हारे पास। अब कभी तुमसे दूर नहीं जाऊँगा।''

''मनीष, बात क्या है आखिर?''

''सब बताऊँगा न सुजाता, लेकिन परसों। तुम्हारे सामने बैठकर सब बात बताऊँगा और उसी समय तुमसे माफी...''

''अब माफी...ये सब क्या है...कोई जरूरत नहीं है वैसे आने की। मुझे तुमसे मिलने का कोई मन नहीं है। सुन रहे हो न तुम...''

"सुजाता, प्लीज! इतना नाराज नहीं होते...प्लीज!"

मनीष बोलते रह गया, इधर सुजाता ने फोन काट दिया। मनीष ने उसके बाद कई बार फिर फोन किया लेकिन सुजाता ने एक बार भी फोन पिक नहीं किया। उल्टे फोन को स्विच ऑफ कर दिया उसने।

"मनीष था!"

"हाँ, माफी माँग रहा था! परसों आने की बात कह रहा है!"

मोहिनी की जबान पर ताला पड़ चुका था। उसे कुछ भी समझ में नहीं आ रहा था। दूसरी तरफ सुजाता के दिल में जबरदस्त तूफान मचा हुआ था—'मेरे पास क्यों आ रहा है? अब मुझसे माफी क्यों माँग रहा है अचानक? जरूर सपना ने ठुकरा दिया होगा? कोई ज्यादा पैसे वाला पड़ोसी मिल गया होगा उसे। उस कमीनी की तो थ्योरी ही थी न—प्यार करो अपनी पसन्द के लड़के से, शादी करो माँ-बाप के पसन्द के लड़के से! कमीनी कहीं की! कहती ही थी कि प्यार-व्यार अलग चीज़ है, शादी अलग। एक इमोशनल मसला है, दूसरा प्रैक्टिकल। केवल प्यार के सहारे शादी सक्सेस नहीं हो सकती। शादी को सफल बनाने के लिए पैसा चाहिए, करियर चाहिए, सोशल स्टेट्स चाहिए। कमीनी को जरूर कोई ज्यादा पैसे वाला लड़का मिल गया होगा और उसने मनीष को लात मारकर अपनी जिन्दगी से निकाल दिया होगा। जरूर यही हुआ होगा।'

"सुजाता, क्या करेगी अब, तू मिलेगी उससे?"—बहुत देर बाद बोली मोहिनी। मोहिनी की आवाज सुनकर सुजाता अपनी सोच से बाहर निकली।

"नहीं।"

मोहिनी खामोश हो गई। सुजाता के चेहरे पर अजीब तनाव पसरा हुआ था। दिल में एक ख्याल आ रहा था, एक जा रहा था। मोहिनी उसके चेहरे पर नजरें गड़ाए उसके दिल का हाल समझने की कोशिश कर रही थी।

'अब इसकी आँख खुली है। माफी माँग रहा है! जाए उसी सपना के पास। उसी के पैर पकड़कर माफी माँगे। मेरे पास क्यों आ रहा है? कतई नहीं मिलूँगी उससे।' —एक मन डटा हुआ था।

दूसरा मन मनीष के फोन आने के बाद से मचल उठा था—'एक बार मिलने में कोई हर्ज तो नहीं। एक बार सुनो तो तुम कि क्या कहता है वो? अभी तो खुद बोल रहा है न कि भटक गया था।'

'तो क्या मेरी वजह से भटका था। अपनी मर्जी से भटका था। अब खुद भुगते। मुझे क्या मतलब उससे?' —दूसरे मन की बात सुनने को पहला मन तैयार नहीं एकदम।

'प्लीज सुजाता, मान जा। सपना के मायाजाल में फँस गया था बेचारा। तेरी बात उसने दिल पर ले ली थी। याद कर, तूने भी उसे रेपिस्ट कह दिया था। थप्पड़ जड़ दिया था और उसके बाद उसकी बेरोजगारी का फायदा उठाकर सपना ने उसे अपने जाल में फाँस लिया। हुआ, ऐसा ही हुआ।' दूसरा मन सुजाता को मनाने की हर मुमकिन कोशिश कर रहा था।

'ये बात तो है...हो सकता है। वैसे भी सपना है तो बहुत खूबसूरत! देखने में सेक्सी भी दिखती है। पता नहीं क्यों भगवान ने उसे इतना सुन्दर रूप दिया है! और उस पर से ढेर सारा धन भी दे दिया है...न जाने कितने लड़के और फिसलेंगे, फँसेंगे...मेरे मनीष जैसे सीधे-सादे लड़के तक को फाँस लिया।'

'देख, तू मान रही है न कि मनीष सीधा-सादा लड़का है। और अभी तूने उसे मेरा मनीष कहा! मुझे पता है, तू अब भी उससे बहुत प्यार करती है। तुझे भी पता है कि वो अच्छा लड़का है। भटक गया था वो, और कोई बात नहीं...मिल ले उससे।' दूसरे मन ने सुजाता के पहले मन की आखिरी बात को तेजी से लपक लिया।

पता नहीं क्यों, सुजाता का दिल हर मामले में अंत में मनीष की तरफ झुक जाता था। उसकी हिमायत करने लगता था।

''एक बार मिल तो ले सुजाता, देख तो वो क्या कहता है?'' काफी देर बाद मोहिनी ने मनीष की पैरवी की। सुजाता खामोश रही।

शाम को पूरे वाकये की खबर शिवेश को मोहिनी से मिली। जब से मनीष और सुजाता का रिश्ता टूटा था, तब से वह गुमसुम रहने लगा था। दोनों का प्यार उसके लिए सच्चे प्यार की सबसे बड़ी मिसाल था, लेकिन मन में बसी मोहब्बत की वो प्रतिमा खंडित हो चुकी थी। मनीष के नये रूप को शिवेश एक्सेप्ट नहीं कर पाया था। उससे बातचीत तो पहले ही बन्द कर चुका था। सुजाता से भी मिलने का हौसला खो बैठा था। बस, मोहिनी के जरिए उसकी खोज-खबर लेते रहता था और एक लोकल गॉर्जियन की तरह उसकी देखरेख करता था।

''क्या कहा उसने?'' शिवेश के चेहरे पर तनाव था।

''ज्यादा कुछ नहीं, बस कह रहा था कि भटक गया था। माफी माँग रहा था।''

''और सपना?''

''ज्यादा कुछ नहीं कहा। बस इतना कहा कि परसों आता हूँ तो बताता हूँ।''

''जरूर सपना ने इसे अपनी जिन्दगी से निकाल बाहर किया है।''

''मुझे भी यही लग रहा है, शिवेश।''

शिवेश सुजाता के कमरे में चहलकदमी कर रहा था। सुजाता और मोहिनी हवा में कुछ देख रहे थे।

''सुजाता, मिलो उससे। पहले असली बात का तो पता चले। लेकिन हाँ, उसके सामने कमजोर मत पड़ना। ये जरूर पता चलना चाहिए कि आखिर बात क्या हुई है? उसने ऐसी घटिया हरकत क्यों की थी और अब आखिर ऐसा क्या हुआ जो वो माफी माँग रहा है?''

सुजाता खामोश रही। यही बात उसके दिमाग में भी थी। मोहिनी का भी यही ख्याल था।

''यहाँ?''

मनीष को देखकर चौंका शिवेश। उसे पता था कि मनीष आज दिल्ली आ रहा है, सुजाता से मिलने। लेकिन वो उससे मिलने आएगा, ये नहीं सोचा था उसने।

मनीष दिल्ली पहुँचते ही स्टेशन से सीधे उसके कमरे पर आ गया था।

''शिवेश, कैसा है यार तू?''

शिवेश खामोश रहा। गेट से अन्दर आ गया। मनीष उसके पीछे–पीछे। बहुत देर तक रूम में सन्नाटा पसरा रहा। मनीष खामोशी से कुर्सी पर बैठा हुआ

था। शिवेश अजीब नजरों से उसे घूर रहा था। माहौल बोझिल हो चला था।

''सॉरी, शिवेश! मुझे माफ कर दे यार...''

''मुझसे किस बात की माफी माँग रहे हो? माफी तो जाकर सुजाता से माँगो...''

''उससे भी माँगूगा। यहाँ से उसी के पास जानेवाला हूँ, लेकिन पहले तुझसे माफी चाहता हूँ। बहुत दिल दुखाया है तेरा।''

शिवेश के चेहरे पर एक रंग आ रहा था, एक जा रहा था। वह चुप था। छह महीने बाद देख रहा था वह मनीष को। अपने सबसे खास दोस्त मनीष को। भाई से बढ़कर मानता था उसे वह। मनीष ने भी भाई की तरह ही उससे हरदम व्यवहार किया। बचपन में उसे मारपीट के लिए डाँटता था। बड़ा हुआ तो लड़कियों से उसके चक्कर को लेकर डाँटता था। समझाता था। न जाने कितनी बार उसे मुसीबतों से बचाया था मनीष ने। शिवेश ने कई बार उससे माफी माँगी थी। आखिरी बार तो कान पकड़कर उसके सामने उठकबैठक भी की थी...लेकिन आज वही मनीष उसके सामने माफी माँग रहा था...माफी के लिए गिड़गिड़ा रहा था...

''प्लीज! मान जा न दोस्त...इस बार गलती हो गई। बड़ी वाली गलती। आगे से कभी ऐसी गलती नहीं करूँगा।''

ज्यादा देर तक शिवेश नाराज नहीं रह सका मनीष से। रोते हुए गले लगा लिया उसे। मनीष की आँखें भींग आई थीं, लेकिन वो खुशी के आँसू थे। दोनों दोस्त बहुत देर तक एक-दूसरे के गले लगे रहे।

''क्यों किया तुमने ये सब, कमीने? तू तो वैलेंटाइन बाबा का सच्चा वाला था न! तू कैसे बहक गया? ये डिपार्टमेंट तो मेरा था!''

''अब छोड़ शिवेश उस बात को, कभी फुरसत में तुझे सारी बात बताऊँगा। ये बता, कैसा है तू? और...वो कैसी है?''

''जा, जाकर मिल ले उससे। तेरा ही इंतजार कर रही है। बहुत रूलाया है तूने उसे।''

''हाँ यार, समझ में नहीं आ रहा है कैसे उसे फेस करूँगा?''

''जा-जा, मिल ले। बहुत बड़े दिल वाली है वह। हम लोगों की तरह नहीं है।''

''सही कह रहा है तू। लेकिन फिर भी उसके सामने जाने से पहले...''

''ज्यादा मत सोच। जाकर मिल ले उससे। वैलेंटाइन बाबा की असली शिष्य तो वही है वैसे...''

सुजाता को घंटों मनाया मनीष ने...सुजाता सामान्य ढंग से बात करती रही। उसकी बातों से लग रहा था, वह बहुत दुविधा में थी।

''पहले तुम ये बताओ कि आखिर हुआ क्या है?''

''आज नहीं। बताऊँगा...मगर कुछ दिन और रुक जाओ...''

''क्यों?''

''है एक बात...समझो...मुझ पर भरोसा करो...प्लीज, एक बार और सही...प्लीज, उसके बारे में कुछ मत पूछो। कुछ दिन बाद सब बता दूँगा। कुछ भी नहीं छुपाऊँगा।''

''कुछ भी नहीं छुपाओगे! मतलब?''

''आज...आज...और कुछ नहीं बता सकूँगा...''

''और वो कहाँ है? सपना...''

''अपनी जिन्दगी में मस्त है...''

''तो अब तुम उसकी जिन्दगी में नहीं हो?''

''नहीं।''

सुजाता खामोश हो गई। उसका दिमाग कह रहा था कि उसका अन्दाजा सही निकला। शिवेश और मोहिनी की बात सही निकली। सुजाता काफी देर तक सोच में डूबी रही। आखिर में सुजाता मनीष से लगभग सामान्य व्यवहार करने लगी...मन पर पड़ी खरोंच के निशान मिटे नहीं थे...

शिवेश, मोहिनी, सुजाता और मनीष—चारों दोस्त पहले जैसे नॉर्मल रहने लगे थे। जैसे कोई तूफान आकर गुजर चुका हो। शिवेश सुधर चुका था। लड़कियों से दूर रहता था, लेकिन अपनी जिन्दगी में आए इस बदलाव से उसे बहुत परेशानी हो रही थी और यही बात उसने एक दिन अपने दोस्त को खुलकर बताई।

''मत पूछ यार, जिन्दगी नर्क हो गई थी। एकदम ब्लैक एंड व्हाइट!''

''ब्लैक एंड व्हाइट!''

''हाँ यार, कलर ही खत्म हो गया है! बढ़िया हुआ कि तू आ गया, वरना मेरी जिन्दगी तो और तबाह हो जाती। ट्रेजेडी किंग बननेवाला था मैं!''

''क्यों, क्या हुआ था?''

''सुजाता के साथ मेरी शादी की बात जाने कैसे चल निकली थी। मम्मी से एक रोज अचानक पता चला।''

''क्या? सच में!''

''हाँ, यार, तुझे तो पता ही है कि मेरे पापा और उसके पापा जिगरी दोस्त हैं। दोनों नेता। दोनों दो दल के। अब दोनों ने प्लान बनाया था कि समधी बन जाते हैं, सरकार किसी की भी बनेगी, सत्ता तो घर में ही रहेगी। पक्के नेता हैं न दोनों।''—हँस रहा था शिवेश।

मनीष ऊपर से तो हैरान होकर ही शिवेश की बात सुन रहा था। मन में सोच रहा था कि अगर कुछ दिन और बेंगलुरु में रह जाता तो फिर सुजाता की शादी का कार्ड मिल जाता—सुजाता वेड्स शिवेश! मनीष के दिमाग में कुछ और चलने लगा।

''और इधर मेरी नजर मोहिनी पर थी। देखता है न तू, कैसी गदराई माल है!''

''गदराई माल!'' लड़कियों के लिए शिवेश शुरू से नए-नए शब्द गढ़ता रहता था। लेकिन मनीष के सामने पहली बार उसने इस शब्द का इस्तेमाल किया था और अब उसकी सप्रसंग व्याख्या कर रहा था।

''हाँ-हाँ, गदराई! एकदम भरी-पूरी। हड्डी से हड्डी लड़ाने की नौबत नहीं आएगी! बुरा हो इस 'जीरो फिगर' के फैशन का। सारी लड़कियाँ 'जीरो

फिगर' के लिए पागल हो चली हैं। ना खाती हैं, ना पीती हैं, सूख कर छुहारा हो रही हैं, गाल चूसे आम की तरह...लेकिन खुद को करीना कपूर समझती हैं कमबख्त! सबकी हालत एनसीएनसी-एनएनजेके!

''मतलब? ये क्या नया बकवास है?''

''यार, एनसीएनसी-एनएनजेके--ना चौखटा, ना चबतूरा लेकिन नखरे नूरजहाँ के!''

''कमीने, लड़कियों के मामले में ऐसे दिमाग चलता है तेरा? मैं तो समझ रहा था कि इस बीच तू सुधर गया है!''

''क्रिएटिव इन्सान हूँ पार्टनर, टैलेंटेड! तभी तो मोहब्बत के बाजार में इतने सालों से खुद को कामयाबी से बेच रहा हूँ। वैसे पार्टनर, थैंक्यू बोल सोनाक्षी सिन्हा को! उसको देखकर अब लड़कियों के सिर से जीरो फिगर का भूत उतरा है। अब सब थोड़ा खा-पी रही हैं। मेरी मोहिनी तो उसकी बहुत बड़ी फैन है।''

शिवेश की बातों से मनीष हँसने लगा। दूसरी तरफ शिवेश महीनों बाद अपनी रौ में था। अपने पुराने अन्दाज में लड़कियों के नैन-नक्श की तारीफ कर रहा था। जब से मनीष बिछुड़ा था, किसी से उसने इस तरह की बात नहीं की थी। आज बहुत दिनों बाद वो अपने पहले वाले फॉर्म में लौटा था। इस वक्त वो मोहिनी के नैन-नक्श की तारीफ में जुटा हुआ था।

''पहले तो पार्टनरे, उसके चेहरे से ही नजर नहीं हटती है। बड़ी-बड़ी कजरारी आँखें! ललाट पर बंगाल की मशहूर लाल बिन्दी और उसपर से सानिया मिर्जा के स्टाइल में नाक में नथुनी! अहा-हा! पार्टनर, तूने कभी गौर किया है कि नहीं, नथुनी पहनने वाली लड़कियाँ ज्यादा सेक्सी नजर आती हैं। उनकी सेक्स अपील काफी बढ़ जाती है। कभी गौर किया है या नहीं किया है?''

''मैंने कभी गौर नहीं किया है। तू है न इस काम के लिए!''

''हाँ बेटे, मैं तो हूँ ही। वैसे सानिया को गोली मार! अब तो मोहिनी दिल में बसी है। वैसे तू गलती से भी उसे मेरी नजर से मत देखना। भाभी बनेगी तेरी। सुन, पहले तो उसके चेहरे से ही नजर नहीं हटती है। चेहरे से नजर फिसली तो गले के नीचे आकर अटक जाती है। अहा-हा, उसके क्लिवेज! मस्त-मस्त...लगता है कि कंचनजंघा और माउंट एवरेस्ट के बीच में वैली ऑफ ब्रह्मपुत्रा हो!''

"शिवेश! कुछ तो शर्म कर यार! लड़कियों के बारे में सोचने का ढंग नहीं बदल सकता तो थोड़ी ज्योग्रॉफी ही पढ़ ले...कंचनजंघा, माउंट एवरेस्ट, ब्रह्मपुत्र सबको एक ही जगह खींच लाता है? गजब!"

"पार्टनर, लड़कियों के मामले में सब छूट है। उनकी तारीफ में कुछ भी कह दे, सब चलता है, कोई माइंड नहीं करता है! मीर साहब किसी हसीना को देखकर बौराए होंगे तो फेंक दिए कि नाजुकी उसके लबों की क्या कहिए, पंखुड़ी एक गुलाब की सी है...अरे, पहले की हसीनाएँ सुट्टा नहीं मारती होंगी, लेकिन आजकल की लड़कियाँ तो सुट्टा मार-मारके अपने होंठों को बदरंग कर लेती हैं। तो भी लौंडे मीर साहब के अन्दाज में ही उनकी लबों में गुलाब की नाजुकी खोजते हैं कि नहीं खोजते हैं!"

मनीष हँसने लगा। शिवेश पहले की तरह चालू था।

"एक को फेंकने के लिए कुछ और नहीं मिला तो कह दिया—तू एक जिन्दा ताजमहल है! अरे मामा, फेंकने में कुछ तो कंट्रोल करो। कितना चढ़ाओगे इन लड़कियों को चने के झाड़ पर? समन्दर-सी नीली आँखें! हिरणी-सी चाल! कोयल सी कूक! फेंको जितना मन करे, फेंको। लड़कियाँ सब सुन लेती हैं और इससे उनकी उमर भी बढ़ती है...और ये बीमारी कोई आज की नहीं है। कालिदास, सूरदास और अमीर खुसरो से लेकर खैय्याम, गुलजार सब इसकी चपेट में। जो लड़कियों की तारीफ में जितना बड़ा फेंक सका, वो उतना महान कवि! उतना महान शायर, उतना बड़ा गीतकार! लपेटते रहो..."

शिवेश का ये अन्दाज मनीष के लिए नया नहीं था। लड़कियों के मामले में जब कभी वो शुरू होता था तो फिर रुकने का नाम नहीं लेता था। बेंगलुरु में शिवेश की इन लंतरानियों को कितना मिस किया उसने, कैसे बताए शिवेश को!

"और पार्टनर, ध्यान रख। लड़कियाँ ऐसी तारीफ करने वाले के गले ही लटकती हैं। कहेंगी—वाउ! क्या बात कही है तुमने, रियली मेरी आँखें बोलती हैं! क्या बोलती हैं! और मेरे डिंपल में तुम्हारा दिल बसता है! वाउ! प्लीज, एक बार और कहो न! लौंडे एक बार नहीं, दस बार बोलते हैं। लड़की गले से जो लटकी होती है!"

मनीष हँसे जा रहा था, बस हँसे जा रहा था शिवेश की ऐसी बातें सुनकर।

"लेकिन पार्टनर, मोहिनी है बहुत स्मार्ट। मेरे मन की बात छोड़, नजरों की बात को भी पढ़ लेती है। जैसे ही उसे लगता है कि मेरी नजर उसके साथ

शरारत कर रही है तो वो नाराज होकर घूम जाती है। लेकिन पार्टनर, उसकी इस अदा में भी अपनी बल्ले-बल्ले! नजर को नया नजराना मिल जाता है! उसकी वो अदा भरी चाल! उफ! ठोकर फर्श पर, चोट सीधे दिल पर! ''

''तुम साले शिवेश! तेरा कुछ नहीं हो सकता। तुम नहीं सुधरनेवाले...''

''सुधर गया हूँ पार्टनर...अब सबकुछ शादी के बाद। तो मैं तुझे बता रहा था न अपनी मुसीबत के बारे में। दोहरी मुसीबत में फँस गया था, यार। सुजाता को बचपन से बहन-कम-भाभी की नजर से देखता आया था। तेरी पत्नी के तौर पर, लेकिन घरवाले शादी के लिए दबाव डाल रहे थे। इसकी हालत देखकर कुछ समझ में नहीं आता था कि करूँ तो क्या करूँ? कभी इसको उस नजर से देखा नहीं था, जिस नजर से और लड़कियों को देखता हूँ। तब तुझे खूब गाली देता था। दारू पी-पीकर गाली देता था और उस सपना की तो...छोड़...अब उसे क्या गाली दूँ? लेकिन पार्टनर, अब तू आ गया न...सब भालो-भालो!''

''भालो, भालो!''

''हाँ, बंगाल की है न मोहिनी। अभी से बंगाली सीख रहा हूँ ताकि कभी वो बिस्तर पर बंगाली में कुछ खास फरमाइश कर दे तो उसे पूरा कर सकूँ। वरना पड़ोस वाले बनर्जी बाबू अगले दिन से उसकी फरमाइश पूरी करने लगेंगे।''

कसकर ठहाका लगाया शिवेश ने। मनीष ने मोटी गाली दी उसे।

''लेकिन सुजाता बता रही थी, वो अब शादी के मूड में है नहीं।''

''दुखी है बेचारी, दुखी है। बेचारी ने लाइफ में इतना धोखा खाया है कि दिल टूट गया है उसका, लेकिन पार्टनर, तू चिन्ता मत कर। बलिया जिला का ये बालक उसके मुरझा चुके मन को फिर से हरा-भरा कर देगा। अरे, बलिया जिले की माटी जब भृगु बाबा के सूखे डंडे में जान फूँक सकती है तो क्या मैं एक बालिका के दिल को हरा-भरा नहीं कर सकता?

भृगु बाबा में बलिया जिले की आत्मा बसती है। कहा जाता है कि एक बार भृगु ऋषि को जिम्मेदारी दी गई कि वो तय करें कि त्रिदेव—ब्रह्मा, विष्णु, महेश में श्रेष्ठ कौन हैं? बाबा पहले पहुँचे हरहर महादेव के पास और जाने के साथ उनको दे दिए खाने भर का डोज—नंग-धड़ंग रहते हैं, साँप-बिच्छू का साथ किए हुए हैं, भाँग-धतूरा का भोग लगाते हैं नियम से! भोले भंडारी,

कैसे बनेंगे आप श्रेष्ठ देवता? भगवान शंकर गुस्से में लगे ताँडव करने। मामला सँभालने सामने आईं माँ पार्वती। बोलीं कि भोले भंडारी, भृगु मुनि तो आपके धैर्य की परीक्षा ले रहे थे और आप उसमें फेल हो गए। चलिए, अब शान्त हो जाइए।

भगवान शंकर की परीक्षा लेने के बाद भृगु बाबा पहुँचे ब्रह्मा जी के दरबार में। ब्रह्मा जी से ना दुआ, न सलाम, सीधे आसन ग्रहण कर लिया। ब्रह्मा जी का मूड खराब हो गया। कैसे ऋषि हैं ये, मुझसे ऐसा उद्‌दंड व्यवहार! उनका मुँह फूल गया। भृगु बाबा समझ गए कि ब्रह्मा जी को भी सन्त-ऋषि के सम्मान और मेहमान के महत्त्व की समझ नहीं है। उनको भी परीक्षा में फेल का पर्चा थमा दिए।

आखिर में भृगु बाबा विष्णु भगवान की परीक्षा लेने पहुँचे क्षीर सागर में। वहाँ विष्णु जी आँख मूँदकर सुख भोग रहे थे। भृगु बाबा उनके पास पहुँचे और सीधे कर दिया उनके सीने पर अपने पैर से प्रहार! सम्पूर्ण ब्रह्मांड में हाहाकार मच गया, लेकिन विष्णु भगवान समझ गए सारी बात। लगे भृगु बाबा के पैर दबाने—गुरुदेव, मुझे ठोकर मारने में आपके पैर को ज्यादा चोट तो नहीं लगी? भृगु बाबा ने उनके धैर्य को देखते हुए उन्हें सर्वश्रेष्ठ देवता का सर्टिफिकेट थमाया और लौट चले अपनी कुटिया की तरफ...लेकिन विष्णु भगवान को पैर से ठोकर मारने का दंड तो भुगतना पड़ा उन्हें। कुष्ठ रोग का शिकार हो गए थे भृगु बाबा। तब ऋषियों ने समस्या का समाधान निकाला। एक सूखी टहनी बाबा को दी और कहा कि आप गंगा किनारे इस सूखी टहनी को लेकर निकल जाइए। जहाँ ये टहनी खुद-ब-खुद हरी हो जाए, वहीं डेरा डाल दीजिएगा। आपको कुष्ठ से मुक्ति मिल जाएगी और वो क्षेत्र आपके प्रभाव से सदा हर-भरा रहेगा। भृगु बाबा की वो सूखी टहनी हरी हुई थी बलिया में और तभी से बलिया भृगु बाबा के क्षेत्र के तौर पर जाना जाने लगा।

"तो समझा पार्टनर, भृगु बाबा की सूखी टहनी की तरह मोहिनी का सूखा दिल भी बलिया की माटी में हरा-भरा हो जायेगा। उसमें फिर से प्यार के फूल खिलेंगे और उस फूल के बीच में भौरा बनकर प्यार की वो रिमझिम फुहार बरसाऊँगा, वो बरसाऊँगा, वो बरसाऊँगा..."

मोबाइल की घंटी बजने से शिवेश की बात अधूरी रह गई। मनीष को कॉल आया था। बेंगलुरु से। किसी लैंड लाइन नंबर से। फोन शिवेश के पास ही था। उसने उठाकर मनीष को दिया।

''क्या!'' मनीष बुरी तरह चौंका। शिवेश उसका चेहरा देखने लगा।

''नहीं, नहीं, कह दीजिए कि आप झूठ बोल रहे हैं...''—मनीष के चेहरे पर हवाइयाँ उड़ने लगी थीं—''लेकिन, ऐसा कैसे हो सकता है?...'' लेकिन पहले तो आपने हिंट भी नहीं दिया था?''

मनीष का चेहरा फक्क पड़ चुका था। शिवेश को कुछ समझ में नहीं आ रहा था। दूसरी तरफ से जाने क्या बोला जा रहा था, वह बस मनीष को सुन रहा था। शिवेश केवल मनीष की बात सुन पा रहा था और इस वक्त वो उसकी बातों में उलझा हुआ था।

''क्या, किसी सूरत में नहीं...!''

''फिर तो मेरी जिन्दगी तबाह हो जाएगी...!''

''प्लीज! आप कुछ कीजिए...''

''क्या, कोई उपाय नहीं...''

''मैं आपके पास आता हूँ। मैं कल बेंगलुरु पहुँच रहा हूँ।''

मनीष कटे पेड़ की तरह सोफे पर गिर पड़ा। मोबाइल उसके हाथ से टपककर फर्श पर। चेहरा निचुड़े हुए नींबू की तरह। पूरी तरह सफेद हो चुका था उसका चेहरा। मानो किसी ने शरीर से खून का कतरा-कतरा निकाल लिया हो। शिवेश सन्न! क्या हो गया इसे?

''क्या हुआ मनीष, क्या हुआ? तू इस तरह क्यों हो गया? किसका फोन था? बात क्या है?''

शिवेश जल्दी-जल्दी पूछ रहा था, लेकिन मनीष तो बेजान पुतला बन चुका था। बस, साँस चल रही थी। शिवेश पूछता रह गया, लेकिन काफी देर तक वह कुछ नहीं बोला। बस, सूनी आँखों से दीवार की तरफ देखता रहा। दीवार पर सुजाता की तस्वीर थी। हँसती-मुस्कराती-खिलखिलाती सुजाता! उसी तस्वीर में खोए हुए मनीष की आँखों से आँसू टपकने लगे। शिवेश पास आया तो उसके गले लगकर रो पड़ा मनीष।

''दोस्त, लगता है कि मैं बरबाद हो गया। मेरी जिन्दगी फिर से तबाह हो गई। वक्त ने फिर मेरे साथ खेल कर दिया। मुझे तबाह कर दिया।''

''वक्त ने, फिर आ गया वक्त!''—झटका लगा शिवेश को। पहले भी वक्त का रोना रोता था। अब फिर वक्त—''क्या किया है वक्त ने? साले कुछ तो

बता, किया क्या है तेरे साथ कमबख्त वक्त ने ? क्या वक्त ने फोन किया था तुझको बेंगलुरु से ? कौन था वह, कुछ तो बता।''

''कल बताता हूँ दोस्त, कल, पहले बेंगलुरु जाने दे।''

शिवेश पूछता रह गया, लेकिन मनीष ने कुछ नहीं बताया। शिवेश पागल हो रहा था। उसे कुछ समझ में नहीं आ रहा था। फोन किसका आया था ? क्यों इतना टूट गया मनीष ? वक्त ने क्या किया आखिर ? आखिर माजरा है क्या इस वक्त का ?

शिवेश ने मनीष के साथ बेंगलुरु जाने का फैसला कर लिया। शिवेश की जिद को देखकर मनीष चुप हो गया। लेकिन आखिरी वक्त में उसने शिवेश को धोखा दे दिया। चुपके से निकल गया। हैरान-परेशान शिवेश पहुँचा मोहिनी के पास। सुजाता वहीं थी। वो दोनों भी शिवेश की बात सुनकर पागल हो उठे—''क्या!''

''हाँ, ये फिर वहीं पहुँच गया है।''

''लेकिन क्यों ?

''पता नहीं...और उसका फोन स्विच ऑफ है।''

शिवेश फिर से मनीष का नम्बर डॉयल करने लगा, लेकिन कोई फायदा नहीं हुआ। मनीष का फोन पहले की तरह स्विच ऑफ था।

''शिवेश,पहले पूरी बात बताओ।''—मोहिनी ने पूछा। सुजाता तो दूसरी कौन कहे, किसी तीसरी दुनिया में पहुँच चुकी थी। शिवेश ने पूरी बात बताई। विस्तार से। तीन-तीन बार। सुजाता को कुछ समझ में नहीं आ रहा था। बस, शिवेश का मुँह देख रही थी। मोहिनी मनीष के शब्दों का मतलब तलाशने की कोशिश कर रही थी।

'' 'नहीं, नहीं, कह दीजिए आप झूठ बोल रहे हैं'—मतलब, मनीष किसी बड़े आदमी से बात कर रहा था। आप कहकर बोल रहा था।''

शिवेश गौर से मोहिनी की बुदबुदाहट सुन रहा था। दूसरी तरफ मोहिनी मनीष के शब्दों की व्याख्या में जुटी हई थी।

'' 'लेकिन पहले तो आपने हिंट भी नहीं दिया था'—मतलब, बात कोई हैरान करनेवाली थी। ऐसी बात जिसके बारे में मनीष ने सोचा तक नहीं होगा। शिवेश, आगे क्या कहा था उसने ?''

"फिर तो मेरी जिन्दगी तबाह हो जाएगी!"—शिवेश तेजी से बोला।

"हाँ, इसका मतलब है कि मनीष को लग रहा है कि वो कहीं फँस रहा है। कहीं सपना ने फिर कोई चाल तो नहीं चली है?"

सपना का नाम आते ही सुजाता ने सिर उठाया, लेकिन कहा कुछ नहीं। आँखों में आँसू भर आए...

"आखिर में क्या कहा था मनीष ने?" मोहिनी ने शिवेश से पूछा।

"मैं बेंगलुरु आ रहा हूँ।"—झट से बोला शिवेश।

"इसका मतलब है कि मनीष को थोड़ी-बहुत उम्मीद तो है कि वो इस मुसीबत से बच सकता है। वही ट्राई करने गया है वो वहाँ। उसी मुसीबत से बचने के लिए...लॉस्ट ट्राई..."

"लेकिन वो मुसीबत है क्या?"

"यही तो समझ में नहीं आ रहा है...लेकिन दिल कह रहा है कि मुसीबत सपना की तरफ से ही आई होगी। जरूर उसी ने फिर कोई चाल चली है।" मोहिनी सोच में डूबी हुई थी। शिवेश बेचैनी से कमरे में चहलकदमी कर रहा था। सुजाता बावरी हो गई थी! बस, दोनों को बारी-बारी देख रही थी। उसे कुछ समझ में नहीं आ रहा था।

"लेकिन इसने फिर से वक्त का ही रोना क्यों रोया? पहले भी रोता था, इस बार भी रोया है।"

"हाँ, उसकी ये बात तो समझ में नहीं आ रही है।"

सुजाता खामोशी से दोनों की बात सुन रही थी। मन में सोच रही थी कि मनीष उसके साथ क्या खेल खेल रहा है? सपना मनीष के साथ क्या खेल खेल रही है? और ये बार-बार वक्त का जिक्र क्यों है? क्या वाकई वक्त हम दोनों के साथ खेल रहा है? और ये मनीष ऐसे क्यों कर रहा है? इस तरह का अजीबोगरीब बिहेव क्यों कर रहा है मनीष? पहले खुद रिश्ता तोड़ा, फिर खुद वापस आया और अब फिर से...हुआ क्या है इसे? सुजाता के मन में कई तरह के सवाल उठ रहे थे, लेकिन एक भी सवाल का जवाब उसके पास नहीं था। मोहिनी और शिवेश के पास भी नहीं था। जवाब जिसके पास था, वो खुद सवाल बना हुआ था। अनसुलझा सवाल—मनीष!

"मनीष, कहाँ हो तुम?"—मनीष की आवाज सुनते ही चिल्लाया शिवेश। तीन दिन बाद मनीष ने शिवेश को फोन किया था।

"बेंगलुरु एयरपोर्ट पर।" धीमी आवाज में बोला मनीष।

"एयरपोर्ट पर! वहाँ क्या कर रहे हो?"

"यू.एस. जा रहा हूँ, शिवेश।"

"यू.एस.? अमेरिका!"

"हाँ, शिवेश।"

"लेकिन क्यों, तुम वहाँ क्यों जा रहे हो? क्या हुआ है मनीष? साफ-साफ कुछ बता क्यों नहीं रहे हो?" शिवेश को लगा कि वो पागल हो जाएगा। उसका धैर्य अब जवाब दे रहा था।

"शिवेश, ध्यान से सुनो। मेरे पास टाइम बहुत कम है। फ्लाइट का समय हो रहा है। गौर से मेरी बात सुनो। मैं सपना के पास जा रहा हूँ।"

"सपना के पास!"

"हाँ शिवेश, वो मेरे बच्चे की माँ बननेवाली है।"

"तुम्हारे बच्चे की माँ!"

एक के बाद एक झटका लग रहा था शिवेश को। मनीष की आवाज से लग रहा था, वह उधर शान्त है। इत्मीनान से अपनी बात कह रहा था, "शिवेश, सपना प्रेग्नेंट है। हम दोनों कई बार फिजिकल हुए और लगता है कि किसी रोज वो प्रेग्नेंट हो गई होगी। उन्हीं दिनों में पहले उसने मुझसे रिश्ता तोड़ लिया, लेकिन जब प्रेग्नेंसी कन्फर्म हुई और उसे पता चला कि मैं वापस सुजाता के पास चला आया हूँ तब वो भड़क गई। अब जिद पर अड़ गई है। कह रही है कि वो मेरे बच्चे को जन्म देगी ही देगी। अबॉर्शन के लिए वो किसी सूरत में तैयार नहीं हो रही है। उस दिन उसके पापा ने ही मुझे फोन किया था। वो मुझ पर सपना से शादी के लिए दबाव डाल रहे हैं।"

"मनीष..."

''शिवेश, पहले मेरी बात पूरी हो जाने दो। देखो शिवेश, मैंने उसे समझाने की हरमुमकिन कोशिश की, लेकिन वो तैयार नहीं हुई। तुम्हें भी पता है वो किस नेचर की है और उस पर से सुजाता से अलग चिढ़ती है। कह रही है कि अब वो किसी और से शादी नहीं करेगी और मेरे और मेरे बच्चे के साथ ही अपनी जिन्दगी गुजारेगी। शिवेश, मैं भी नहीं चाहता हूँ कि मेरा बच्चा बिना बाप का कहलाए। गलती मैंने की है, सजा एक मासूम को मिले, ये मेरे जमीर को मंजूर नहीं हो पा रहा। इसीलिए...इसीलिए दोस्त, आज मैं उसके पास जा रहा हूँ।''

''और सुजाता... ?''

''अब तो उससे माफी भी नहीं माँग सकता, शिवेश। माफी भी नहीं माँग सकता। बहुत बड़ा पाप हुआ है मुझसे...तुम सँभाल लेना उसे, प्लीज।''

सुजाता का नाम सुनते ही रोने लगा उधर शायद मनीष...उसकी आवाज भर्रा गई थी...पहले धीरे-धीरे रोया, फिर फफक-फफककर। शिवेश सन्न रह गया। मासूम बच्चे की तरह रो रहा था मनीष!

''मनीष, रोते नहीं हैं मेरे दोस्त, इस तरह रोते नहीं हैं...सब ठीक हो जाएगा। मैं बेंगलुरु आ रहा हूँ।''

''अब कुछ ठीक नहीं हो सकता, शिवेश। कुछ ठीक नहीं हो सकता। मैंने हर तरह से ट्राई कर लिया, लेकिन अब कुछ ठीक नहीं हो सकता। सुजाता से तो माफी माँग नहीं सकता, उससे माफी माँगने का मुँह ही नहीं बचा है...लेकिन तुझसे माफी माँग रहा हूँ। हो सके तो अपने इस अभागे दोस्त को माफ कर देना, शिवेश...''

''मनीष...''—शिवेश की आँखों में भी आँसू छलक आए।

''करियर और कामयाबी के लिए जमाने की रफ्तार के साथ कदम मिलाकर चलने चला था, लेकिन बस एक बार पाँव फिसला और...'' बिलख-बिलखकर रोने लगा मनीष।

''मनीष, कंट्रोल कर, कंट्रोल। मैं बेंगलुरु पहुँच रहा हूँ। कोई न कोई रास्ता निकल आएगा दोस्त।''

''अब कुछ नहीं हो सकता, दोस्त। आखिर में एक और बात दोस्त, प्लीज! मान लेना मेरी बात। सुजाता और तुम शादी कर लेना...''

''मनीष...''

"हाँ शिवेश, उस पागल के बारे में मैं केवल एक तुझ पर ही भरोसा कर सकता हूँ। खुद को बागी बलिया की शेरनी कहती है, लेकिन मुझे पता है...एक मेमने से नाजुक दिल है उसका। दो-दो बार टूटा है। मैंने ही तोड़ा है। अब तीसरी बार टूटा तो फिर वो...प्लीज शिवेश, उससे शादी कर लेना। तुम्हें मेरी कसम। सुजाता की कसम।"

रोते-रोते फोन काट दिया मनीष ने। शिवेश पागलों की तरह उसे फोन लगा रहा था लेकिन मनीष का फोन फिर स्विच ऑफ हो चुका था। पहले की तरह।

3 साल बाद...

शिवेश और सुजाता की शादी हो चुकी थी। मनीष की कोई खोज-खबर नहीं थी। उसके माँ-बाप को बस इतना पता था कि वो अमेरिका गया हुआ है। मोहिनी ने किसी से शादी नहीं की। करियर और कामयाबी से मोहभंग हो चुका था उसका। एक एनजीओ से जुड़ गई थी वो। आदिवासियों के कल्याण के लिए काम करता था उसका एनजीओ। इस वक्त वो बस्तर के जंगलों में आदिवासियों के बीच काम करने के लिए पहुँची हुई थी। एनजीओ ने उसके ठहरने की व्यवस्था एक स्कूल में की थी। उसी सिलसिले में वो हॉस्टल इन्चार्ज के कमरे में पहुँची। ये क्या...सामने मनीष था!

''मनीष! तुम...यहाँ!''

मोहिनी को लगा कि वह सपना देख रही है। कुछ यही हालत मनीष की भी हुई। बड़ी देर बाद दोनों नॉर्मल हुए। मोहिनी सब कुछ जल्दी-जल्दी जान लेना चाहती थी, लेकिन मनीष गोलमोल बातें कर रहा था। आखिर में मनीष ने उससे कसम खाने को कहा कि वो शिवेश और सुजाता को अभी उसके बारे में कुछ नहीं बताएगी। मोहिनी ने कसम तो खा ली लेकिन उस कसम को निभाने का उसका कतई इरादा नहीं था। नतीजा ये निकला कि दो दिन बाद ही शिवेश और सुजाता मनीष के सामने थे। मनीष ने आगे बढ़कर शिवेश को गले लगा लिया। सुजाता को शादी की बधाई दी और उसकी गोद से उसकी बिटिया को लेकर खेलने लगा वह...

सुजाता गौर से उसके चेहरे की तरफ देख रही थी। चेहरा हँस रहा था...उसका लेकिन आँखें! सुजाता ने गौर से देखा तो कुछ नमी नजर आई उसे। हँसते हुए चेहरे की आँखें नम क्यों हैं? क्या हो रहा है ये?

''मनीष...''—शिवेश ने कुछ पूछना चाहा, लेकिन मनीष ने बोलने का मौका ही नहीं दिया।

''तुम साले बलियाटिक बैल! फिर वहीं पहुँचोगे घूम-फिर कर! वैसे सच

पूछ तो मैं खुद चाह रहा था कि अब तुम लोगों के सामने आ ही जाऊँ। बहुत दिनों से सोच रहा था कि तुम लोगों से मिलूँ, बातें करूँ और...और सब बात...सब कुछ...साफ-साफ बता दूँ। बिना तुम लोगों के ये जिन्दगी बोझ लगने लगी थी यार...''—मनीष की आवाज भर्राने लगी थी।

''मनीष...''

''हाँ यार, सच पूछ तो अब थक गया हूँ झूठ बोलते-बोलते। एक के बाद एक झूठ! और उस झूठ को छुपाने की खातिर तुम लोगों से अलग रहना! मैंने कुछ गलत नहीं किया है दोस्त, फिर भी झूठ पर झूठ बोलते जाना बड़ा भारी काम है! वैसे भी जिस मकसद के लिए मैं झूठ बोल रहा था, वो तो अब पूरा हो चुका है।''—अचानक ढबढबाई आँखों वाले मनीष के चेहरे पर कुछ मुस्कान तैरी।

''मतलब?''—मनीष की बातें तीनों के सिर के ऊपर से गुजर रही थीं। कोई कुछ समझ नहीं पा रहा था।

''दोस्त, बोल कर बता नहीं पाऊँगा? मेरी डायरी लेकर पढ़ लेना तुम लोग। इसी में तेरे दोस्त के सारे झूठ-सच की असल कहानी दर्ज है। वक्त के बेरहम हाथों ने तेरे दोस्त के साथ जो कुछ किया है, वो पूरी दास्तान इसी में लिख रखी है मैंने।''—मनीष ने एक आलमारी में से एक डायरी निकालते हुए कहा। सुजाता को पता है कि मनीष को शुरू से डायरी लिखने की आदत थी।

''पढ़ लेना आराम से...तुम लोगों के हर सवाल का जवाब इसी डायरी में है।''

शिवेश के हाथ में डायरी थमाकर मनीष तेजी से बाहर निकल गया...अपनी आँखों को हथेलियों से ढँकते हुए...

शिवेश के हाथ से डायरी लेकर सुजाता तेजी से उसके पन्ने पलटने लगी थी। शिवेश और मोहिनी की नजर तीन साल पुरानी डायरी के पन्नों पर दौड़ रही थी। शुरुआती पन्नों में पुरानी बातें थीं। सुजाता को वो सब कुछ पहले से पता था।

''हाँ, इस दिन तो उसका एक्सीडेंट हुआ था...हाँ, ये अस्पताल से लौटने के

बाद की बात है''—सुजाता तेजी से डायरी के उस पन्ने को पढ़ने लगी—आज अस्पताल से घर लौट आया। पूरे तीन महीने बाद। सुजाता पहुँचाने आई थी। अस्पताल में भी साये के साथ रही, लेकिन मैं उसके साये से भी बचता रहा। घर पर भी बचता रहा। इस एक्सीडेंट ने मेरी जिन्दगी ही बदल दी है। मुझे सुजाता से दूर रहने के लिए मजबूर कर दिया है। समझ नहीं पा रहा हूँ कि कैसे सुजाता के बिना रह पाऊँगा? लेकिन मुझे रहना होगा। सुजाता को अपनी जिन्दगी से दूर करना होगा।

सुजाता की आँखें चौड़ी होती जा रही थीं। उसने तेजी से डायरी का पन्ना पलटा। अगले पन्ने पर मनीष ने लिखा था—जानता हूँ कि सुजाता के बिना जिन्दा लाश बनकर रह जाऊँगा। उसके बिना जिन्दगी की कल्पना करके भी रूलाई आ जाती है, अभी भी रो रहा हूँ...लेकिन मुझे सुजाता को अपनी जिन्दगी से अलग करना ही होगा। वैसे भी जब मैं सुजाता की जिन्दगी में खुशी ही नहीं दे पाऊँगा तो फिर मुझे उसकी जिन्दगी में रहने का क्या हक?

मनीष ने क्या लिखा है ये सब? सब एक-दूसरे के चेहरे को हैरानी से देख रहे थे। जवाब मिला डायरी के अगले पन्ने पर—जब डॉक्टर ने मुझे बताया कि अब कभी मैं पिता नहीं बन पाऊँगा तो मेरे पैरों के नीचे से धरती खिसक गई थी। इस दुर्घटना ने तो मुझे इम्पोटेंट बना दिया था! इम्पोटेंट! नपुंसक! मैं कैसे सुजाता की जिन्दगी में घुन बन कर जाऊँ...

चीख पड़े थे तीनों पढ़ते-पढ़ते—''मनीष! ये क्या... ? कैसे सहा अकेले ये सब?''

डायरी पर नजरें आगे सरकने लगीं—डॉक्टर भी नहीं बता पाए कि ये कैसे हुआ? क्यों हुआ? कह रहे थे कि कार हादसे की वजह से शायद किसी नस में अन्दरूनी चोट लग गई होगी और उसी का नतीजा है।

सुजाता रोए जा रही थी...शिवेश और मोहिनी को लगा कि वो बेहोश हो जाएँगे...बात क्या थी और वो आज तक सोचते क्या-क्या रहे...शिवेश ने सुजाता के हाथों से डायरी ले ली और तेजी से डायरी पढ़ने लगा—समझ नहीं पा रहा हूँ कि सुजाता को कैसे अपनी जिन्दगी से दूर करूँ? कोशिश कर रहा हूँ। उसे कई बार जली-कटी सुना चुका हूँ, लेकिन कोई खास फायदा नहीं दिख रहा है। वो नाराज है। मेरे कमरे पर आना भी छोड़ चुकी है, लेकिन मुझे पता है कि वो अब भी मुझसे वैसे ही जुड़ी हुई है जैसे पहले जुड़ी हुई थी। मैं चाह रहा हूँ कि वो मुझे भूलकर नए सिरे से अपनी जिन्दगी शुरू करे...जबकि जानता हूँ, मुश्किल है यह...

सुजाता को पुरानी बातें याद आने लगीं...डायरी में मनीष ने आगे लिखा था—बेंगलुरु में नई जॉब मिली है। काफी दिनों से दिल्ली छोड़ने की कोशिश कर रहा था। मन ही नहीं लग रहा था। शिवेश की बातों का जवाब दे नहीं पाता था। झूठमूठ के आदर्श और करियर की बात कहकर उसको बहलाता था। सुजाता का भी कितना दिल दुखाऊँ?

नेक्सट वीक बेंगलुरु जाना है। सोच रहा हूँ कि अगर सुजाता और शिवेश एक हो जाएँ तो कितना अच्छा हो! पता है कि शिवेश लंगोट का ढीला है, लेकिन जितना वो लंगोट का ढीला है, जबान का उससे ज़्यादा पक्का है और दिल का उससे भी साफ। रिश्ते में ईमानदार! काश, उस बेवकूफ को कोई सुजाता जैसी गर्लफ्रेंड मिल जाती तब वो समझता कि मोहब्बत क्या चीज है! सुजाता को वो मानता भी बहुत है, लेकिन समस्या ये है कि उसे वो मेरी महबूबा की नजर से देखता है। देखता हूँ...क्या किया जा सकता है? वैसे पूरे सीन में सपना की सही समय में इंट्री हुई है। उसको लेकर सब कंफ्यूज हैं। वैसे मैं भी सपना के नाम पर उनको कंफ्यूज करने का कोई मौका हाथ से नहीं जाने दे रहा हूँ।

तीनों के जेहन में मनीष की पुरानी बातें तैर रही थीं। गुजरे जमाने के हर सवाल का जवाब मिल रहा था। डायरी में कुछ आगे लिखा था—बेंगलुरु में साक्षात भगवान मिल गए। एक डॉक्टर के भेष में। उन्होंने मुझे ठीक कर दिया। ऑपरेशन किया है उन्होंने और दावा कर रहे हैं कि अब मैं नॉर्मल लाइफ जी सकता हूँ। अब दिल्ली जाऊँगा। शिवेश से माफी माँगूँगा। सुजाता को मनाऊँगा, लेकिन कहीं इस बीच में वाकई सुजाता ने शिवेश से शादी तो नहीं कर ली! मैंने ही दिल्ली छोड़ने से पहले उससे कहा था कि वो शिवेश से शादी कर ले। भगवान ऐसा अन्याय मत करना, नहीं तो मैं दोबारा तबाह हो जाऊँगा। रुको, पहले उन लोगों से बात तो करने दो...

तीनों की आँखों से आँसू बह रहे थे। वो दिन याद आ रहा था, जब मनीष बेंगलुरु से वापस लौटा था। शिवेश से माफी माँगी थी, सुजाता के पैर पकड़कर उसे मनाया था। डायरी में आगे मनीष ने लिखा था—दिल्ली में सबसे मिलकर झूम उठा। साला शिवेश, मान ही नहीं रहा था और ये सुजाता! सपना को तो अपनी सौतन बना बैठी है। उस सपना को जिससे मेरा रिश्ता बस हाय-हैलो का है। उसे क्या पता कि सपना कब की शादी करके अपने पति के साथ अमेरिका जा चुकी है। बेवकूफ! जिद पकड़कर बैठी थी कि पहले पूरी बात बताओ। बड़ी मुश्किल से मना पाया हूँ।

बेंगलुरु से आए एक कॉल ने मेरी जिन्दगी में फिर से अँधेरा ला दिया है।

डॉक्टर का फोन था। कह रहे थे कि ऑपरेशन के बाद जो रिपोर्ट आए हैं, वो निगेटिव हैं। मतलब मैं ठीक नहीं हो सका हूँ और अब कभी हो भी नहीं पाऊँगा। दुनिया में कहीं इसका कोई इलाज नहीं है। वक्त ने मेरे साथ कायदे से खेल खेला है। एक मर्द के लिए दुनिया का सबसे गन्दा खेल!

तीनों दोस्त मनीष के लिए रो रहे थे। वाकई वक्त ने मनीष के साथ बहुत गन्दा खेल खेला था। तीनों अब समझ सके कि मनीष बार-बार वक्त की बात क्यों करता था! न आँसू रुक रहे थे, न डायरी का पढ़ा जाना...एक जगह लिखा था—आज बेंगलुरु से शिवेश को फोन किया। फिर वही सब...एक के बाद एक झूठ। सपना मेरे बच्चे की माँ बनने वाली है ब्ला-ब्ला-ब्ला...लेकिन शायद, शायद यह वाला मेरा झूठ सुजाता और शिवेश की शादी करा दे। उस पागल के बारे में मैं केवल शिवेश पर ही भरोसा कर सकता हूँ। पिछले जन्म में जरूर मेरा भाई रहा होगा। शिवेश, मेरे दोस्त, मेरे भाई, कर लेना उससे शादी। करा दो वैलेंटाइन बाबा, दोनों की शादी करा दो। मुझे बहुत सन्तोष होगा। आज तक तुमसे कुछ नहीं माँगा है मैंने...

शिवेश, सुजाता और मोहिनी की आँखों के आँसू झर-झर-झर-झर झर रहे थे। तीनों लगातर रोये जा रहे थे। वाकई वक्त ने बहुत गन्दा खेल खेला है उनके दोस्त के साथ!

''ये मनीष आखिर गया कहाँ, यहाँ हमें अकेले छोड़कर?''—अचानक शिवेश रुलाई थामते हुए बोला।

तीनों आँसू पोंछते हुए रूम से बाहर निकले। मनीष मैदान में स्कूली बच्चों के बीच मिला। उनके बीच लड्डू बाँट रहा था...रोते-रोते...

मोहिनी ने उसके पास जाकर रुँधे गले से कहा—मनीष, ये जो तुमलोग वैलेंटाइन बाबा नाम का एक नया माला जपते रहते थे न, उससे मुझे बहुत चिढ़ मचती थी...लेकिन आज मैं सच में एक वैलेंटाइन बाबा को देख रही हूँ अपनी खुली आँखों से...सामने...क्या सच में तुम मेरे वैलेंटाइन बन सकते हो? मुझे शरीर वाला मर्द नहीं, अपनी जिन्दगी में तुम्हारे जैसे दिल का एक सच्चा दोस्त चाहिए...

मनीष मोहिनी की चमकती हुई आँखों में सचाई देख रहा था...उसने मुस्कुराते हुए उसके कन्धे पर अपना खाली हाथ रख दिया।

ooo

शशिकांत मिश्र का पहला उपन्यास

नॉन रेज़िडेंट बिहारी

मोहब्बत कुदरत का नायाब तोहफा है। मिल जाए तो जिन्दगी सँवर जाती है, बिछड़ जाए तो आग लग जाती है लेकिन मिलन और विछोह के बीच का जो फेज होता है, वो एक आशिक की जिन्दगी का सबसे खतरनाक फेज होता है। माशूका मिल जाए तो सुकून मिले, बिछुड़ जाए तो दर्दे-दिल के नगमे गाएँ लेकिन हकीकत में दोनों में से कुछ नहीं होता। बेचारा आशिक! ना इधर का, ना ऊधर का, बस जल बिन मछली की तरह तड़पता रहता है। 'एनआरबी' के नायक राहुल की यही कहानी है। शालू से बिछुड़ने का अहसास उसे तोड़ देने के लिए काफी होता है और आखिर में आता है फैसले का दिन। कयामत का दिन। एक तरफ जिन्दगी, दूसरी तरफ जिन्दगी की 'जिन्दगी'! लेकिन इसमें भी लोचा होता है। जिन्दगी तो अपने हाथ में होती है, लेकिन जिन्दगी की 'जिन्दगी' पर कोई जोर जबरदस्ती नहीं चलता। बेचारे आशिक पर जो गुजरती है उसे शब्दों में बयाँ नहीं किया जा सकता, बस महसूस किया जा सकता है। आप भी महसूस कीजिए!